小林秀雄

思想史のなかの批評

綾目広治

Hiroharu Ayame

アーツアンドクラフツ

はしがき

小林秀雄についてはこれまで多くの論が書かれ、多くの先行研究があるが、小林秀雄論の大半は彼の批評の言わば内法《うちのり》に沿って論が進められたものになっている。別言すれば、小林秀雄に対する論者のほぼ全面的と言っていい共感から生まれた論なのである。しかも、その共感には論者それぞれの思い入れが込められているために、その読みは過剰な深読みになったり恣意的な解釈に陥っている事例が多々あると見受けられる。そしてそれらの小林秀雄論の行き着くところは、小林秀雄の絶対化であった。批評も研究も、本来は扱う対象の正負の両面に目を配り、その価値を測定するという、対象の相対化を行わなければならないと考えられるが、小林秀雄論の多くはそれとは反対の方向に行っている。さきに内法に沿ってといったのは、小林秀雄の思考の枠組の内側で論者が論を展開することであり、したがって彼の批評の正負を測定しないことになる。

おそらく、その原因の第一は小林秀雄の文章にあったと言える。とくに初期の文章は、論理的に意味の定めにくい曖昧な文章であったため、読者それぞれの読みを許容するものになっている。そして、文章の中には断定的な言葉が数多く挿入されていたりするから、読者は幻惑されて、曖昧な箇所を意味不明のままにしておきながらも、その断定的で力強い口調に引っ張られて読み進めることになる。そして読了後には曖昧な箇所は曖昧なイメージのまま頭に残り、それらのイメージに包まれる形で断定的な言葉があたかも断固とした真理を語ったものとして記憶される。

しかもイメージは、読者各自の主観で形成されるから、結局、その主観的なイメージに包まれた、断定的な言葉だけが頭の中でリフレインして何かが解ったような気になる。そして、読者は自分が一番小林秀雄の批評を解っていると思い込むようになる。読者は小林秀雄を読んでいるというよりも、自分の中にあるイメージを読んでいるのであって、読者各自の持つイメージは読者自身が一番解っているからだ。小林秀雄の読書体験の多くにはそういうところがあったのではないだろうか。

実は、戦後の代表的な批評家であった吉本隆明の文章もそういう性格を持っていた。吉本隆明の場合には、論の鍵言葉となっている幾つかの言葉が無定義のまま文脈によって恣意的に使われていたり、文章自体が非論理的であったり、さらに論理を語らなければならないところでイメージに頼った文、言葉になったりして、多くの読者を混乱させたのである。しかも小林秀雄の場合と同じく、吉本隆明の文章には所々に断定的な強い口調の言葉が挿入されていたため、その言葉に引っ張られて、また読者各自がその言葉の回りに自分なりのイメージを覆い被せて、解ったつもりになっていくということが多かったのではないかと思われる。

元号で言うなら、戦前昭和と戦後昭和を代表する二人の批評家には、以上のような共通するところがあったのだが、吉本隆明のことはともかく、今日、小林秀雄について論じるとは、もはや内法に沿って論を展開する段階に留まるのではなく、小林秀雄の批評をできるかぎり相対化しようとすることではなかろうか。昭和の文学史、思想史の中で小林秀雄の批評は何を齎《もたら》したのか、その価値の正負を冷静に称量することによって採るべきものと捨てるべきものとを選り分ける段階にすでに来ていると思われる。本来なら、その段階はとっくに過ぎていなければならなかったのだが。

本書はその相対化の試みである。どれだけ相対化できているかは、読者の判断にお任せするしかない。なお、年号については西暦だけの記述にしたかったのであるが、ここでは原則として西暦と元号を併記している。

その場合、戦前期では元号を先に記述し、西暦は補足的に書き、戦後ではその逆にしている。その方が時代を思い浮かべやすいと思ったからである。また、出典は注記の形を採らず、すべて本文中に明記した。引用文中の傍点は、とくに記していない限り、原則としてすべて引用者が付したものである。小林秀雄の文章からの引用は、原則として新潮社版『小林秀雄全集』全一六巻［別巻を含む］（二〇〇一〈平成一三〉・五〜二〇〇二〈平成一四〉・七）による。

目次

小林秀雄

思想史のなかの批評

第一章　大正期の問題圏のなかで――批評家以前（一）

一

　哲学者の和辻哲郎は若いときには小説も書いていたのであるが、その一つに明治四四（一九一一）年に発表した「幽霊」という小説がある。これは「私」の友人である青年「B君」の物語である。「B君」は親族に反抗して一人東京に出て来たのだが、神経衰弱に罹り、たとえば「電車などに乗っていると途中で急に立ち上がって大きな声で吶鳴りたくってしようがない」というふうな症状に見舞われ、ついにある夜、つぎのような幻覚を持つに至るのである。

　ふっと眼をあけると、右側の壁から、顔色の蒼い頬骨と鼻の光った眼つきの凄い男が長い髪をだらりと額の上へ垂れて、ひょろりと現われて来ました。それがB君の顔なのです。その男はすうッと隣の壁の方へ歩いて行ってそのなかへふっと消えてしまったのでした。その瞬間に「おれの幽霊だ」という考えが電のように頭に浮かんで来て、全身が粉微塵になるほどひどく震え出しました。

外界にもう一人の自分を見るという自己の二重化は、もしこれが症状として固定されればいわゆるドッペルゲンガーの病であり、大正当時の病名で言えば「神経衰弱」の一種ということになろう。この場合の「神経衰弱」というのは、自己分裂の意識が昂じたための病であると言える。明治期末から大正期にかけての時期は、とくに知識人層にとっては教養主義の時代と言われていて、事実そうであったと思われるが、他方では「神経衰弱」あるいは「神経病」の時代でもあったのである。

「神経衰弱」の同時期の例としては、明治四三（一九一〇）年三月から六月まで「東京朝日新聞」に連載され、翌四四（一九一一）年に単行本として刊行された、夏目漱石の『門』に述べられたエピソードがある。主人公の宗助は、易しい字でも変だと思って疑いだすと、「何だか違つた様な気がする」と語り、こんなふうに思うのは「神経衰弱の所為かも知れない」と細君に言うのである。これとよく似たエピソードは、昭和期に入ってからは中島敦が「文字禍」（昭和一七〈一九四二〉・二）で取り上げているが、このように認識対象がすっきりとした統一像を結ばないのは、実は認識主体の方が安定していないからである。つまり、主体の精神がブレたり、分裂しているために、自明で確固とした対象像を持つことができなくなるわけである。

晩年の芥川龍之介の小説にも、「神経衰弱」から来る自己の二重化の問題が語られているが、その芥川とは対極にあった資質を持つ志賀直哉も、「濁つた頭」（明治四四〈一九一一〉・四）のような、言わば神経病小説を書いていたのである。さらに広く神経病文学というふうな言い方をするなら、佐藤春夫の「田園の憂鬱」（大正七〈一九一八〉・六）や萩原朔太郎の詩集『月に吠える』（大正六〈一九一七〉・二）もその中に入れることができるであろうし、広津和郎にはまさに文字通りの「神経病時代」（大正六〈一九一七〉・一〇）という小説もある。森田療法の名で有名な精神科医の森田正馬が神経病のために独特の治療法を編み出したのも大正時代であった。

小林秀雄の青春期はこういう精神的雰囲気の中にあった、少なくとも小林秀雄はその空気を吸っていたと考えていい。

大正一三（一九二四）年七月に「青銅時代」第六号に発表された小説「一ツの脳髄」は、神経病小説と言える要素を持っているが、後の昭和七（一九三二）年九月に雑誌「中央公論」の創作欄に発表された「Xへの手紙」にもその要素がある。ただ、「Xへの手紙」は神経病の問題としてよりも、若年期の小林秀雄にとって最大の問題の一つであった自意識の問題として語られている。自己が分裂したり二重化したりするあり方を病的なものとして捉えて描くのならば、そこに神経病文学が生まれるわけだが、そういうあり方を言わば対自的に捉え返した場合には、そのあり方は自意識の問題として捉えなおされてくるのである。

ここで自意識という言葉について述べておきたい。『啄木・ローマ字日記』（岩波文庫）の編集を行ったフランス文学者の桑原武夫は、その「解説」の脚注で、「〝自意識〟という言葉は、誰がいつごろ使い出したのか、識者の教えをえたいが、啄木はそのもっとも早い使用者であろう」と述べている。その該当箇所は、明治四三（一九〇九）年四月二六日のところだが、それを日本文で表記すると、「自意識は　予の心を深い深いところへ　つれていく」と語られている。ここでは、自意識は心を含めての自らの状態を省みる意識という意味で使われている。おそらく、それが一般的にも自意識という言葉の意味内容と言えようが、後で見るように小林秀雄の場合、もう少し限定的な意味が込められていた。

さて、大正期の小林秀雄は、さきほど見た神経病的なあり方を自意識の問題として捉えていたと考えられるが、小林秀雄にとっての自意識の問題をあらかじめ理解しておくために「Xへの手紙」における叙述を見ておきたい。「Xへの手紙」では、たとえばこう語られている。「俺が自分の言動とほんたうの自分とのつながりに、なんとは知れぬ暗礁を感じはじめてから既に久しい」、「人々はめいめいの心の奥底に、多かれ少かれ自分の言動を映し出す姿見を一枚持つてゐる。（略）俺の持つてゐる鏡は無暗と映りがよすぎる事を発見した時、鏡は本来の面目を紛失してゐた」、と。

この「鏡」「姿見」が自意識のことである。小林秀雄の場合、自意識とは単に自分についての意識のことではなく、自分の意識を意識する意識のことである。あるいは、小林秀雄にとって自意識とは、何故そう思ふのか、何故そのように考えるのか、と自分自身に問い掛ける意識のことであるとも言える。それに関して、「Xへの手紙」ではこう語られている。「何故約束を守らない、何故出鱈目をいふ、俺は他人から詰《なじ》られるごとに、一体この俺を何処まで追ひ込んだら止めて呉れるのだらうと訝《いぶか》つた、(略)たつた一人でゐる時に、この何故といふ言葉の物陰で、どれ程骨身を削る想ひをして来た事か」、と。

このように、小林秀雄にとって自意識とは、「何故」、「何故」と自らに、より精確には自らの意識に、問い掛ける意識のことである。それは自らの意識を映し出すものでもあるから、「姿見」と言われ、また、「Xへの手紙」では「カメラ狂」というふうにも述べられている。「カメラ狂」すなわち自意識とは、自分の言わば第一次的な意識を映し出す第二次的意識のことである。あるいは、自意識とは意識についてのメタ意識のことである、とも言うことができよう。因みに、二宮正之は『小林秀雄のこと』(岩波書店、二〇〇〇・二)で、「小林秀雄にとってことが深刻になるのは、そのカメラの目が、実は仏の目に本質的に通じると認識するところにある」という解釈をしている。首を傾げる解釈である。「仏の目」や「観」などは、小林秀雄にとって自意識問題を通過した後に出て来たものである。

この自意識である「鏡」が「無闇と映りがよすぎる」のなら、たしかに日々の生活はしにくいであろう。何をしようと思っても、何故それをしようと思ふのか、というふうにいちいち自ら(の意識)に問い掛けたりするなら何もできなくなってしまうかも知れない。つまり、「自分の言動」と「ほんたうの自分」との間に自意識が介在して、結局、行動に移ることができず、「Xへの手紙」の言葉を用いるならば、「暗礁」に乗り上げてしまうことになるであろう。自意識が必要以上に研ぎ澄まされるなら、人は日々の日常生活の言動においてもそのような状態に陥るだろうが、それでは「自分」と、「自分」にとって一生の仕事であるかも知れない文学との結びつきという問題に、この自意識が介在してくるならばどうなるであろうか。

それは、「自分」は「何故」文学に携わるのか、「何故」書くのか、と自意識は問うようになるはずである。しかしその場合、明快で妥当な答えを導き出せるはずはないだろう。単に文学が好きだからとか、どうしてもその仕事がしたいからとか、そんな答えしか出てこないであろう。むろん、そのような答えは、自意識が糾問する「何故」の問いを満たすものではない。

ここで興味深いのは後に小林秀雄が、たとえそうであるにしても、一度は徹底してその問いを問うてみろ、と言っていることである。小林秀雄が文芸批評家としてデビューした後のことになるが、日本の近代文学者たちはその問いを徹底して問うたことはなかった、と述べている。「様々なる意匠」（昭和四〈一九二九〉・九）の翌年四月から小林秀雄は、「文藝春秋」で文芸時評を担当することになるが、その第一回目の「アシルと亀の子　Ⅰ」（昭和五〈一九三〇〉・四）で次のように語っている。

扨《さ》て、宿命的に感傷主義に貫かれた日本の作家達が、理論を軽蔑して来た事は当然である。作家が理論を持つとは、自分といふ人間（芸術家としてではない、たゞ考へる人としてだ）がこの世に生きて何故、芸術制作などといふものを行ふのか、といふ事に就いて明瞭な自意識を持つといふ事だ。少なくともこれの糾問《きうもん》に強烈な関心を持つ事だ。言はば己の作家たる宿命に関する認識理論をもつことである。

この一節には、「宿命」の言葉もあって、「様々なる意匠」で述べられた論との連続性を見ることができるが、「文藝春秋」という大きな舞台で文芸時評を担当し、その第一回目に文学と自分との結びつきに関しての自意識による「糾問《きうもん》」の問題を、小林秀雄がまず取り上げたことに注目したい。この問題については、後に「様々なる意匠」について見るときにもう一度論及したいが、文学と自らとの結びつきに関しての自意識による「糾問《きうもん》」の問題が、いかに初期の小林秀雄にとって大きな問題であったかということを知ることができる。次に、「アシルと亀の子」と題された文芸時評としては最終回になる「アシルと亀の子　V」（昭和五〈一九三〇〉・九）からも、この問題と関連する一節を引用しておこう。

> 少なくとも近代文学が発生して以来、社会に於ける己れの作家たる必然性を、冷然たる自己批判をもつて確信しなかつた大作家は一人もゐない。この確信の上に立つて、最上級の制作をのこした後、又冷然として文学に訣別して実行に躍り込んだランボオの様な人もある。

この箇所で言われている、「冷然たる自己批判をもつて」というのが、自意識による「糾問《きうもん》」のことであり、それを通して「己れの作家たる必然性」を「確信」するに至ったというわけである。ここで注意されるのは、先の引用中の傍点箇所には「己の作家たる宿命」と語られていたことである。ということはこの問題に関しての、すなわち繰り返せば、文学と自分との結びつきという問題に関しての、「宿命」という言葉は、小林秀雄にとっては「必然性」と同義であったわけである。「宿命」論さらには「宿命の理論」については、後の章でも論及するが、まずは文学者たることの「宿命」とは、「必然性」のことであるということを留意しておきたい。

二

神経病的な世界から、文学との結びつきに関しての自意識による糾問へ、そして文学者たる宿命の「確信」への到達、それはすなわち小林秀雄の文学の原理論の獲得であった、という道筋を大まかに見てきたのであるが、こうして見てくると、小林秀雄の文学原理論は、大正期的な問題圏、この場合では「神経病」という形で現れ出た問題圏の中から生み出されてきたと言えそうである。また、大正期的な問題圏ということで言えば、小林秀雄はその初期から最晩年の『本居宣長』に到るまで、論理を超えた世界、あるいは論理以前の直接経験の世界を重視する姿勢を貫き、そこからたとえば単純な「理論信仰」（丸山眞男）に捉われていたプロレタリア文学者を批判する視点も獲得することができたのであるが、人間にとって論理以前の直接経験の世界とは、別の言葉で言うなら、「生」や「生命」の世界のことでもある。それは、論理の網の目からはこぼれ落ちる、流動する「生」であり、その意味で非論理的ではあるが、むしろその非合理的な「生」や「生命」を地盤として、その中からこそ論理というものも出てくるというふうに考えられる。ベルクソンなどのいわゆる「生の哲学」の系譜の哲学者たちはそう考えるのだが、そのベルクソン哲学が流行したのが大正時代であった。その影響もあって「生」や「生命」に関する考え方が大正時代に目立ってきた。

たとえば有島武郎がそうであり、彼は「本能的生活」の重視を主張したのであるが、野坂幸弘が「有島武郎と伊藤整」（『国語国文研究』五〇号、一九七二〈昭和四七〉・一〇）で述べているように、この「本能的生活」論は「〈生命〉主義」と捉えられる内容であった。その有島武郎の「宣言一つ」をめぐって有島武郎と議論を交えることになった、アナーキストの大杉栄も、やはり「生の創造」（大正三〈一九一四〉）ということを語り、アナーキズムとは、理性を言わば過重視する主知主義を超え出た「生の創造」の思想であると考えていた。

左翼だけではない。さきに挙げた和辻哲郎の思想的出発も、ベルクソン的な「生命」思想に基づくニーチェ解釈からであった。和辻哲郎は『ニイチェ研究』（大正二〈一九一三〉）で、「ニイチェがベルグソンの先駆者であるということを吾人は確実に言い得ると思う」として、「ニイチェにとって最も確実なものは、吾人の知能は到達し得ず、ただ直覚によってのみふれることのできる生の深淵である。これと同一の根拠から出て、同じく因果律の否定に帰着した者に、ベルグソンがある」、と述べている。そしてニーチェの言う権力とは、「すべてを貫いて活らいている統一の力」であり、「この力は刻々たる進化と創造とのうちに渦巻いている」ので、「良心」も「生の増進の良心にほかならない」と語っている。さらに、芸術についても、「芸術は、生を可能ならしめ、深め、強める偉大な女神である」とも述べている。

合理主義や主知主義の狭い枠組みを打ち破る「生」、「生命」。小林秀雄も「ランボオ　Ⅰ」（大正一五〈一九二六〉・一〇）で、「そこで、あらゆる天才は恐ろしい柔軟性をもつて、世のあらゆる範型の理智を、情熱を、その生命の理論の中にたゝき込む」、「宿命の尖端が生命の理論と交錯するのは、必ず無意識に於いてだ」と語っていて、「理智」を超え出て、それを包むものとして「生命」を捉えていた。因みに、小林秀雄はランボーのことを「最も兇暴な犬儒派」と捉えているが、この「最も兇暴な犬儒派」というのは、犬儒派的な傾向がありペシミズムの思想家であったショーペンハウエルを超え出て、権力意志と「生」の大胆な肯定を説いた思想家ニーチェのイメージと重なるであろう。これはまた、和辻哲郎の『ニイチェ研究』におけるニーチェ像でもあった。そう考えると、小林秀雄におけるボードレールとランボーとの関係は、犬儒派ショーペンハウエルと大胆に「生」を肯定するニーチェとの関係に準えることもできるだろう。

こうして見ると、初期の小林秀雄の文学観や文学思想は、大正期の問題圏とやはり繋がりがあると言えそうである。と言っても、小林秀雄がそれらから意識的に学び、その影響を直接受けたとか、それらから考え方を積極的に摂取したということを、ここで言おうとしているのではない。そうではなく、昭和の代表的批評家である小林秀雄が自身でどれほど意識し自覚していたかはわからないが（むしろ、意識していなかったと考える方が当たっているだろう）、小林秀雄の批評はたぶんに大正期の思想と連続する面を持っていたということを考えてみたいのである。

大岡昇平は「小林秀雄の世代」（『新潮』、一九六二〈昭和三七〉・七）で、次のように述べている。

私は前から西田幾多郎を除けて、プロレタリア文学以前の日本文学を論じる不備を感じていた。『善の研究』と倉田百三『出家とその弟子』のように直接の傾倒は常には辿れないとしても、小林の論文が「人生斫断家ランボオ」以来具えていた思弁的構造は、大正の哲学的雰囲気なしには説明出来ないと思われる。

たしかに、大岡昇平の言う通りであると考えられる。だから、この論考ではその「不備」を少しでも埋めたいと考えていて、次に西田幾多郎について見ていきたい。哲学者の中村雄二郎は『西田哲学の脱構築』（岩波書店、一九八七〈昭和六二〉・九）で、「西田幾多郎と小林秀雄」という章を設けて、この二人の思想は「少なからず交錯していることがわかります」と述べ、両者を対比している。しかしそれは、〈純粋経験〉〈歴史的身体〉〈無私〉の問題をめぐってであり、意識の問題には論は及んでいない。西田幾多郎が神経病的な世界の住人であった、と言うことはできないであろうが、彼も意識の問題、さらには意識を意識する問題については深く考えた人であった。

ところで、夏目漱石の小説『門』（明治四四〈一九一一〉・一刊）の宗助は参禅しようとして試みるが、結局は中途半端な形で終わって禅はものにならなかった。西田幾多郎も座禅を組んだ体験があって、彼にも「煩悶」があったことが当時の彼の日記等から窺うことができる。しかし、彼は座禅をそれなりにものにし、その体験から得た認識を自己の哲学に取り入れていたのである。ここで漱石の『行人』（大正三〈一九一四〉・一刊）について言うならば、『行人』は明治末に発表された小説であるが、そこで語られている一郎の悩みは、具体的には妻の心が摑めないという ところにあった。一郎はそれだけでなく、自分は何事においても「安住することが出来ない」として、その不安は、たとえば「自分の心が如何《どん》な状態であらうとも、一応それを振り返つて吟味した上でないと、決して前へすすめなくなつてゐます」という形で現れる。

これは、まさに鋭敏な自意識がもたらす不安だったと言えよう。あるいは、さきに見たような、大正時代に一部の知識人の間で拡がった神経病的なあり方にも通じている。一郎はその不安なあり方を超え出た境地について、「半鐘の音を聞くとすると、其半鐘の音は即ち自分だといふ」ような境地だと語っている。実はこの境地は、『行人』連載の約二年前の明治四四（一九一一）年一月に出版された、西田幾多郎の『善の研究』で語られていた純粋経験の様相と同じなのである。西田幾多郎は『善の研究』で純粋経験についてこう述べている、「恰《あたか》もわれわれが微妙なる音楽に心を奪はれ、物我相忘れ、天地ただ瀏喨たる一楽声のみなるごとく、此刹那所謂《いわゆる》真実在が現前して居る」、と。

その『善の研究』の冒頭部分では、こう述べられていた。有名な一節である。

経験するといふのは事実其儘に知るの意である。全く自己の細工を棄てゝ、事実に従うて知るのである。（略）例へば、色を見、音を聞く刹那、未だ之が外物の作用であるとか、我が之を感じて居るとかいふやうな考のないのみならず、此色、此音は何であるといふ判断すら加はらない前をいふのである。それで純粋経験は直接経験と同一である。

西田幾多郎によれば、その「直接経験」とは未だ主客の分離さえ無い状態のことであり、「直接経験」とは「知情意」を一にしたものだとして、その在り方が「真実在」だと言う。その「真実在」については、次のように述べられている。

真実在は普通に考へられて居る様な冷静なる知識の対象ではない。我々の情意より成り立つた者である。即ち単に存在ではなくして意味をもつた者である。それで若しこの現実界から我々の情意を除き去つたならば、もはや具体的の事実ではなく、単に抽象的概念となる。

西田幾多郎のこういう論述、とくに後半の引用を見ると、時代が飛ぶが、先にも言及した小林秀雄の最晩年の著作『本居宣長』の、たとえば次のような一節が連想される。

そして極く普通の意味で、見たり、感じたりしてゐる、私達の直接経験の世界に現れて来る物は、皆私達の喜怒哀楽の情に染められてゐて、其処には、無色の物が這入つて来る余地などないであらう。（略）それが、生きた経験、凡そ経験といふものの一番基本的で、尋常な姿だと言つてよからう。合法則的な客観的事実の世界が、この曖昧な、主観的な生活経験の世界に、鋭く対立するやうになつた事を、私達は、教養の上でよく承知してゐるが、この基本的経験の「ありやう」が、変へられるやうになつたわけではない。（第二十四章）

『本居宣長』については後の章で詳しく考察したいが、小林秀雄は晩年においてこの「直接経験」の世界に戻ったというよりも、小林秀雄においては、西田幾多郎の言葉で言うならば「真実在」をこの「直接経験」に見ようとする姿勢は終生変わらなかったと言うべきであろう。ただ、『本居宣長』では「直接経験」の「真実在」性を論述の前面に出して、「直接経験」をより強調するようになったと言えようか。これもまた、後で言及することであるが、『本居宣長』に現象学、とくにメルロ＝ポンティとの共通点を見る論があり、たしかにそうした要素も見られなくはないが、やはり「直接経験」と言えば小林秀雄にとってはベルクソンであった。

ところで、「直接経験」という言葉は、小林秀雄は若年時には使ってはいないし、また「直接経験」の世界そのものも、ベルクソン哲学の枠組みや語彙で語られているというよりも、詩の問題として、つまり、通常の言語によって言わば汚染された我々の感覚や認識の在り方を打ち破り、その我々の認識を蘇生させるのが、詩的言語としての象徴言語であるというふうに、象徴主義の詩の問題という角度から論じられている。さきに少し触れたランボー論はそうした一例である。しかしながら、そのように語られた批評の理論部分の根底には、やはりベルクソン哲学から学ばれた認識があったと言えよう。

西田幾多郎においても、『善の研究』で語られている「直接経験」の論にはベルクソンの影響を見ることができる。西田幾多郎が日本におけるベルクソンの最初の紹介者であったことを考えれば、そのことは当然であったとも言えるが、『善の研究』以外のたとえば『思索と体験』（大正四〈一九一五〉・三）には、「ベルグソンの哲学的方法論」や「ベルグソンの純粋持続」という論考があり、その影響の程を知ることができる。さらに、同書の中で語られている芸術論に関する論にも、それを見ることができる。たとえば、「画家などが我々と異なつた眼をもち、異なつた知覚を得るといふのではない、我々の知覚といつて居たのは真の知覚ではなく、因習的独断であつて、画家の知覚が真に純粋な知覚であるのである」という考え方である。この一節などは、多少語彙を変えれば、小林秀雄が言ってもおかしくない内容である。

また、ベルクソンの言う認識力である「直観」について西田幾多郎は、「物を内から見るのである、着眼点などは少しもない、物自身になつて見るのである、即ち直観である」（『思索と体験』）と述べているが、この言葉などは、本居宣長が語った「物のあはれを知る」というのは、「そのまゝ分裂を知らず、観点を設けぬ、全的な認識力である筈だ」（「第十四章」）というような、『本居宣長』の言葉にそのまま置き換えることができるであろう。さらに『本居宣長』の中の例を挙げるならば、『本居宣長』には、「「さかしだちて物を説く」人は、（略）物を避け、ひたすら物と物との関係を目指す」が、「しかし、物を説く為の、物についての勝手な処理が行はれる、ずつと以前から、物に直かに行く径を、誰も歩いてゐるのは、疑ひやうのないところだ」（「第三十九章」）とある。これも西田幾多郎の考え方に通じるものである。『思索と体験』の中で西田幾多郎は、こう述べている、「芸術は物を統一の方面より見、知識は物を他との関係の上から見るといふが、物を他との関係より見るといふにはすでに其根底に於て統一的見方が無ければならぬ」、と。

後になって小林秀雄は「学者と官僚」（昭和一四〈一九三九〉・一一）で西田哲学を「奇怪なシステム」として批判的に言及しているが、このように初期の西田幾多郎は、小林秀雄と似通った発想の言葉を多く語っていたのである。もっとも、年齢は西田幾多郎の方が三十歳以上も年上であるから、小林秀雄の方が西田幾多郎の思想、すなわち主知主義や合理主義を超えた「生」や「直接経験」に根拠を置いた西田幾多郎の思想と、似通った発想をしていたと言うべきである。いずれにせよ小林秀雄は、とくに文芸批評家としてのその初期において、大正期の代表的思想家であった西田幾多郎が語った思想圏にいたと言えよう。もちろん、その思想は一人西田幾多郎のみが語ったのではなく、大正期の知識人たちの共有の思想でもあった。

それでは、自意識の問題についてはどうであろうか。

三

小林秀雄が自意識の問題から文学者たる「宿命の理論」を生み出したということについては、さきに少し触れた。後の章でさらに「宿命の理論」については詳しく検討したいが、西田幾多郎もやはり自意識の問題について考究していたのである。小林秀雄と西田幾多郎との共通点は、「直接経験」や「直観」をめぐってだけではなかった。自意識の問題に関しても交差するところがあったのである。もっとも、西田幾多郎は自意識という言葉を用いてはいない。「反省」あるいは「自覚」などの言葉を用いていた。そのため、西田幾多郎の論理が小林秀雄における自意識の問題と交差していることが見えにくくなっている。しかしながら西田幾多郎が語る論理には、自意識をめぐっての小林秀雄の論と重なるところがあるのである。もちろん、後に両者はそれぞれ違った方向へと進み出ることになるが。

西田幾多郎ではその方向は、『善の研究』のような人格修養的な要素のある、一種の人生哲学から、すなわち「直接経験」に基づいて我々は自己を発展させなければならず、「善とは自己の発展完成である」というような人生哲学から、世界の存在構造を論理的に説明しようとする哲学へと向かう方向である。その後者の哲学が西田哲学と呼ばれるようになるもので、『善の研究』はまだ西田哲学と呼ばれるものではない。西田哲学とは、「一般者」や「述語論理」、さらには「場所」といった言葉がキーワードになってくる哲学である。しばらく、西田幾多郎の思惟を追ってみたい。

大正二（一九一三）年から同六年にわたって書かれた『自覚に於ける直観と反省』（大正六〈一九一七〉・一〇刊）は、序文によれば、「余の思索に於ける悪戦苦闘のドキュメント」であったが、これは「現今のカント学派とベルグソンとを深き根底から結合すること」を一つの目的とした著作であった。『善の研究』や『思索と体験』は、まだベルクソン的な枠組みでの思索が語られていたが、ここではそれを超えようとする、あるいはそれをはみ出る思索が展開されている。

『自覚に於ける直観と反省』では、まず次のようなことが述べられている。すなわち、「自覚に於ては、自己が自己の作用を対象として、之を反省すると共に、かく反省するといふことが直に自己発展の作用である、かくして無限に進むのである」と。本章のこれまでの言葉を絡めて言うと、「自己の作用を対象として、之を反省する」「自己」というのが、自己の意識を意識する自意識に当たるのであり、自分の意識を「反省」することは「無限に進む」のである。同書の「序論」では、直観は主客の未だ別れない状態で、そのまま「不断進行の意識」であるということが述べられた後、「反省といふのは、この進行の外に立つて、翻つて之を見た意識である」、とされている。

さらに「自覚」については、「自覚に於ては、自己が自己の作用を対象として、之を反省すると共に、かく反省するということが直に自己発展の作用である、かくして無限に進むのである」、とされている。後になるが、『働くものから見るものへ』（昭和二〈一九二七〉・一〇）に収録されている論文「左右田博士に答ふ」（昭和二〈一九二七〉・四）では、「自覚」についてはより端的に、「自覚は所謂主観の主観、所謂意識の意識でなければならぬ」、と述べられている。「自覚」は「意識の意識」のことであるから、小林秀雄における「自意識」に相当すると言える。やはり西田幾多郎も、意識を意識（反省）する自意識の問題を、自分の哲学の中心に位置する問題として捉えていたと言えようか。こういう認識から西田幾多郎は、『自覚に於ける直観と反省』では次のような考えを展開している。

自覚に於て、第一の自己と、之を反省する第二の自己と同一であるといふのは、心理学者の考へるやうに、この二つのものを両ながら思惟の対象として見て、この二つのものが同一であるといふのではない。考へられる自己が、直に考へる自己其者に同一であるといふのである、自己の超越的同一を意識するのである。

（略）我々が我々の自己を意識するといふには、考へる自己と、考へられる自己とを区別して見なければならぬ、併し斯くするには、その考へる自己が更に考へる自己の対象とならなければならぬ、斯くして無限に到つて、遂に自覚といふことを説明することができぬ、併し自覚といふ事実がある、それで自覚に於ては主観と客観とが合一して居らなければならぬ、これが即ち直観であるといふのである。

このように西田幾多郎も、「第一の自己」と「之を反省する第二の自己」の問題、すなわち、意識とそれを意識する自意識の問題を考えていたのである。後半の引用で言えば、それは、「考へる自己」と「考へられる自己」の問題である。西田幾多郎の言うように、「その考へる自己が更に考へる自己の対象」となるから、その「反省」作用は「斯くして無限に到」るであろうが、ここで注意しなければならないのは、「反省」作用あるいは「自覚」作用によって自己が分裂するものとしては考えられていないということである。

さらに注意しなければならないのは、その「考へる自己其者」は対象化して捉えることはできないものだと述べられていることである。その「考へる自己其者」のことは『自覚に於ける直観と反省』の他の箇所では、「真の主観」という言い方をされているが、「真の主観は反省することのできないものでなければならぬ」というふうにも言われている。後に『働くものから見るものへ』（昭和二〈一九二七〉・一〇）に収録された論文で、それ以前の大正一二（一九二三）年九月に発表された「直接に与へられるもの」では、「現実に意識する自己は、何処までも省みることのできない自己である」と述べられている。しかし、自分自身は「何処までも省みることのできない自己である」が、その「自己」あるいは「真の主観」は、事実として「考へ」「反省する」ことを行っているのである。

これらのことを、小林秀雄における自意識の問題として捉え直してみよう。ここで、本章の冒頭で触れた「Ｘへの手紙」では自意識は「姿見」「カメラ」の比喩で語られていたことを思い起こしてもらいたい。「姿見」は「姿見」という自分自身を見ることはできないし、「カメラ」は「カメラ」自身を写すことはできない。しかしながら、そうではあっても、「姿見」は「姿見」としての機能を果たし、「カメラ」は「カメラ」としての機能を果たしているのである。西田幾多郎が『自覚に於ける直観と反省』で言おうとしたことを自意識の問題と関連づけて言うならば、そういうことであった。西田幾多郎は同書の中で、「考へる自己」もさらに「考へる自己の対象」とならなければならぬとした後、こう述べている、「斯くして無限に到つて、遂に自覚といふことを説明することができぬ、併し自覚といふ事実がある」、と。

要するに、「考へる自己其者」、すなわち意識の「反省」作用それ自体は、決して対象化して捉えることはできないけれど、その作用があることは疑えない、「自覚といふ事実がある」というわけである。つまり、「意識の一々の根底には到底対象化することのできない或物がある」のであり、「真の主観は反省することのできないものでなければならぬ、客観視することのできないものでなければならぬ、即ち意識の構成的統一作用といふ如きものでなければならぬ」（同書）ということである。あるいは、西田幾多郎はこのようにも述べている、「それは主観的にいへば対象化することのできない自己であり、客観的にいへば反省し尽くすことのできない直接の所与である」（「直接に与へられるもの」）、と。

対象化して客観化して捉えることができなくとも、それは「或物」として「直接の所与」としてあり、それによって我々の意識現象が成り立っている以上、「意識の構成的統一作用といふ如き物」が在るとして想定しなければならない、と西田幾多郎は述べているわけである。これより後に、西田幾多郎はその「直接の所与」である「或物」を、西田哲学の鍵概念として有名になった「場所」として、さらには「述語」として――もちろん主語に対しての述語である――捉え直そうとする。

たとえば、やはり『働くものから見るものへ』に収められた論考「場所」（初出は大正一五〈一九二六〉・一〇）の中で西田幾多郎は、「我とは（略）一つの点ではなくして一つの円でなければならぬ、物ではなく場所でなければならぬ、我が我を知ることができないのは述語が主語となることができないのである」、と述べている。西田幾多郎は、この「場所」、あるいは「述語」としての「我」を鏡の比喩によっても説明している。「述語的なるものが映す鏡であり、見る眼である」（「場所」）、というふうに。

つまり、「鏡」であり「述語」である「我」、あるいは「意識的自己を超越した自己」は、これであるというふうに固定化して捉えることができないものであって、たとえば「私は何々である」と考えるときの「私」は、すでに意識に対象化され固定化されている自己なのであって、真の自己ではない。「直接に与へられるもの」（前掲）では、「省みられた自己は真の自己ではない」、と端的に語られている。あるいは、「それはいわゆる意識せられた意識であってはならぬ。意識を意識する意識でなければならない」（「叡智的世界」、昭和三〈一九二八〉・一〇）、と。

このような西田幾多郎の考え方について、大橋良介は『西田哲学の世界　あるいは哲学の転回』（筑摩書房、一九九五〈平成七〉・五）で、次のようにうまく説明している。

述語とは、対象としての主語を限定するものであるが、その根底に、いかにしても対象化されえないところの意識作用そのものがある。この意識作用そのもの、あるいは「意識する意識」が、「述語となつて主語とならないもの」と考えられたのである。

あるいは次のようにも述べている。

（略）西田がその「場所論的転回」において、ないしそれに至るまでに執拗に追求した問題は、「自覚」であった。彼における自覚とは、「意識されたもの」に対する「意識する意識」であり、「ノエマ」に対する「ノエシス」であり、どこまでも「対象」とならないものとしての「自己」を知ることであった。

「自覚」あるいは「真の自己」と呼ばれるものは、フッサール現象学で言う「ノエマ」すなわち意識における対象面にはなく、「ノエシス」すなわち意識の作用面にあるわけである。そう考えてのみ、「真の自己」は把握できる、と西田幾多郎は考えたのである。

四

西田幾多郎の言う「意識を意識する意識」（「叡智的世界」）が、小林秀雄にとっての自意識のことであった。そして、その自意識による、文学と自分との結びつきに「必然性」があるのか、と問い詰める中から、小林秀雄は自らが文学に携わざるを得ない「必然性」、すなわち「宿命」を自得するに至ったのではないか、と考えられる。そのことについては次章で詳しく検証してみたいが、同じように「意識を意識する意識」の問題に取り組みながら、当然と言えば当然であるが、西田幾多郎は別の方向に進んでいった。そもそも西田幾多郎にとっては、「意識を意識する意識」を「ノエマ」的に、あるいは実体的に捉えようとすること自体、間違ったやり方なのであった。この問題についての西田幾多郎の考え方を、次にもう一度確認しておきたい。

西田幾多郎によれば、「意識」と「意識を意識する意識」とは同一のものとして捉えなければならない。だから、そこでは「自己」は分裂することはあり得ない、ということになる。『自覚に於ける直観と反省』ではこう語られている。「考へられる自己が、直に考へる自己其者に同一であるといふのである」、「我が我の同一を知る、知る我と知られる我と同一である」、と。さらにフィヒテの「事行」の概念を援用しながら、次のようにも語られている、「併し我の我たる所以は、斯く自己が自己を反省する所にあるのである、省みる自己と省みられる自己と同一なる所にあるのである。この事行Tathandlungの外に我はない、此処に我の全体がある」、と。「事行」というのは、自己自身を定立する、自我の根源的活動のことであるが、そのような活動の中に、西田幾多郎の言葉で言えば、「所生」ではなく「能生」の中に、「我」はあるのである。繰り返せば「我」は、「ノエマ」ではなく、「ノエシス」にあるのである。ここで言われている「能生」と「所生」とは、「知る我と知られる我と同一である」ように同一であることは言うまでもない。

このように西田幾多郎の思索の跡を追ってみると、小林秀雄と同様に西田幾多郎も「意識を意識する意識」の問題に面したのであるが、その際、西田幾多郎の「我」は分裂することがなかった。というよりも、一時的に分裂することはあったであろうと想像されるが、西田幾多郎は「我」を対象化した上でその対象化された「我」を実体的に捉えようとするのではなく、その対象化している「我」、「能生」としての「知る我」の方に、「真の自己」はある、と考えたのである。「我」は、実体的に捉えるのではなく、機能的に捉えるべきだとした、と言うことができるだろう。こういう「我」の捉え方から、西田幾多郎はいわゆる西田哲学を創出していったのである。もちろん、こういう「我」の捉え方に至るまでには、西田幾多郎にも分裂する「我」の問題に摑まえられ、悩んだ時期もあったと考えられる。彼の参禅の体験からも、そのことが推定できるであろう。

一方、小林秀雄は、「知る我」と「知られる我」との分裂の問題に対して、西田幾多郎のように、それらは「同一」であって、しかも「真の我」は「知る我」の方にあると「我」を機能的に捉えた方がいい、というふうに、言わば問題をスルリと躱《かわ》すのではなく、あくまでその分裂に拘ったと言えよう。いま「スルリと躱す」と述べたが、むろん西田幾多郎はその問題から逃げたのではない。「我」を機能的に捉える方が、より生産的な思考が展開できると考えたからである、と言うべきである。それに対して小林秀雄は、その分裂の問題をさらに追究し、それを文学者たる「必然性」「宿命」の問題と絡めて問うていったのである。小林秀雄と西田幾多郎とは、分裂する「我」「意識」の問題では交差しながら、その後はそれぞれの道を歩んでいったのである。

しかしながら、両者は昭和のファシズム期において、歩調を合わせ出し、ともに危うい言説を語り出すのである。それは両者だけでなく、本章の初めの方で論及した和辻哲郎においても同様の傾向を見ることができる。それについては、以下の章で検証したい。

［付記］「ベルグソン」の表記についてであるが、現在での日本語表記はベルクソンと表記されるのが通常であるが、戦前ではベルグソンというように、グというように濁音表記するのが一般的であった。小林秀雄もそう表記している。したがって、私の地の文ではベルクソンと清音表記し、小林秀雄の文章などからの引用では濁音表記のまま引用することにする。

第二章　文学者たる「宿命」の自得へ——批評家以前（二）

一

前章で引用した箇所であるが、ここでも再度引用しておきたい。それは「様々なる意匠」で文壇に登場した批評家小林秀雄による、「文藝春秋」における文芸時評の、その第一回目の「アシルと亀の子　I」（昭和五〈一九三〇〉・四）の中の一節である。

扨《さ》て、宿命的に感傷主義に貫かれた日本の作家達が、理論を軽蔑して来た事は当然である。作家が理論を持つとは、自分といふ人間（芸術家としてではない、たゞ考へる人としてだ）がこの世に生きて何故、芸術制作などといふものを行ふのか、といふ事に就いて明瞭な自意識を持つといふ事だ。少なくともこれの糾問《きうもん》に強烈な関心を持つ事だ。言はば己れの作家たる宿命に関する認識理論をもつことである。

この箇所に注目した研究者に、『小林秀雄論』（塙書房、一九七二〈昭和四七〉・一一）の亀井秀雄がいる。亀井氏は小林秀雄におけるマルクス体験を重く見る解釈をしていて、それに対して私には異論があり、後の章で詳しく見ることにしたいのだが、亀井氏は、小林秀雄は「自分という人間がこの世に生きて何故に文学にたずさわるのかという疑問」に自らが答えるために、「現実に可能な物質的技術の活動を行い」、その活動を通して「精神を明るみに出し」てみなければならないと考え、文章を書くという物質的技術の世界、すなわち「ジャーナリズム」の世界に入ってみようとした、という解釈をしている。つまり小林秀雄は、「文学とおのれの生活過程との必然的な結ばれ方を認識してゆくためにも、その操作（「物質的技術の活動」――引用者）は必要不可欠の条件となってくる」と考えていた、というのである。そこでマルクスの著作から小林秀雄は大きな示唆を受けたというふうに、亀井氏の論は小林秀雄にとってマルクス体験が大きかったとする解釈へと繋がっていくのである。

しかしながら、それでは小林秀雄は「ジャーナリズム」の世界へ入っていく前には、言い換えれば文芸批評家として出発する前には、文学と自分との「必然的な結ばれ方」を未だ認識していなかったことになる。小林秀雄はその「結ばれ方」をこれから考えていくつもりだったのだろうか。亀井氏の論理ではそうなってくるが、しかし、それはあり得ないと考えられる。小林秀雄にはすでにその自覚が、すなわち「已れの作家（広く「文学者」と言うべきであるが――引用者）たる必然性」（「アシルと亀の子　V」昭和五〈一九三〇〉・三）を認識していたからこそ、その自覚があったからこそ、「感傷主義に貫かれた日本の作家達」に「已れの作家たる宿命に関する認識理論をもつこと」を説くことができたと、考えるべきであろう。

つまり、小林秀雄は文壇登場以前の時期において、自分が文学に携わざるを得ない「必然性」についての、「様々なる意匠」の言葉で言えば「宿命」についての自覚が、すでに出来上がっていたと考えられるのである。繰り返して言えば、だからこそ、さきの引用にあるような強い言葉を、日本の作家達にぶつけることができたわけである。この問題について小林秀雄は自信があったのである。それだけ、「この世に生きて何故、芸術制作などといふものを行ふのか」という「糾問《きゅうもん》」を充分に経てきたという思いがあったであろう。

ここでは、その「必然性」「宿命」の自覚に至るまでの、小林秀雄の精神の劇を、主に文壇登場以前の数少ない資料を基にして、仮構してみたい。その後で、その歩みをボードレールに託して語ったのではないかと思われる「「悪の華」一面」（昭和二〈一九二七〉・一一）について見ていきたい。

さきの引用にあったように、「宿命の理論」とは自分が芸術に携わざるを得ない必然性についての自覚のことであった。しかもそれは、「芸術家としてではない、たゞ考へる人としてだ」と、小林秀雄がわざわざ断っているように、自分が芸術家であることを自明なものとした上での「認識理論」ではなく、むしろその自明性を徹底的に懐疑することを通して得られた「認識理論」なのであった。ここで、補足しておくと、芸術家に限らない人々に関する、一般的な意味での宿命についての論は、後の「様々なる意匠」で展開されることになる。その一般的な意味での宿命に関する論の場合は、「宿命論」と呼ぶことにしたい。ここでは、芸術制作を自らにとって必然的なものと考える場合の、その宿命の論について見ていくわけだが、その場合には「宿命の理論」と呼んで、使い分けたい。

さきに引用した「アシルと亀の子　Ｉ」に、「明瞭な自意識」という言葉があったことから窺われるように、自身の芸術家たる必然性についての問題には、小林秀雄の自意識が大きく関わっているということである。もう一つは、小林秀雄が芸術を行為の範疇で捉えていたということである。「何故、芸術制作などといふものを行ふのか」、というように。因みに、「様々なる意匠」では行為ではなく、「実践」という言葉に置き換えられているが、つまるところ同じ概念と考えていいだろう。なお、「「悪の華」一面」では端的に、「創造とは行為である」とされている。

これらのことから、「宿命の理論」の背後には、自意識の問題と行為の問題と、この二つの事柄が絡まって存在していたと言えそうである。この両者の関係が象徴的な形で出て来るのが、小林秀雄の実質的な意味での文学的出発であったと言える小説「一ツの脳髄」（大正一三〈一九二四〉・七）であった。

「一ツの脳髄」は、志賀直哉風の私小説を書こうとしながらも、結果的には、おそよ志賀直哉とは対蹠的な、小林秀雄の精神の位置を露呈させた作品として、よく知られているものである。過剰な自意識がもたらした自我の分裂、その結果として、眼に映る外界の風景が有機的なまとまりを失いかけていること、そして、そういう外界に過敏な神経の末端部分のみが反応するような心理世界――このような内風景が、強固な統一像を持つ志賀直哉の自我とは対極的なものとして、これまでも多くの批評家、研究者が注目してきた。小説の主題も、たしかにそういう心理劇にあるわけだが、ここでは改めてそれについて縷述する必要はないだろう。ここで注目しなければならないのは、その心理劇と深く関連しながらも、そこから突出した形で出て来る、行為についての自意識の認識劇である。その意味で注意を惹かれるのは、末尾のエピソードである。

　次の船は仲々出ない。私は赤い錆の様な汀に添うて歩いた。下駄の歯が柔らかい砂地に喰ひ込む毎に海水が下から静かに滲んだ。足元を見詰めて歩いて行く私の目にはそれは脳髄から滲み出る水の様に思はれた。水が滲む、水が滲む、と口の中で呟き乍ら、自分の柔らかい頭の面《おもて》に、一と足一と足下駄の歯をさし入れた。狭い浜の汀は、やがて尽きた。私は引き返さうと思つて振り返つた。と、砂地に一列に続いた下駄の跡が目に映つた。思ひもよらぬものを見せられた感じに私はドキリとした。私はあわててそれを脳髄についた下駄の跡と一つ一つ符合させようと苛立つた。私はもう一歩も踏み出す事は出来なかつた。そのまゝ丁度傍にあつた岩にへたばつた――。

　茫然として据ゑた眼の末に松葉杖の男の虫の様な姿が私の下駄の跡を辿つてヒョコヒョコと此方にやつて来るのが小さく小さく見えた。

「松葉杖の男」にランボーのイメージが重ねられているとする解釈もあり、そうなると私の読みともうまく接合するのであるが、ここではその問題には触れないで、それよりも前の箇所について考えてみたい。砂地に下駄の歯跡をつける行為と、それを頭にも刻みつける意識の作業とは、混然と一体をなしていると「私」には思われた。が、現実の歯跡は「思ひもよらぬもの」としてそこにあった。これは、行為と意識との不一致を自意識が認識したことを表すエピソードとして読めるのではないだろうか。

すでに述べたように、小林秀雄にとっての自意識とは、意識（第一次的意識）を意識する第二次的意識のこと、あるいは意識を反省する意識のことであった。さらに小林秀雄の場合、やはり行為に焦点があって、自意識は、行為と対をなして進行する意識に対して、それを反省する、省みる意識というふうになっている。ここでは、「頭の面《おもて》に、一と足一と足下駄の歯をさし入れ」るのが第一次的意識であり、その「頭の面」の「跡」と現実の「下駄の跡」を「符号」させることが不可能であることを認識したのが、自意識である。

ここで注意したいのは、その不一致の原因が、小林秀雄の自我の分裂にあるのではないということである。むしろ、彼の自意識が鋭敏であったために、不一致に気づかざるを得なかったというのが、事の真相だったのではないだろうか。つまり、どんな人間であれ、行為と意識との間にはズレがあるのだが、普通には多くの人はそのことに気づかずに過ごしている、しかし、鋭敏な自意識を持っている小林秀雄は、それに気づいてしまったというわけである。小林秀雄は後に、「志賀直哉　世の若く新しい人々へ」（昭和四〈一九二九〉・一二）で、「氏は思索と行動との間の隙間を意識しない。たとへ氏がこの隙間を意識するとしても、（略）或はやがて氏の欲情は忽ちあやまつ事なくその上に架橋するだろう」と述べたが、「原始」人志賀直哉にさえあるこの「隙間」が、いま述べたズレのことである。「一ツの脳髄」の末尾部分は、その「隙間」の発見を語ったエピソードであると読めるだろう。

もう一つ見逃してならないのは、不一致に気づいた時、「符合させようと苛立」ち、遂に「岩にへたばつた」という記述である。これは、意識とのズレが無い行為、言い換えれば、意識と隙間なく必然的な関係で結びついている行為を求める精神の志向を表していると考えられる。つまり、末尾のエピソードは、意識と行為との「隙間」の無い必然的な結びつきを希求しながらも、それが不可能であることを認めざるを得ない、という精神の葛藤を物語ったものであると読めるのではないだろうか。意識と行為の問題は、やがて自意識論となって結晶したが、そしてそのように読むと、後にドストエフスキーの作品論、とりわけ「『罪と罰』に就いて　I」や「『地下室の手記』と『永遠の良人』」などの主要テーマとして発展される、そのシンボライズされた原型を、ここに見ることもできるだろう。

それでは、この意識と行為の問題は、芸術についての懐疑の問題とどのように関わってくるのだろうか。また、その懐疑の構造はどのようなものだったのであろうか。

二

次に引く断片は、大岡昇平の『中原中也』（角川書店、一九七四〈昭和四九〉・一）の中の「朝の歌」で公開されたもので、大岡氏の推定によれば、大正一四（一九二五）年十月に書かれた、「多分富永太郎宛の手紙の下書」である。

雨が降る何処《ママ》にも出られぬ。実につらい、つらい、人が如何しても生きなければならないといふ事を初めて考へたよ。要するに食事をしようといふ獣的な本能より何物もないのだな。又それでなければ嘘なのだな。だからつらいのだな。芸術のために生きるのだといふ事は、山椒魚のキン玉の研究に一生を献げる学者と、何んの異なる処があるのか。人生に於て自分の生命を投げ出して賭をする点で同じぢやないか。賭は賭だ、だから嘘だ。世には考へると奇妙なセンチメンタリスムが存在する者《ママ》だ。

「芸術のために生きる」ことも、「山椒魚のキン玉の研究に一生を献げる」ことも、人生上の価値という点において相等しい。この種の認識は、芸術を神聖視する態度から抜け出ている者ならば、誰もが持っている常識的なものであると言えよう。小林秀雄も、それと相変わらぬ認識を持っていたわけである。ついでに言えば、小林秀雄は終生、芸術を神聖視する姿勢から離れていたのである。ただ、ここでの小林秀雄の場合には、そういう一般的なと言える姿勢とは異なった観点から、断片のようなことを語ったと考えられる。それは、「芸術のため」も「山椒魚のキン玉の研究も」、ともにそれなりに価値あるものとして同等であるというのではなく、逆にどちらも無価値であるという点で相等しいとしているのではないかと考えられるのである。両者とも「賭」であり、したがって「嘘」であると言うのである。これはどういうことであろうか。

芸術を問題にしているのではないが、やはり、高尚とされる行為とそうでない行為とを例に引き出して、ともに等価であり、「無意味」でさえあるといったような言葉が、「Xへの手紙」（昭和七〈一九三二〉・九）の中にある。「俺が自分の言動とほんたうの自分とのつながりに、なんとは知れぬ暗礁を感じはじめてから既に久しい」という一文は、すでに第一章で引用したが、そういう言葉から始まる、自意識の認識劇を回顧した一節の中の言葉は、さきの断片の内容と照応している。

複雑な抽象的な思索に耽《ふけ》つてゐようと、たゞ単に立小便をしてゐようと、同じ様にカメラは働く。凡そ俺を小馬鹿にした俺の姿が同じ様に眼前にあつた。俺にはこの同じ様にといふ事が堪へられなかつた。何を思はうが何を為ようが俺には無意味だ、俺はたゞ絶えず自分の限界を眼の前につきつけられてゐる事を感じた。

第一章で触れたように「カメラ」というのは自意識の比喩だが、注意をひくのは、行為の等価性についての認識が、この「カメラ」の作動がもたらしたものであるということである。つまり、自意識の眼を通して見た時に、どんな言動も「同じ様」な姿に見えてくると言っているのである。このことに留意してさきの断片を読み返してみると、芸術することへの懐疑は、「一ッの脳髄」で見た、自意識の認識劇の言わば応用例のように思われてくる。つまり、芸術も行為である以上、他の行為の場合と同様、芸術という行為と、それを行おうとする意識との間には必然的な結びつきはなく「隙間」があり、したがって芸術も、その必然性が無い点で他の行為と等価である、というふうな論理である。小林秀雄が「賭」――偶然性に宰領されるもの――をする点で「同じ」だと述べているのは、そういう論理を言い表したものだと思われる。そして、偶然性に宰領される「賭」を「嘘」だという負の評価が出て来たのは、やはり、小林秀雄が行為に関しての必然性を、言わば倫理的に志向していたからであろう。「つらい」のもそのためであり、芸術を含めたおそらく全ての意識的な行為は否定され、わずかに「獣的な本能」に結びついた行為のみが受け容れられるのである。

以上が、芸術に関する小林秀雄の懐疑の構造を、敢えて整理してみたものであるが、興味深いのはさきの断片の、「考へると奇妙なセンチメンタリスムが存在する者だ《ママ》」という最後の一文である。これだけではその意味するところがはっきりしないが、芸術に対して懐疑など持ったことがなく、芸術を神聖視し、自分が芸術に携わることを自明なものとして信じ込んでいる文学者たちへの批判の言葉ではなかったかと想像されるのである。文壇登場後の最初の文芸時評「アシルと亀の子」において、小林秀雄が一貫して批判しているのが、まさに、そのような文学者たちの素朴な文学信仰であり、小林秀雄が彼らに投げつけた言葉は「感傷」「感傷主義」であった。

「感傷主義」については、本章の冒頭で「アシルと亀の子　Ⅰ」のなかの言葉として引用しておいたが、「感傷」の言葉については「アシルと亀の子　Ⅱ」（昭和五〈一九三〇〉・五）のなかにある。それは、「吾が国の近代文学者」に「文学が正当に懐疑された事は嘗てない」として、次のように用いられている。すなわち、「文学は昔乍らの感、傷と素朴とをもつて是認されてゐる点で、プロレタリアの諸君も芸術派の諸君も同じに私には見えるのだ」、と。

こう見てくれれば、断片中の「センチメンタリスム」の言葉については、さきの解釈でほぼ間違いがないと思われるが、それとともに、当時の文壇に対する小林秀雄の姿勢が、この頃までに出来上がっていたことも知ることができる。

それでは、以上のような懐疑のなかから、どのようにして自身の文学者たる必然性を確信するに至ったのだろうか。しかし、それを考察する前に、この断片の執筆時期あたりの問題と、断片以後の小林秀雄の文学活動について若干考察しておきたい。

この断片が大正一四（一九二五）年一〇月に書かれたものであるとすれば、それは興味深いことと言わねばならない。その時期までに小林秀雄は、「一ツの脳髄」の他に、やはり自我の分裂と錯乱を基調とした習作的な小説、「飴」（大正一三〈一九二四〉・八）と「ポンキンの笑ひ」（大正一四〈一九二五〉・二）を試みているが、この断片以後は、文壇登場後の最初の小説「からくり」（昭和五〈一九三〇〉・二）までは、「ポンキンの笑ひ」の改稿（「女とポンキン」昭和二〈一九二七〉・一二）以外、創作の筆を執っていない。この断片の四ヵ月後に処女評論と言うべき「佐藤春夫のヂレンマ」（大正一五〈一九二六〉・二）を書き、以後、翻訳以外は専ら批評を書いている。つまり、文壇登場以前のこの時期に限って言えば、小林秀雄が小説から批評へと転ずるところに、この断片は位置していることになるのである。

もちろん、と言っても、この断片に、文学ジャンル上の小林秀雄の転生物語の契機を読み取ろうというのではない。実際それは不可能であって、たとえば「様々なる意匠」以後にも、小林秀雄は数編の小説を試みているのである。ただ、この時期に限って言えば、彼が批評の筆を執らざるを得なかった、つまり小説の筆を一旦は折らねばならなかった必然性を、この断片はよく表していると言いたいのである。

「一ツの脳髄」以後も、自意識劇を小説化していた小林秀雄であったが、彼の自意識が、文学を〈書くこと〉自体の必然性なり、意味なりを問うようになったのは当然の成り行きであって、それが断片の言葉となってあらわれた。このような文学自体への懐疑を内攻させている人間は、もはや安易に創作の筆を執ることができなくなり、それ以後もなお文学に関わろうとすれば、文学に携わることの意味を問うために〈書く〉ような表現方法へと向かわざるを得なかった。――それが、この時期における小林秀雄にとっての批評であったと私は考えるのである。したがって、その批評がそういう問題を主題としたのは当然であるが、同時にまた、懐疑を持った青年、小林秀雄が、まず周囲の「センチメンタリスム」的文学（者）に批判を投げつけざるを得なかったであろうことも、これまた当然の成り行きとして容易に想像できるであろう。断片の後に書かれた最初の評論「佐藤春夫のヂレンマ」（大正一五〈一九二六〉・二）は、実際、そのような内容になっている。

「佐藤春夫のヂレンマ」は、この評論が掲載される一ヵ月前の「中央公論」に掲載された、佐藤春夫の「FOU――おれもさう思ふ」についての批評である。

この小説には、一人の純粋無垢な天才青年画家が主人公として登場する。彼は、芸術を解さない周囲の人々と不協和音を醸し出しながら、周囲からは狂人扱いされるまでに至るが、そうしたなかでも、天真さを失うことなく絵を描き続け、遂に貧苦のうちに催眠剤を飲み過ぎて死んでしまう。彼の遺作展は「新芸術を解する人々」に受け容れられ、「パリ・ジュナル新聞」に、「彼はアンリ・ルツソウのやうに朴訥だ。マリイ・ロオランサンのやうに脆美だ」という賞讃の批評が載る。

舞台はパリ、主人公のマキ・イシノは天真な青年画家、ということも手伝って、主人公は死んでしまうものの、明るい色彩の小説であるが、その主題は、同じく佐藤春夫の小説「都会の憂鬱」のそれと基本的に同じである。「都会の憂鬱」の主人公は、エリート意識に根ざした芸術（家）観を持っており、彼によれば、人には、「芸術家の本能」を持つ者とそうでない者との二つのタイプがあって、芸術の「魔力」に憑かれ、芸術に「信仰帰依」し得るのは、前者のみである。こういう選民意識を持った芸術至上主義者が周囲とうまくいくはずがなく、その疎外感や孤独感を描いたのが、「都会の憂鬱」であった。中村光夫は『佐藤春夫論』（文藝春秋、一九六二〈昭和三七〉・一）で、この主人公は「人間である前に「芸術家」である」と述べているが、そのような人物から特権的な芸術家意識を除き去ったのが、まさに天才青年画家マキ・イシノである。したがって彼は、芸術至上主義の哲学は語らないが、代わりに語り手が、「イシノからの如き品位を感受するためには、それは決して普通の人ではいけなかつた」と語るのである。そしてこの小説は、実生活の場において、いかにマキ・イシノが「普通の人」と異なっていたかの、その相違ぶりの描写に終始していると言ってもいい。

このような芸術家小説に小林秀雄が反発したのは当然であったと言える。一人の芸術家の存在が社会に「アイロニイ」であったことを証するのは、その芸術家の作品であって、実生活上での対世間的な態度などではないのだが、佐藤春夫は「ＦＯＵ——おれもさう思ふ」では、そのことを混同していて、しかもその混同に全くの無頓着である、と小林秀雄は述べる。と言っても、小林秀雄が問題にしているのは、作品と実生活のレベルの相違といったことではなかった。小林秀雄の批判は、やはり、佐藤春夫の芸術家観に向けられていたのである。

芸術家を俗人と先天的に異なった人間と捉え、その選民性に芸術家の本質を見るような芸術家観を持つならば、芸術家を主人公とする小説を書く場合、たしかに実生活上での俗人との相違を描くことに傾くであろう。なぜなら、言うまでもないことだが、その相違の程度が、そのまま芸術家としての純粋さ、本質の現れの尺度と見なされるからである。そうなると、芸術家の本質は作品そのものが語るのではないかという観点は、全く欠落してくるだろう。「Ｆ

OU――おれもさう思ふ」で佐藤春夫が行ったことは、そういうことであった。このような佐藤春夫を、小林秀雄は「完全に感傷の波に漂ふ幻想家である」としたのだが、ここでの「感傷」という言葉は、あの断片の「センチメンタリスム」という言葉にそのまま通じているだろう。

しかし小林秀雄は佐藤春夫批判に終始しているのではなかった。小林秀雄自身の芸術家観も提示しているのである。まず、こう述べている。

　真実の芸術家にとつては、自分の存在が社会に対して一つのアイロニイであると感ずる事は、決して彼の創造の観念とならない。何故なら、それは彼の魂の寄生的な一情趣に過ぎないから。即ち生きるといふ事ではないからだ。

ここから見えてくるのは、「創造の観念」と「生きるといふ事」とが一つになった人間、それが「真実の芸術家」であるという芸術家観である。小林秀雄によれば、いわゆる素朴派の画家アンリ・ルソオは言わばその即自的な典型であって、「ルソオには森で拾つた木の葉を写すことは生きる事」であった。近代の病弊を存分に浴びたジュウル・ラフォルグも、「彼が芸術家であつたのは、その惨めな姿を意識して、その自己憐憫を抱いてこの世から遁走するのに、彼の生涯の血と涙とを賭した事にある」としている。自意識という座標を置いてみれば、ルソオとラフォルグとでは二人の位置は決して近くはないが、むしろ対極にあったと言えるが、しかし両者とも、自身と芸術との結びつきに必然性があった芸術家、すなわち「真実の芸術家」であったと、小林秀雄は考えていたようである。

おそらく、このような芸術家像を提示する以上、さきにも述べたように、やはり小林秀雄には、自身が文学者たる必然性についての確信が出来上がっていたと考えられる。後に、「我まゝな感想」（昭和五〈一九三〇〉・一二）で、「だが文学を軽蔑する事と文学を一生の仕事と覚悟する事とは紙一重だ。そしてその間の事情を悟るにはもはや他人の言葉は一文の足しにもならぬ」と語っている。この言葉は小林秀雄自身の体験を踏まえた言葉だと考えられる。そうであるならば、「佐藤春夫のヂレンマ」の時には、すでにこの「紙一重」を潜り抜けていたと考えて当然であろう。繰り返せば小林秀雄は、自意識による懐疑を通して、そしてその果てで、文学者たる「必然性」「宿命」を悟得するという体験を通過していたのである。「宿命の理論」は、ほぼ完成していたのである。

さて、本章の初めにおいて、小林秀雄には宿命に関して二通りの宿命論があると考えられ、そのことを踏まえるならば、一般的な意味での宿命に関する理論を「宿命論」と呼び、芸術家に関わる特殊な宿命に関する理論を「宿命の理論」と呼びたいということを述べた。これまで見てきたのは、「宿命の理論」の方であったが、他方の「宿命論」についてもこの頃にはすでに考えられていたと思われる。そのことは、「佐藤春夫のヂレンマ」から一ヵ月後に発表された「性格の奇蹟」（大正一五〈一九二六〉・三）で、確かめることができるであろう。

三

「性格の奇蹟」は、二つの性格を取り上げて論じたエッセイである。一つは、人間一般における「性格」であり、もう一つは、芸術家の「性格」である。まず前者から見ていくと、人間の「性格」について小林秀雄は、次のように考えている。

性格とは顔である。それは画家の仕事だと言ふのか？　然し、黙つて坐つてゐた兵隊が口を開いた途端、画家の観念は、忽ち小説家のイリュージョンに移調されて行く事を如何しよう。而も、会話から会話者の行動を取り去つたあとに一体何が残るか？　性格とは行動である。

この考えは、さらに「芸術家にとつて、人間の性格とは、その行動であつて断じて心理ではない」というふうにも主張され、それが、心理主義的な傾向の考えに対する批判と表裏をなしていることを知ることができる。心理学は「心理」という仮設を作っているとも言え、それに基づいて「性格」を概念的に把握しようとするが、小林秀雄は、そのような捉え方を退け、「性格」を人間の肉体の動きの中に「イリュージョン」として見ようとするのである。と言っても、小林秀雄が心理学における行動主義の立場に立っていたということでは無論ない。行動主義の場合は、人間をより合理的に分析するために「行動」という観点を設けるのだが、小林秀雄の言う「行動」は、むしろその逆であって、「イリュージョン」という言葉や「幻怪な行動の神秘」という言い方からも察せられるように、その「行動」は、合理的な把握が不可能なものとして考えられているのである。

このことは、小林秀雄にとっての「行動」について、これまで私が述べてきたことからも首肯できるであろう。「行動」と意識との間には「隙間」があるというのは、「行動」には意識による把握を超え出た、「幻怪」な「神秘」なものがあるというイメージも帯びてくるからである。そのような「行動」に小林秀雄は、「人間の性格」、すなわち、その人のその人たる所以のもの、独自性を見るのである。こういう「性格」観の上に、「性格とは顔である」、「兵隊も紳士も番頭も、神様から戴いた顔を如何《どう》しやうもなく肩の上で動かしてゐる」という言葉を繋いでみると、「性格」が「宿命」の異名に他ならないことに気づくだろう。

少しさき走るが、「様々なる意匠」でも「性格」は「宿命」と同義なものとして語られていた。以下に引くのはその有名な一節である。「（略）血球と共に循る一真実とはその人の宿命の異名である。或る人の真の性格といひ、芸術家の独創性といひ又異なつたものを指すのではないのである」、と。「宿命」＝「性格」＝「独創性」という等式であるが、「独創性」の項も、「性格の奇蹟」に見られる。こう述べられている、「真の芸術家にとつて、美とは彼の性格の発見といふ事である。そして彼の発見した性格の命令は唯一つである。独創性に違反する事はいかなる天才にも許されぬ」、と。

こうして見ると、本章の冒頭で述べた言わば一般宿命論における「宿命」の観念とほぼ同内容の観念も、「性格の奇蹟」の時点で、すでに小林秀雄のなかに形成されていたことを知ることができる。他方の芸術家たる「宿命の理論」についても同様である。「性格の奇蹟」で語られている、もう一つの「性格」である「芸術家の性格」についての論述に、そのことを見ることができる。こう述べられている。

第二の秘密が顔を出す。芸術家の性格といふ事である。人間の性格が行動であつて心理ではないと観ずる事は、いはゆる概念が飛散した最後に残る芸術家の純精なイリュージョンに他ならぬ。このイリュージョンを摑んだ時、彼は芸術家の性格といふものを発見するのだ。

「芸術家の性格」という言葉を「芸術家の宿命」という言葉に置き換えてみるならば、この一節が、いささか性急にではあるが、「宿命の理論」を語ったものであると言えなくはないことがわかる。ここでは、芸術家とは人間を「心理」ではなく「行動」の相の下に捉える者として語られ、そのことは芸術家にとっては様々な「概念が飛散した最後に残る純精なイリュージョン」だとされ、その「イリュージョンを摑んだ時」が、「芸術家の性格」すなわち「宿命」を把握したときだと言うわけである。ここで小林秀雄は、やや強引に論を展開しているが、大切なことは、繰り返すならば、この時点において小林秀雄は、自身がその「芸術家の性格」を所有していることの自覚があったということである。

では、その「宿命の理論」に至るまでの行程はどのようなものであろうか。あるいは、「宿命の理論」のその論理構造はどのようなものであろうか。これまで見てきたように、意識と必然的な結びつきが無いこと、あるいは意識との間に「隙間」があることが「行動」の本質であり、芸術制作という行動もその例外ではなかった。小林秀雄の芸術に対する懐疑の大きな理由もそこにあったのである。だとすれば、「宿命の理論」とは、芸術との結びつきについての否定的認識の徹底が芸術に対する肯定的態度に繋がる、というパラドキシカルな論理構造を持っているということになる。さきに、「我まゝな感想」の中の、「文学を軽蔑する事と文学を一生の仕事と覚悟する事とは紙一重である」という言葉を引いておいたが、「宿命の理論」はまさに「紙一重」のところで否定と肯定とが結びついているような理論だと考えられる。

では、何故そのパラドックスが可能なのだろうか。それを明らかにするためには、小林秀雄における虚無の認識について触れなければならないであろう。そして、そのパラドックスの構造、あるいは芸術家たる「宿命」の認識に至る、精神の行程を語った論に、「「悪の華」一面」があると考えられるのである。

四

本章のこれまでの論において、小林秀雄の「宿命の理論」とは、自己が芸術に携わざるを得ない必然性についての認識のことであり、この認識は、芸術と自己との結びつきの自明性を、自意識によって徹底的に懐疑することを通して、そしてその懐疑の果てで、芸術と自己との結びつきを自得するに至るというパラドキシカルな構造を持ったものではないか、ということを述べてきた。その精神の行程がボードレールに託して語られたのが、「「悪の華」一面」（昭和二〈一九二七〉・一二）だったのではないかと考えられるのである。この「「悪の華」一面」は難解な評論である。ということは、それはまた、色々な解釈ができる評論でもあるということだが、ここでは小林秀雄が「宿命の理論」を獲得するに至った精神の道程をボードレールに託して語った評論であるという観点から、読み解いていきたい。なお、とくに断らない限り、本章における以下の引用は、すべて「「悪の華」一面」からである。

「『悪の華』一面」の要旨を簡単に述べておくと、ボードレールは「自意識を自意識」することで虚無に陥ったが、その虚無の中から彼の「創造的自我」が誕生した、というものである。

こういう精神のありようにボードレールの「秘密」があるとする立論から、小林秀雄はそれを解く「鍵」として、ボードレールの自意識にまっすぐ狙いを定める。文学史家が彼の美学に張り付けた、ダンディズム、エキゾティシズム等のレッテルなどは一切無視する。さらにそれに留まらず、ボードレールの芸術思想の特徴である「象徴《サンボル》」の考えも重要なものではないとしている。「象徴とは畢に芸術の独占する宝玉ではない」と考えるからである。小林秀雄によれば、「小児原始人」も、「覚醒せる俗人等」も象徴世界の住人たることができ、また、「体系的思索家」も思索の緊迫が破れるとき、「象徴の森」を覗き見ることがある。つまり、「象徴」を見たり、感じたりすることにおいては、詩人も他の人間も、本質的には変わりはない。問題は、その「象徴を実現する」か否かにあるので、このことが、詩人と他の人間とを本質的に分かつのである、と小林秀雄は考えるのである。すなわち、「如何に深刻に見たか」（傍点・原文）ということよりも、「如何に深刻に歌つたか」（同）ということに、詩人の「最も深刻な苦悩」を見るのである。

このように小林秀雄は、詩人が「象徴を表現する」、すなわち詩を〈書く〉ということに特別な意味付けをしているのだが、やはりこれは、詩人は何故〈書く〉のか、〈書く〉とはどういうことなのか、という問い掛けが小林秀雄にあったからだと考えられる。この問題意識が「宿命の理論」の出発点であったことを、再度確認しておきたい。

次に、小林秀雄の論述は、「象徴を実現するといふ事は象徴以外の何物でなければならない」として、その問題意識が語られる論の核心部分に入っていく。

すべての形種の芸術はそれぞれ自身の裡に感覚の世界と言葉の世界を持つてゐる。美といふ実質の世界と倫

理といふ抽象の世界とを持つてゐる。つまり形態の世界と意味の世界とを持つてゐる。（傍点・原文）

まず、「倫理といふ抽象の世界」という表現に注意したい。等式で表せば、「感覚」＝「美」＝「実質」＝「形態」という系列と、おそらく観念一般を言い表そうとした、「言葉」＝「抽象」＝「意味」という系列とはそれなりに頷けるし、両者の対置も納得できるだろう。「倫理」は後者の系列にあるとされているが、普通には後者の系列からは「倫理」という言葉は、浮き上がってしまうのではなかろうか。言うとすれば、「論理という抽象の世界」とするべきであろう。このことに留意して、以下の文章を見ていこう。小林秀雄は、「思ふにこゝに深奥な問題がある」として、以下のように続けている。

　凡そ如何なる芸術家も芸術を形態学として始めるものだ。彼は先づ美神の裡に住むものだ。かゝる世界に於いても芸術家は多少は美しい仕事を残す事が出来る。だが詩歌とは畢に鶯の歌ではない。やがて強烈な自意識は美神を捕へて自身の心臓に幽閉せんとするのである。この時意味の世界は魂に改宗的情熱を強請するものとして出現する。僕は信ずるのだがこれは先きに一目的に過ぎなかつた芸術を自身の天命と変ぜんとするあらゆる最上芸術家が経験する一瞬間である。すべての存在は蒼ざめてすべてのものが新しく点検されなければならない。

「形態学」に留まっている作品は「鶯の歌」にすぎないとされる。「鶯の歌」とは何の比喩だろうか。おそらく小林秀雄は、創造欲求に突き動かされるだけで、自身の創造行為の意味を問わない者の作品を「鶯の歌」と言ったのであろう。すなわちそれは、芸術に対する懐疑など無い者の作品のことである。後の「アシルと亀の子　I」（昭和五〈一九三〇〉・四）でも、「現代日本文芸の達人大家」の、芸術に対する懐疑の無さを、「人は先づ鶯の歌から始めるものだ。（略）この歌ひ手がそのまま芸術制作の年期奉公に移動して了ふ」という言葉で批判している。「鶯の歌」をそのような意味に解すると、「やがて強烈な自意識が美神を捕へ」るというのは、懐疑の始まりを語ったものと解釈することができる。「形態」の世界から「意味の世界」へ入るというふうに、この過程が説明されているのも、まさに、創造することの「意味」を問うようになった、ということを言い表していよう。

そう考えると、当為の範疇である「倫理」という語が、「言葉」＝「抽象」＝「意味」の等式中に置かれたことも納得できるようになってくる。この等式が表す世界は、何故〈書く〉べきなのか、というように当為、倫理を問う世界だったのである。だから、「自意識が美神を捕へ」るというのも、作品を意識的に構成しようとするマラルメ的な試みを意味するのではなく、もっと倫理的で人生的な糾問を意味していると考えた方がいいであろう。つまり、芸術を一生の仕事として選び取るべき必然性は自分にあるのか、という自意識による糾問である。そのように解することによって、「先きに一目的に過ぎなかつた芸術を自身の天命と変ぜんとする」という言葉の意味も明らかになってくると思われる。「天命」とはこの場合、言うまでもなく、芸術家たる必然性、「宿命」と同義の言葉である。

それでは、どのようにして詩人は、芸術家たる「天命」すなわち「宿命」を自覚するに至るのか。以下、「「悪の華」一面」で語られている、自覚に至る道筋を辿ってみよう。

かゝる時ボオドレエルに課せられた問題はあらゆる思索家の問題である。即ち認識といふものに他ならぬ。

「かゝる時」とは、自意識による懐疑によって「すべての存在が蒼ざめ」た時のことだが、おそらく小林は、この状態に至ってはじめて真の「認識」の問題が自覚される、ということを言いたかったのであろう。あるいは、これによって、「言葉の自動性から離れて考える、できるだけ離れて考える」（ポール・ヴァレリイ「レオナルドと哲学者」〈山田九郎訳『レオナルド・ダヴィンチの方法』岩波文庫、一九七七〔昭和五二〕・六〉所収）ことを人は学ぶのだ、ということも含意させていると考えられる。だから小林秀雄は、この「認識」の問題を、「眼前に等しく永遠のXが展開される」というふうに表現しているのである。この「X」は、「Xといふ自然」とも言われ、また、自然については「自然といふ象徴」と言われていることから、象徴世界を意味していると思われるが、つまりは名辞化されることのできない世界と解釈することができる。

ところで、小林秀雄によれば、この「X」をどう処理するかで、思索家と詩人とは「めいめいの逆説を演じ」る。「認識を栄光とする」思索家が、「Xを敢然と死物となし」、結局、「実在といふ死」を獲得するのに対して、認識を「悲劇とする」詩人は、「美神の裡に住んだ彼の追憶がXを死物とする事を許さ」ず、最後に「虚無といふ生」を得る。

難解なところだが、次のようなことを意味していると考えられる。論理の体系化を目指す「思索家」は、「X」の世界を覗き見ることがあっても、たとえばカントが現象界の背後世界を「物自体」と名づけて、それを自らの体系中に包摂したように、名辞化することによってそれなりに言わば論理的な決着をつける。つまり「X」は、名辞化されることによって、通常の人間的な意味が充満している世界、すなわち真実在（ベルクソン）ではない「実在といふ死」の世界に引き戻される。それに対して詩人の場合は、言葉の全く無かった「形態」の世界に住んでいた「追憶」が、詩人を通常言語の世界に戻すことを許さない。「X」の世界は、言葉の自動性によって固定化された世界と異なって、たしかに躍動し生々としているかも知れないが、その中に生きる詩人は、世界を了解する「言葉」＝「意味」を発見できないために、まさに「虚無といふ生」を生きなければならない。

この「虚無といふ生」の中に、詩人の「創造的自我」は胚胎しているのだが、その誕生を語る前に、小林秀雄は「認識の悲劇」について述べている。

小林秀雄によると、その詩人にとって「考へるといふ事は全意識の自らなる発展であ」り、その「意識の夢」の中では、「自然といふ実質は消失するから唯一であつた甲といふ存在も無数となる事が出来るし、甲といふ存在を乙といふ存在に合する事」も、「魚から海を引く事も可能」である。フル回転している意識の前では、世界が言わば超名辞の世界に変貌するために、通常の意味連関も、したがって価値連関も撥無される。そうなれば各事象間のレベルの違いも無くなって、全てのものが等価になるというわけである。外界がこのように意識によって全て計量可能となるのだから、内界も当然、「(略)詩人は彼の魂を完全に計量し得べきものと感じないか！」というふうになる。
それでは、これは意識の勝利かと言えば、実はそうではなくて、逆に「認識の悲劇」という言葉からも明かなように、小林秀雄にとっては、これは意識の敗北なのである。精確に言えば、そのような意識を持つ詩人の敗北なのである。

　かくして畢に彼は己れの姿を最も羸弱《るひじやく》な裸形としてすら捕へる事が出来るであらうか？　捕へた裸形は忽ち又一象徴として分解して了ふであらう。彼は生命の捕へ難きを嘆ずるが死も又彼の所有とはならない。（略）か丶る時彼は存在するのか？　存在しないのか？

このように「認識の悲劇」は、自意識の解析の結果、自己も世界も不可解になってしまったという、詩人の嘆声のうちに幕を閉じる。
そして、この「認識の悲劇」が終演すると同時に、今度は「創造的自我」の誕生劇が始まる。興味深いのは、これが言わば逆転の道程として語られていることである。すなわち、「この時突然彼が遠くに見捨てて来た卑俗な街《がい》衢《く》の轍《わだち》の跡が驚く可き個性をもつて浮び上がつて来る」というように、詩人は現実の世界に舞い戻るのである。「創造的自我」はこの現実への言わば還帰によって初めて生まれ出るわけである。そうなると、あの「X」もそのままでいることはできない。

　嘗てXといふ象徴世界が彼の魂そのものとなり今一種の虚無となつて終熄せんとする時Yが現前するのである。

「Y」というのは、「X」＋「現実」のことだと思われる。だから、これも通常の言葉で名辞化されることはできない。あるいは「Y」は、虚無のフィルターを通して見た現実、と言ってもいいかのも知れない。ともあれ、この

「Y」の現前が「創造」の開始である。

一種の虚無である、だが虚無ではない。Xは生存を続けねばならない。こゝにXは思索するといふ獲得の形式を捨てて創造といふ消費の形式に変ずるものである。

こうして、自意識から虚無へ、虚無から創造へという過程が完了を見るのだが、ここに至って、初めて人は自身の芸術家たる必然性を確認するのである。

蓋《けだ》し創造とは真理の為にでもない美の為にでもない、一至上命令の為にでもない、樹から林檎が落ちるが如き一つの必然に過ぎぬ。

あるいは、次のようにも語られている。

一端に星の如く消えんとする自我の生の姿があり、一端に改変し難き現実の死の姿がある。かゝる時彼にとつて生きるとは生と死の間に美しき縄戯を演ずるのみではないか！　かゝる時詩人にとつて生きるとは詩学するのみではないか！（略）あらゆる形種の人間の思想、感情、あらゆる形態の自然の物質は、こゝに創造といふ力学の形式としてのみ存する。

このようにして、詩人が「芸術を天命と変ぜんとする」道程が完了した。この道程は、小林秀雄にとって、「あらゆる最上芸術家」が通らなければならないものであった。けれども、そこから具体的にどのような芸術創造を行うかは、各人の「資質に従つて」ということになる。「マラルメは音楽を撰」び、ヴェルレーヌは「抒情」を選んだ。一方、ボードレールは、「創造的自我」の「最初の発見者」であったために、その発見に「耀眩」され、「この発見そのものを創造の理論として了つた」。そこに「彼が廿五歳で枯涸した所以」があるのではないか、と小林秀雄は問いを投げかけるのだが、問題を提出しただけで、「芸術家とは死を創る故に僅かに生を許されたものである。／

刹那《せつな》が各人の秘密を抱いて永遠なる所以である」、と述べて稿を閉じる。

五

すでに多くの指摘があるように「『悪の華』一面」には、様々な文学者の影を見ることができる。たとえば、自意識による認識劇の部分には「レオナルド・ダヴィンチ論――追記と余談」のヴァレリーの影を、象徴世界のイメージは「イリュミナシオン」のランボーから、また、虚無からの創造という発想に関してはシェストフの影を、というふうにである。むろん、これらの影は直接に「『悪の華』一面」に反映されているのではない。小林秀雄の個性の中で屈折を受けているのである。

だから、たとえば認識劇の箇所では、ヴァレリーならば、「万象は意識が自ら以て任ずるところのあの純一なる普遍性、無辺広大さには、気押されてしまうのである」（「追記と余談」前掲書所収）と意識の勝利を謳いあげるところを、小林秀雄はさきに見たように、意識の敗北を嘆くという相違が出てくるのである。そして、この意識の敗北が詩人に虚無をもたらすものとして、小林秀雄の論は、虚無からの創造へというふうに展開していく。この場合にも、シェストフにおいては創造は必ずしも芸術創造を意味していないのに対して、小林秀雄は芸術創造に限定して語っているという違いがある。要するに、これらの文学者の影は、小林秀雄の「宿命の理論」に統合される形で、「『悪の華』一面」の論述の中に配置されているのである。

ここで今一度、その論述を簡単にまとめておくと、まず、詩人（ボードレール）の精神の特質を「自意識を自意識する」ことに求め、そういう自意識家ならば、自己の芸術創造という行為の意味を問わざるを得ないとする。この糺問を契機として自意識による認識劇の幕引きが訪れる。詩人は、その認識劇の中で自己を解体させるまでに至るが、しかし、虚無の中に没し去るのではなく、現実へ還帰することによって、芸術創造を「天命」「必然」、小林秀雄特有の語彙で言えば「宿命」、とすることができる、というものであった。

このように、「「悪の華」一面」は、「宿命の理論」の生成を物語った論文である。つまり、単に「創造的自我」の誕生を物語ったのではなく、その誕生を「必然」的、あるいは「天命」、「宿命」とした論文なのである。

しかしながら、それはそうであるにしても、やはり気になるのは、「創造的自我」が虚無そのものの中から生まれるのではなく、何故その誕生にあたっては現実への還帰が必要なのか、という問題である。むろん、もしも虚無の中に没し去ったら、創造も何もかも不可能になるわけだが、小林秀雄はこの問題をどう捉えていたのだろうか。すでに小林秀雄における自意識の問題については見てきたわけだが、ここでは別の資料を用いて補足的に見ておきたい。次に引く文章は、江藤淳が『小林秀雄』（講談社、一九六一〈昭和三六〉・一一）を書くときに、大岡昇平から提供された、小林秀雄の未発表断片である。大正一五（一九二六）年から昭和二（一九二七）年の間に書かれたものと推測されている。さきに見た「一ツの脳髄」末尾の汀のエピソードと同じ様な認識、さらには後には「Xへの手紙」でも語られている認識が、つまり行為と意識との間には必然的な結びつきは無く、そこには一種の「隙間」がある、という認識である。もちろん、そう認識しているのは小林秀雄の自意識である。

> 人生は決して狂気染みてはゐない。狂気染みてゐるのは人間の脳髄だと言ふかもしれない。恐らくそれは本当だ。（略）処が人間の思索と行動との間には常に神様だけが知つてゐる暗が挟まれてゐる。（略）何かを考へる扨て考へた事を行為に移さうとする、吾々は幸にも少しも気が附かない時が多いのだがこの時吾々は必ず何物かを眼をつぶつて躍びこすのだ。もしこの深淵が人間の宿命ならこの宿命を覗いた男に而も覗いて生活をとめる事を許されてゐない男に人生が如何に狂気染みてゐようと同じ事ではないか？

ここで言われている「宿命」は普通一般に使われている意味で用いられていて、小林秀雄独特の意味合いが込められているわけではない。ここで繰り返せば、自意識を働かせるというのは、「思索と行動との間」の「暗」すなわち「隙間」を見ること、したがって両者の間には必然的な結びつきは無いことを認識することである。行為が可能になるためには自意識の「眼をつぶつて」この「暗」を「躍びこ」さなければならないが、「暗」を凝視する自意識家にはその契機が訪れない。「「悪の華」一面」では自意識を過度に働かせることが詩人に虚無をもたらすとされていたが、小林秀雄にとって、虚無とは行為が否定された状態のことでもあったわけで、そうなると芸術創造という行為も不可能になってくるだろう。では、この状態から如何にして「創造的自我」が誕生するのであろうか。この問題に関して、さきでは、現実への還帰ということを述べたが、さらに「「悪の華」一面」に戻って見ておきたい。次は「Y」の現前を述べた後、「ボオドレエルの摑んだ退屈《アンニュイ》」について語った一節である。

此処に仮に退屈と名付けた一状態はあらゆる創造の萌芽を含むであらうが、創造を意味してはゐない。退屈は一絶対物に相違ないが、又、人間にとつて一絶対物とは畢にあらゆる行為を否定する一寂滅に他なるまい。創造とは行為である、あくまでも人間的な遊戯である。キリストにとつて献身は一絶対物であつた。然し創造ではなかつた。彼は見神を抱いて歩かねばならない。一絶対物を血肉の行為としなければならない。(傍点・原文)

「退屈」とは、言わば惰性態となった虚無のことと考えられる。小林秀雄はこれについて、「一絶対物」「あらゆる行為を否定する一寂滅」だとも述べている。因みに、「絶対物」については、「測鉛Ⅱ　批評といふもの、大衆文芸」(昭和二〈一九二七〉・七)の中で、「絶対とは誠実なる自意識の極限値なのだ」と述べられている。要するに、「一絶対物」たる「退屈」とは、自意識を過度に働かせて行為が不可能になった状態のことであると言えよう。そしてこの「退屈」を所有しなければ「創造」は生まれないが、かと言って、そこに留まる限り、「創造」は不可能になるとも言うのである。そこで、この厄介な状態を切り抜けるために、「彼は見神を抱いて歩かねばならない」というふうに、「退屈」（虚無）を抱いて現実世界に戻る、というあの逆転の道筋が語られているわけである。

「創造的自我」の誕生にあたって、現実への還帰という契機が必要とされた背景には、以上のような小林秀雄独特の自意識論があったわけだが、この逆転は、おそらく一般的に考えても納得できるのではないだろうか。たしかに私たちは、虚無の認識を得ることはできても、その虚無の中に没し去ることはできないだろう、生きている限りは。私たちは、虚無を心中に抱いたまま、この現実世界の中で生きていくしかないだろう。小林秀雄の断片にある言葉通り、「生活をとめる事を許されてはゐない」のである。また、芸術というものが、通常の意味連関を超え出たところに新たな意味を創造していく行為だとすれば、既成のあらゆるものが無意味、無価値となる虚無の状態を搔《か》い潜《くぐ》った者が、その芸術の道に進んでいくことも、むしろ当然のことと言えようか。その意味で、今の引用の一節に続いて、さきに引いた、「創造とは（略）樹から林檎が落ちるが如き一つの必然に過ぎぬ」という言葉が来るのも頷ける。

　このように、「宿命の理論」は芸術を含めた全ての行為を否定するような自意識の認識が極まった地点で、言わばぐるりと反転して、その自意識を持つ人物は、芸術創造の可能性、というよりもその必然性を悟得するというパラドキシカルな論理なのである。「「悪の華」一面」は、その逆説論理がボードレールの「創造的自我」の誕生物語に託されて語られた評論であったのである。

　しかしながら、「宿命の理論」は、やはり、逆説的な論理構造のために、危うさを抱えているのではないだろうか。たしかに、虚無を通過した者が芸術創造の道を歩むというのは、それなりに説得力のある論ではある。だが、芸術という創造行為も、行為である以上、依然として断片で語られていたあの「暗」「隙間」を常に抱えていることに変わりなく、自意識がそのことに気づかないはずはない。虚無（退屈）を抱いて生きていくことは、行為を否定する自意識の認識を保持することでもある。そうなると「宿命の理論」は、芸術否定へと傾く可能性をも持った、その意味で危うい論理なのである。小林秀雄にとってのランボーの問題は、この危うさと深く関係していると考えられる。

六

小林秀雄の若年時におけるランボー体験は、後年、小林秀雄自身によって回想され、意味づけられている。小林秀雄は「ランボオ　Ⅱ」〈昭和五〈一九三〇〉・一〇〉では、ランボーとの出会いを、「私は彼の白鳥の歌を、のつけに聞いて了つた。「酩酊の船」の悲劇に陶酔する前に、詩との絶縁状の「身を引き裂かれる不幸」を見せられた」と回想し、また、「ランボオ　Ⅲ」〈一九四七〈昭和二二〉・三〉では、その出会いが小林秀雄を閉じ込めていた、「悪の華」という「比類なく精巧に仕上げられた球体」を、破砕する「事件」であったと意味づけている。むろん、この両者、すなわちランボーの「地獄の季節」が与えた芸術破壊の衝撃と、ボードレール的世界からの解放のイメージとは、表裏をなすものであったと考えられる。「ランボオ　Ⅱ」や「ランボオ　Ⅲ」で語られているランボー体験は、多分に自己劇化の要素もあると思われるので、割り引いて受け取らなければならない部分もあるだろうが、ランボー体験の基本的な意味については、これらの言葉をそのまま信用していいだろう。

それでは、そのランボー体験と「宿命の理論」はどのように関わるのだろうか。ランボー体験という「事件」にもっとも近い時期に書かれた「人生斫断家アルチュル・ランボオ」〈後に「ランボオ　Ⅰ」〉を見てみたい。ここには、「人生斫断家」という題目中の言葉が示しているように、ランボーは「人生斫断家」として提示されている。ただ、その「斫断」ぶりは、通常の場合とは異なっていると小林秀雄は考えている。

斫断とは人生から帰納することだ。芸術家にあつて理智が情緒に先行する時、彼は人生を切り裂く。こゝに犬儒主義《シニスム》が生れる（勿論、最も広い意味に於いてだ）。ところが、人生斫断家ランボオには帰納なるものは存在しない。彼位犬儒主義から遠ざかつた作家はないのである。犬儒主義とは彼にとつて概念家の蒼《あお》ざめた一機能に過ぎなかつた。理由は簡単だ。ランボオの斫断とは彼の発情そのものであつたからだ。

「斫断」は、分析的な理知の機能を意味する言葉として使われていると思われ、一般的にはこの機能は、本能のような生命的な機能と対立するものとされている。したがって、普通にはこれを働かせれば働かせるほど、反比例的に生命的なものは減少し、その結果、人生に対して消極的で否定的な姿勢をもたらすことになるだろう。小林秀雄の言うとおり、「最も広い意味に於」ける「犬儒主義」に至りつく。ランボーも、また「斫断家」ではあるのだが、しかしその「斫断とは彼の発情そのもの」であるような「斫断」であると小林秀雄は捉える。つまり、ランボーにおいては、知性的で意識的な機能と本能的で生命的な機能とが重なっている、あるいは同じものであるとされているのである。

ランボーがそのような存在であるならば、彼の「斫断」はおよそ徹底したものとならざるを得ない。たとえば一般の概念家の場合には、「斫断」を重ねることは生命的なものを圧殺することになるために、その「斫断」は言わばほどほどのところで終わるだろう。ところが、ランボーの「斫断」は生命を衰弱させる体のものではない。むしろ、それが彼の「生命の理論」だとされるのだから、「斫断」はとことん行きつくところまで行くのである。意識や知性の徹底した行使が、そのまま生命の発現であるような存在――これが、小林秀雄のランボー像である。

「人生斫断家アルチュル・ランボオ」には、いわゆるヴォワイヤンとしてのランボーも語られているが、しかしそれは中心イメージにはなっていない。また、ランボーの特徴を際立たせるために、ボードレールやヴェルレーヌとの対比がなされているが、その対比もやはり今述べた点をめぐって行われている。すなわち、「無意識的な生活者」

であったヴェルレーヌに対して意識家であったランボーを、意識の人ボードレールに対してはランボーの徹底した意識性を、というふうな対比である。繰り返すと、その意識性は通常のそれとは異なる、生命の発現そのものとしての意識性である。

そして、この生命の発現としての徹底した意識性が、結局は、ランボーに芸術破壊をもたらすことになったというのが、「人生斫断家アルチュル・ランボオ」の主題である。「宿命の理論」のパラドックスは、この主題と関連している。そこでは、こう語られている。

創造といふものが、常に批評の尖頂に据つてゐるといふ理由から、芸術家は、最初に虚無を所有する必要がある。

この一文には、すでに指摘のあるように、ボードレールのワグナー論の反映を見ることもできる。また、この一文の「批評」という言葉を「自意識」に置き換えることができると思われるが——一九二七（昭和二）年八月号の「大調和」に発表された「測鉛——批評といふもの、大衆文芸」には、「では自意識とは何んだ？ 批評精神に他ならぬ」と語られている——、そうなるとこの一文には、自意識—虚無—創造という「「悪の華」一面」の図式がすでに表れていると読むことができる。ともあれ、ボードレールを下敷きにしながら、小林秀雄は芸術家一般の創造の問題を次のように展開している。少し長くなるが、引用したい。

そこで、あらゆる天才は恐ろしい柔軟性をもつて、世のあらゆる範型の理智を、情熱を、その生命の理論の中にたゝき込む。勿論、彼の錬金の坩堝《るつぼ》に中世錬金術士の詐術はない。彼は正銘の金を得る。ところが、彼は、自身の坩堝から取出した黄金に、何物か未知の陰影を読む。この陰影こそ彼の宿命の表象なのだ。この時、彼の眼は、痴呆《ちほう》の如く、夢遊病者の如く見開かれてゐなければならない。或は、この時彼の眼は祈禱者の眼でなければならない。何故なら、自分の宿命の顔を確認しようとする時、彼の美神は逃走して了ふから。芸術家の脳中に、宿命が侵入するのは必ず頭蓋骨の背後よりだ。宿命の尖端が生命の理論と交錯するのは、必ず無意識に於いてだ。この無意識を唯一の契点として、彼は「絶対」に参与するのである。見給へ、あらゆる大芸術家が、「絶対」を遇するに如何に慇懃であつたか。「絶対」に譲歩するに如何に巧妙であったか。

ここには、先述した「宿命の理論」のパラドックスが語られている。虚無を通過することによって、人は芸術創造という行為を自己の「宿命」として受け容れる。しかし、芸術創造の行為も、自意識の眼からすれば、あの「暗」を介在させている行為であることに変わりはない。だから、もしも自意識の眼がその「暗」を凝視し続けるならば、芸術家たる「自分の顔を確認しようとする時、彼の美神は逃走して了ふから」、すなわち芸術を捨てる羽目になるから、そうならないためには、芸術家たる「宿命」を受容する時、暫くの間、自意識に眼を閉じていてもらわなければならない。あるいは、「痴呆の如く、夢遊病者の如く見開かれてゐなければならない」わけである。

引用の前半は、以上のような論理を語ったものと考えられるが、どうであろうか。また後半においても、やはり「宿命の理論」のパラドックスが語られている。ここでの「絶対」は「「悪の華」一面」で見た「絶対」と同義と考えていいだろう。つまり、それは「自意識の極限値」(「測鉛—批評といふもの、大衆文芸」)であり、またそれは「あらゆる行為を否定する一寂滅」(「「悪の華」一面」)であり、すなわち完全な虚無の状態のことである。芸術家たる「宿命」を獲得するためには、一度はその状態を通過しなければならないが、しかし、そこに留まることは、芸術家としての自分を殺すことになるのである。だから、「あらゆる大芸術家は「絶対」を遇するに(略)慇懃であった」というわけである。彼らは、最後の一線を守ることで芸術活動に携わることを許されたのである。

そのような「大芸術家」たちに対して、徹底した意識性を持ち且つ野人であるランボーは、芸術家たる自己の「宿命」を受容するときにも、自意識の眼を閉じることはしなかった。むろん、そうなれば、芸術創造という行為は否定されることになる。ランボーが行ったことはそれであった。すなわちランボーは、「大芸術家」たちが守っていた、芸術創造が不可能になってしまう最後の一線を踏み越え、自己の芸術家たる「宿命」も「斫断」したのである。さきの引用に続いて、「蓋《けだ》し、こゝにランボーの問題が在る」として、「十九歳で文学的自殺を遂行したランボオは芸術家の魂を持つてゐなかつた、彼の精神は実行家の精神であつた」と語り、ランボーについて次のように述べている。

彼は、無礼にも禁制の扉を開け放つて宿命を引摺り出した。然し彼は言ふ。「私は、絶え入らうとして死刑執行人等を呼んだ、彼等の小銃の銃尾に噛み附く為に」と。彼は、逃走する美神を、自意識の背後から傍観したのではない。彼は美神を捕へて刺違へたのである。恐らく此処に極点の文学がある。

このように小林秀雄は、ランボーを「宿命の理論」のパラドックスを踏み破った存在として捉えていたのである。さて、しかしながら小林秀雄はそのようなランボーの後塵を拝して、自身も「宿命の理論」のパラドックスを踏み破るということはしなかった。そのような踏破が可能なのは、ランボーのような存在に限られるわけである。「大芸術家」たちでさえ、「慇懃」であり「巧妙」に「譲歩」したのであるから。ランボーは、現実の範とするにはあまりに遠く位置していた極限的な存在として、小林秀雄には意識されていたと考えられる。そしてその自覚は、「人生斫断家アルチュル・ランボオ」を書く前か、あるいは書き終えた辺りかの比較的早い時期に、すでにあったであろう。「人生斫断家アルチュル・ランボオ」の一ヵ月後に、小林秀雄はボードレールの「火箭」、「赤裸の心」の抄訳を「文芸時代」（大正一五〈一九二六〉・一二）に載せ、翌昭和二（一九二七）年五月にはボードレールの二つのエドガー・アラン・ポー論の翻訳を「新しき村出版部」から出している。さらに、ボードレールに関しては本章で引用、言及した「測鉛Ⅱ　批評といふもの、大衆文芸」においても、その批評精神をめぐって論及がなされている。これらの動きは、ランボー的方向を断念した小林秀雄が、ランボーによって踏み越えられた「大芸術家」の一人であるボードレールの世界に引き返して、そこから新たな道を模索しようとした、その意識の表れではないかと考えられるのである。事実、これらの動きの総括的な位置にある「「悪の華」一面」には、そういうモチーフが読み取れる。

すでに見たように「「悪の華」一面」は、ボードレールを論じることを通して、小林秀雄自身の文学者たる「宿命」の確認作業を行った評論であったと言えよう。その作業の範囲内においては、小林秀雄はボードレールと自分自身とをほとんど重ね合わせるような形で論を進めていた。そこでのボードレールは、肯定的に論じられていたと言ってもいいだろう。しかし、そのような肯定的な論述は、あくまで、文学者たる「宿命」を自得するまでのボードレールの精神の歩みに関してであって、「宿命」を自得した後のボードレールについては、むしろ否定的な評価が下されていたのである。前にも言及したが、他の詩人たち（ヴェルレーヌ、マラルメ）が「創造的自我」の発見から新たな出発をしていったのに対して、ボードレールはその発見に言わば安住してしまったために「廿五歳で枯涸した」のではないか、という解釈をしているのである。つまり、小林秀雄は「「悪の華」一面」おいて、ボードレールに対して最終的には訣別を語っていると言える。

このように、ボードレールの世界に引き返したと言っても、それは単純な回帰を意味しているのではない。その回帰は、あくまでランボー的方向を断念した小林秀雄が、新たな道を模索するための再検討の意味合いが込められた回帰であった。それではこの時点で、小林秀雄はどのような方向に向かって出発しようとしていたのであろうか。しかし「「悪の華」一面」にはそのことについて何も語られていない。小林秀雄は「「悪の華」一面」を未完の論文と考えていたようだが、それはそのことと関係があるのではないだろうか。

ともかく、「「悪の華」一面」を書くことによって小林秀雄は、「宿命の理論」を精密に論理づけ、新たな出発のための土台を固めたと言えよう。

第三章　批評家としての出発――「様々なる意匠」

一

小林秀雄が自らの批評原理（少なくともその初期の）を語ったマニフェストが、「様々なる意匠」（昭和四〈一九二九〉・九）であることは、よく知られている。そこで語られている中心観念の一つに「宿命」論がある。すでに述べたように、小林秀雄には一般的な宿命についての「宿命」論と、芸術家（文学者）たることに関する「宿命の理論」とがある。それらは重ねられて語られていることもあり、また実際にも重なる部分があるが、私は二つを分けて考えた方がわかりやすくなるのではないかと考えて、論の展開の便宜上、この章でも二つを分けて論じることにしたい。次に引くのは、「様々なる意匠」を論じるときには必ずと言っていいほど、引用されたり論及されたりする箇所である。長い引用になるが、小林秀雄は次のように述べている。

方向を転換させよう。人は様々な可能性を抱いてこの世に生れて来る。彼は科学者にもなれたらう、軍人にもなれたらう、小説家にもなれたらう、然し彼は彼以外のものにはなれなかつた。これは驚く可き事実である。

この事実を換言すれば、人は種々の真実を発見する事は出来るが、発見した真実をすべて所有する事は出来ない、或る人の大脳皮質には種々の真実が観念として棲息するであらうが、彼の全身を血球と共に循る真実は唯一つあるのみだといふ事である。雲が雨を作り雨が雲を作る様に、環境は人を作り人は環境を作る、斯く言はば弁証法的に統一された事実に、世の所謂宿命の真の意味があるとすれば、血球と共に循る一真実とはその人の宿命の異名である。或る人の真の性格といひ、芸術家の独創性といひ又異なつたものを指すのではないのである。この人間存在の厳然たる真実は、あらゆる最上芸術家は身を以つて制作するといふ単純な強力な一理由によつて、彼の作品に移入され、彼の作品の性格を拵へてゐる。

少々わかりにくい文章であるが、ここでの「宿命」論には、「彼は彼以外のものにはなれなかつた」というような言わば存在論的な意味と、「彼の全身を血球と共に循る真実は唯一つあるのみだ」という認識論的な意味との二つの意味合いが込められている。しかし、重心は認識論的意味の方にある。次に、存在論的意味と認識論的意味と、その両方の意味合いを統合して、わかりやすく述べてみたい。

――「彼は彼以外のものになれなかつた」がゆえに、他の人とは違った「彼」流のものの感じ方、見方、考え方しかできなくなっている、「彼の全身を血球と共に循る真実は唯一つあるのみだ」というのは、そのことである。たしかに、私たちは様々な多くの思想を頭で理解することができるが、本当に腹の底からわかり体得できる思想は数少ないだろう、一つかも知れない。しかも、真に理解できたと思っているその思想も、実は自分流に了解しているに過ぎないことが多い。

そのことはたとえば、マルクス思想を語ったのはマルクスその人一人なのに、マルクス主義者の数ほど多くのマルクス解釈があることからもわかるだろう。もちろん、このことはマルクスだけではない、すべての思想家に言えることである。人は、「彼以外のものになれなかつた」がゆえに、「彼」独自の認識の仕方をするのである。そして、それが「彼」の独自性、「真の性格」ということである。また、そうならざるを得なかったということにおいて、それはまさに「宿命」としか言いようのないものなのだ。もしも、その「彼」が芸術家であったならば、そこに「彼」の芸術家としての「独創性」があり、それが「彼の作品に移入され、彼の作品の性格を擠へてゐる」のである。——

わかりやすく言い直せば、以上のようなことがさきの引用で語られていたと考えられる。この「宿命」論は、人間の観念がその人間の存在の在り方に、すなわち「様々なる意匠」の言葉で言えば「彼以外のものになれなかつた」という、そのまさに「宿命」的と言える存在の在り方に拘束されていると見る点において、たとえば「イデオロギーとユートピア」（『マンハイム・オルデガ』〈高橋徹・徳永恂訳、中央公論社、一九七九〔昭和五四〕・一二〉所収）のカール・マンハイムが述べている、思想の「存在被拘束性」（思想は社会的存在の在り方によって拘束される）の考え方に重なるところがある。言うまでもなく、マンハイムのこの考え方はマルクスのイデオロギー論を踏まえているわけだが、ここで留意しなければならないのは、マンハイムもマルクスも思想の存在拘束性を語るときに念頭に置いているのは、集団の存在と集団の思想との関係であるということだ。

実際、マンハイムは同書で、「認識とは本来集合的認識にほかならず（略）単独個人の思考というのは特殊の場合にほかなら」ないと述べているのである。また、マルクスの場合では、彼が問題にしたのは階級という集団であった。それらに対して小林秀雄の「宿命」論が問題にしているのは、あくまで個としての存在の在り方であり、「単独個人の思考」についてであった。集団ではなく、個が問題なのである。だからこそ、「或る人の真の性格」や「独創性」ということが言われているのである。

さきの引用の中では、「宿命」は「雲が雨を作り、雨が雲を作る、斯く言はば弁証法的に統一された事実に、世の所謂宿命の真の意味があるとすれば」云々というふうに言われていた。もっとも、「雲が雨を作り、雨が雲を作る」のは、「弁証法的に統一された事実」というものではなく、単なる自然の循環現象にすぎない。弁証法の例示として不適切である。このことなどを考えると、この時点に限ってみても小林秀雄はどこまでヘーゲル－マルクスの哲学を理解していたのか、首を傾げざるを得なくなる。それはともかく、おそらくここで小林秀雄は、「或る人の真の性格」も自然現象のように様々な諸原因が関連しあい輻輳《ふくそう》しあって作られていくということを言いたかったのではないかと思われる。そうならばたしかに、「或る人の真の性格」や「独創性」の由来は解明し尽くされるものではない。実証的で論理的な説明などは全く不可能であろう。だから、「宿命」という言わば不可知論的な言葉がそこに用いられて来るわけである。

小林秀雄はそういうことが語りたかったのだと考えられる。あるいは、「宿命」とは分析の届かぬところで辛うじて感得され得るものである、というふうにも言えようか。その不可知論的ニュアンスは、「様々なる意匠」の中では、批評家は作品を前にしていろいろな角度から作品の分析（「解析」）を試みるが、その様々な分析の「彷徨」の果てに、「解析の眩暈の末、傑作の豊富性の底を流れる、作者の宿命の主調低音をきくのである」、というふうにも述べられていた。そして、「彼は彼以外のものになれなかつた」という、その芸術家の「独創性」、「真の性格」、すなわち「宿命の主調低音」を、把握するのが批評というものであるというのが、「様々なる意匠」で述べられた、小林秀雄の批評原理であったのである。この批評原理はその後においても大枠では変化は無かったと言える。

もちろん、この批評原理を語る小林秀雄においては、さきの章で見たように、文学に対する、というよりも自らが文学に携わることに対する、根本的な懐疑があったわけで、その懐疑を通過したからこそ、こういう批評原理を自らの批評のマニフェストとして語ることができたわけである。「宿命」をめぐる考察は、彼の言わば批評家前史における自意識による懐疑の賜物と言えよう。そして、「様々なる意匠」には、もう一つの宿命論と言える、芸術家たる宿命に関しての「宿命の理論」に関わる論述もあるが、それについて見る前に、「様々なる意匠」の読みについて、さらには戦前昭和期の小林秀雄像について、話を複雑にしている問題があって、その問題を次に考えてみたい。それはマルクスとの関係である。

あらかじめ、私の結論を述べておくと、かなり以前に論じたことであるが（拙論「「様々なる意匠」と三木清」〈「近代文学試論」第二一号、一九八三［昭和五八］・一二〉）、小林秀雄は「様々なる意匠」の時点でマルクスを、とりわけ『ドイツ・イデオロギー』は読んでいなかったのである。「様々なる意匠」における、『ドイツ・イデオロギー』からの引用は、三木清の論文からの孫引きであったということである。さらに言えば、「様々なる意匠」の時点だけではなく、小林秀雄は生涯においてマルクスから学ぶところはほとんど無かったと言える。学ぶべきだったのだが。

二

まず、事実関係から見ていきたい。「様々なる意匠」には、たしかにマルクスの著作を踏まえたと思われるような論述が見受けられる。もしも、実際に小林秀雄がマルクスの著作あるいはマルクス主義関係の本を読んでいたとするならば、これまでの章で見てきたように、大正末から昭和二（一九二七）年の間に書かれた、文壇登場以前の評論には、その種の読み込みの痕跡が見られないことから、その時期はだいたい昭和三（一九二八）年あたりの頃だと考えられる。

昭和三（一九二八）年と言えば、三木清のマルクス研究の成果をまとめた『唯物史観と現代の意識』がその五月に岩波書店から刊行された年でもある。『唯物史観と現代の意識』は、その独自のマルクス解釈によって、当時の思想界の注目を少なからず集めた著作であった。おそらく、その時期の小林秀雄の読書目録にも、この著作は入っていたものと考えられる。後に、小林秀雄自身、「三木氏の論文は、『パスカルに於ける人間の研究』（大正一五〈一九二六〉・五—引用者）以来読んでゐる」（「アシルと亀の子　Ⅱ」〈昭和五［一九三〇］・五〉）と語っていることからも、小林秀雄が『唯物史観と現代の意識』も読んでいたことは、間違いないと言っていいであろう。

そして私たちは、実際に、その読書の痕跡を「様々なる意匠」の論述の中に確かめることができる。その中には、三木清のマルクス研究をほとんどそのまま借用したとさえ言える文言などもみられ、その痕跡の確かさとともに、「様々なる意匠」の中のマルクス関連の論述が、三木清の論文に大きく依拠したものであったことも知ることができる。小林秀雄は『唯物史観と現代の意識』からマルクスに関する多くのことを学び、それを「様々なる意匠」の論述に取り込んでいると考えられるのである。

この問題は、前述のように論じたことであるが、再論しておきたい。今なお、小林秀雄は文芸批評家として出発した当時から、すでにマルクスをよく読んで咀嚼していたという誤解があると思われるからである。本章では、三木清論文を言わば下敷きにしたと思われる部分を具体的に指摘し、併せて、その借用ぶりについて検討も加えてみたい。借用と言っても、やはり小林秀雄一流のやり方でなされているのであって、その借用ぶりに小林秀雄自身の思想が込められているとも考えられるからである。

『唯物史観と現代の意識』の中で小林秀雄が多くを学んだと思われるのは、「マルクス主義と唯物論」と題された論文である。したがって、この論文と「様々なる意匠」の論述と照らし合わせてみたいのだが、その前に一つの疑問を提出しておきたい。

「様々なる意匠」の言語論が、マルクスとエンゲルスの共著である『ドイツ・イデオロギー』を踏まえているという指摘はすでになされている。その中でも小林秀雄とマルクスとの関係についてもっとも掘り下げた論考は、亀井秀雄の『小林秀雄論』（塙書房、昭和四七〈一九七二〉・一一）である。亀井氏はその著書の中で、「単にマルクスに答えを求めるだけでなく、マルクスが与えた答えから逆に本質的な問いの発し方を学んだという小林秀雄独特の読み方もまた、三木清の「人間学のマルクス的形態」「マルクス主義と唯物論」などから示唆を受けていたとさえ言えるのである」と述べていて、三木清のマルクス研究と「様々なる意匠」との関わりについて示唆していたのである。

もっとも、亀井氏は、その具体的な関わりについて同書で明示的には述べていない。さらには亀井氏は、当の三木清論文を飛ばして、「様々なる意匠」の中の論述を直接にマルクスたちの著作『ドイツ・イデオロギー』に対置させているのである。つまり、小林秀雄は『ドイツ・イデオロギー』を読んでいて、実際にも「様々なる意匠」には『ドイツ・イデオロギー』からの引用があるのだ、という論となっている。そして、その引用箇所と「宿命」論とを重ね合わせて、「宿命」論の解釈を提出したのである。しかし、「様々なる意匠」執筆当時において小林秀雄は、『ドイツ・イデオロギー』を読んでいたとは、考えられない。そのことに関して、まず書誌的なことから述べていきたい。

『ドイツ・イデオロギー』は、周知のように、マルクスとエンゲルスの遺稿であり、大正一五（一九二六）年になって初めてリャザノフによって公開された。このリャザノフ版はすぐに日本に入ってきたが、翻訳された単行本として刊行されたのは、やや遅れて昭和五（一九三〇）年の由利保一訳の『ドイッチェ・イデオロギー――第一篇フォイエルバッハ論』（永田書店刊）が最初である。続いて、同年五月に、河上肇、森戸辰男、櫛田民蔵の共訳による『マルクス・エンゲルス遺稿――ドイッチェ・イデオロギー』が「我等叢書第四分冊」として出版され、さらにその後を追うように、三木清訳の岩波文庫版『ドイッチェ・イデオロギー』が同年七月に刊行された。つまり、「様々なる意匠」が書かれた昭和四（一九二九）年までには、『ドイツ・イデオロギー』の翻訳された単行本は出ていなかったわけである。

しかしながら、それまでに全く翻訳が無かったわけではない。雑誌に翻訳されたものがあった。大正一五（一九二六）年の五月と六月に、森戸辰男と櫛田民蔵によって「我等」第八巻の第五号、第六号に訳載された「マルクス・エンゲルス遺稿――『独逸的観念形態』の第一編＝フォイエルバッハ論」が、それである。「我等叢書第四分冊」の『マルクス・エンゲルス遺稿――ドイッチェ・イデオロギー』は、この「我等」の翻訳に、河上肇訳の「フォイエルバッハに関するテーゼ」（初出は「社会問題研究」第七一冊、大正一五〈一九二六〉・五）を加えて、あらたに単行本としてまとめられたものである。

これらの書誌的事実から、もしも小林秀雄が「様々なる意匠」を書く前に『ドイツ・イデオロギー』を読んでいたとしたら、それは「我等」に訳出されたもの以外にないはずである。この翻訳は大正一五（一九二六）年の冊子に訳載されたものである。ただ、この翻訳は当時、あまり普及していなかったと考えられる。たとえば佐野学の『唯物論哲学としてのマルクス主義』（昭和三〈一九二八〉・三）を見ると、エンゲルスの「フォイエルバッハ論」（佐野文夫訳）など、翻訳のあるものは利用されていたが、『ドイツ・イデオロギー』に関してはリャザノフ版の原典に拠っていたのである。このことは、服部之総の論文などにも見られる傾向である。これらのことを見ると、小林秀雄が「我等」に訳載された『マルクス・エンゲルス遺稿――ドイッチェ・イデオロギー』を読んでいた可能性は考えられないだろう。

そもそも、若年時の小林秀雄の教養の範囲を考えると、「我等」のような雑誌を読んでいたとする想定にはかなり無理がある。また、言うまでもないことだと思われるが、アナーキズムが強く、マルクス主義の言わば〈後進国〉

であるフランスに、フランス語訳の『ドイツ・イデオロギー』は当時存在していなかった。

となると、次のような『ドイツ・イデオロギー』を踏まえたと思われる、「様々なる意匠」の中の文は、何に拠っているのだろうか。その文とは次のような文である。「遠い昔、人間が意識と共に与へられた言葉といふ吾々の思索の唯一の武器は、依然として昔乍らの魔術を止めない」、あるいは、「然し人々は、その各自の内面論理を捨て、、言葉本来のすばらしい社会的実践性の海に投身して了つた」、という文である。しかし、より端的には『ドイツ・イデオロギー』から引用されていると思われるのである。すなわち、

マルクスが言つた様に、「意識とは意識された存在以外の何物でもあり得ない」のである。

というふうにである。しかしながら、さきに述べたように、小林秀雄が『ドイツ・イデオロギー』を読んでいた可能性は無いのである。それでは、とりわけこの引用文は何から引かれたのであろうか。実は、この『ドイツ・イデオロギー』の中にある有名な一文は、三木清が「マルクス主義と唯物論」の中で訳出していたのである。すなわち、三木清は次のように述べていた。

意識とは却つて全体的な人間的存在の具体的なる存在のしかたに外ならない。マルクスが「意識（das Bewusstsei）とは意識された存在（das bewusste Sein）以外の何物でも決してあり得ない」、と云つたのはこの意味に解されねばならぬであらう。

三木清論文の中で訳出された一文と、さきに引用した「様々なる意匠」との訳文とを比べてみてもらいたい。三木清論文での訳文と「様々なる意匠」との訳文とでは、「決して」の言葉が有るか無いかの相違があるだけで、後は全く同じ表現である。つまり、「様々なる意匠」の小林秀雄は、三木清論文から孫引きしたと言わざるを得ない。ついでに言えば、三木清論文の方に「決して」という言葉があって、「様々なる意匠」の方には無いのは、当然だ

と言える。孫引きする際には、新しい言葉を付け加えることは心理的にも難しいであろうが、言葉を差し引く場合は、それほど抵抗感なく行えると思われるからであるが、どうであろうか。因みに、この一文については、雑誌「我等」に掲載された翻訳ではないが、その翻訳を基にした「我等叢書第四分冊」の中の訳文は、その部分が、「意識とは意識された一定の存在に外ならず」となっていて、「様々なる意匠」の訳文の表現とは大きく異なっている。そのことからも、やはり小林秀雄は「我等」を読んでいなかったことがわかるだろう。

『ドイツ・イデオロギー』に関わる孫引き問題は、以上のことであるが、「様々なる意匠」には、「今日、マルクスは詩人を、その「資本論」から追放した」という言葉があるが、小林秀雄はこの時点で『資本論』を少しでも読んでいたのだろうか。実は『資本論』ほど文学書からの引用が多い経済学書は珍しいのであり、たとえば第一版の序文などは、ダンテの言葉の引用で終わっているのである。もちろん、小林秀雄は比喩的な意味で「詩人」の「追放」のことを言っているのであるが、それにしても、文学書からの引用の多さを知っていたら、「マルクスは詩人を、その「資本論」から追放した」と、何の注釈も付けずに言い放つことはできないのではなかろうか。『資本論』については、おそらく小林秀雄はその序文さえ読んでいなかったであろう。

三

こうして見てくると、「様々なる意匠」におけるマルクス関連の論述は、マルクスやエンゲルスの原典に基づいてのものではなかった、と言わなければならない。もっとも小林秀雄は、後になってレーニンの『唯物論と経験批判論』は読んだらしく、またその読書によって彼なりのマルクス主義理解を持ったようだが、そのことに関しては後に論及することにして、再び、「様々なる意匠」と三木清論文との関係について考えたい。

「様々なる意匠」の中で語られている言語論が、「マルクス主義と唯物論」の言語論からも摂取されて語られたものであることも、確実だと考えられる。むろん、後で見るように、小林秀雄はベルクソンの言語論からも学んでいて、むしろその方が小林秀雄の言語観に強い影響を与えていたと言わねばならない。しかし、「様々なる意匠」においで小林秀雄は、実際の典拠についてはともかくも、『ドイツ・イデオロギー』の一節を踏まえて、言語の社会性が持つ問題を描き出し、そこから論を展開させていた。

それはこういう論である。――子供は母親から海は青いと教えられて、実際の品川の海を描写しようとして、眼前の海が青くも赤くもないことを感じて、色鉛筆を投げ出したとしたら、その子は天才だということを述べた後、そういう「怪物」は生まれなかっただけだという。それでは、子供は「海は青い」という概念を持っているかというと、子供にとって言葉は概念を指すのでも対象を指すのでもなく、この中間を彷徨することが成長する為に必須であって、人間は生涯を通じて半分は子供であり、子供を大人とする後の半分は論理である。「つまり言葉の実践的公共性に、論理の公共性を附加する事によつて子供は大人となる」。そして、「この言葉の二重の公共性を拒絶する事が詩人の実践の前提となるのである」、と。――

このように小林秀雄は、言語の社会性を「公共性」という言葉で表現しているのである。「公共性」は、後の小林秀雄の批評では用いられることはほとんど無かった言葉である。「様々なる意匠」の時点で、この「公共性」という言葉が用いられていたのも、やはり三木清の「マルクス主義と唯物論」からの摂取ではないかと考えられる。三木清は、さきに見た『ドイツ・イデオロギー』の一節を引用しつつ、次のように述べている。

社会的に生きる限り、個人の意識は公共的なる存在である言葉の中に埋没する。個人は自己の意識を言葉をもつて表現することによつて、それの主観性を言葉の中に没入せしめて、それを公共的ならしめることなしには、社会的に交渉し得ない。

「公共的」という言葉は、たまたま用いられた言葉ではないことに注意したい。「公共的」あるいは「公共性」という言葉を駆使した言語論は、三木清がマルクス主義的論文を発表する前に書いた論文、「解釈学的現象学の基礎概念」（昭和二〈一九二七〉・一）にすでに見られ、これらの言葉が、ハイデガー哲学から摂られたものであることがわかる。すなわち、これらの言葉は、平均化された世人（Das Man）の存在様式を表す言葉である「公共性」(Offetlicchkeit) に由来しているのである。三木清はこの概念を、「解釈学的現象学の基礎概念」で言語論に適用し、さらに「マルクス主義と唯物論」では、『ドイツ・イデオロギー』の言語論に結びつけたわけである。その意味で、「公共的（性）」という言葉は、いかにも三木清的なマルクス研究を象徴する言葉だったと言える。三木清が個人の主観性の埋没という意味を込めて意識的に用いたこの言葉に、小林秀雄が示唆を受けたことは十分に考えられることである。

言語論における両者の符合は、その他にもある。小林秀雄が「言葉の実践的公共性に、論理の公共性を附加する事によつて子供は大人になる」と述べていたことは、すでに見たが、この引用からは「実践的公共性」の方が、本来的なものと捉えられていたことが窺われるが、三木清も同様に考えていた。次の引用は「マルクス主義と唯物論」の一節である。

言葉はその根源性に於て理論的ではなく却て実践的である。（略）言葉が本来社会的実践的であるといふことを理解するのは、ロゴスと共に先づ第一に論理或ひは理論を考へることに慣れてゐる今の人々にとつて極めて大切である。

さらに言語の問題に関して言えば、「様々なる意匠」は言葉の「魔術」性の指摘から説き起こされ、それが言語論の伏線になっていた。「マルクス主義と唯物論」においても、その冒頭の一文は、「言葉は魔術的なはたらきをする」となっていて、小林秀雄ほど意識的ではないが、やはり本論中の言語論の伏線になっている。もっとも、この例は偶然の一致とも言えるが、これまで見た、両論文の符合ぶりを考えると、単なる偶然以上のものがあるのではないかと考えられる。つまり、「様々なる意匠」の冒頭は、三木清論文の出だしにヒントを得たものではないかと想像されてくるのである。

それはともかく、「様々なる意匠」における三木清論文の影は、言語論以外にも見られる。それは、マルクスの唯物論（唯物史観）に関する部分である。小林秀雄は、マルクス唯物論（唯物史観）についてこう述べている。次の引用は初出からのものである。

脳細胞から意識を引き出す唯物論も、精神から存在を引き出す観念論も等しく否定したマルクスの唯物史観に於ける「物」とは、精神ではない事は勿論だが、又物質でもない。人間理解の一概念の名称である。（傍線・引用者、以下同）

傍線部分は初出にはあったが、単行本に収録されるときに、削除された一文である。実は、これは、当時としては、例外的なマルクス解釈である。というよりも、いわゆるロシア・マルクス主義流の自然科学的な唯物論、それも一九世紀的な自然科学観に基づく唯物論が、マルクス主義唯物論の正統的解釈と認められていた当時の状況の中では、このような解釈はマルクス主義からの逸脱であったと言える。それは〈了解〉〈理解〉ということを重視する解釈学を踏まえたマルクス解釈であった。この一節のような例外的解釈をして、正統派マルクス主義者たちからその逸脱を批判されたのが、まさに三木清だったのである。

三木清は「マルクス主義と唯物論」で、マルクス主義の唯物論が、「意識の現象が脳髄の物質的構造そのものから導き出され」ると考える「生理学的唯物論」ではないことを指摘した後、「精神と物質とを絶対的に対立せしめ」る立場を乗り越えたところに、マルクス主義の唯物論は立脚しているとして、こう語っている。

かくて唯物論と観念論の問題は、物質から意識を「導出し」、若くは思惟から存在を「演繹する」といふ如き、それ自身既に形而上学的なる見地から放たれて、他の地盤に移されねばならぬ。

そして、次のようにマルクス唯物論における「物」を定義している。

マルクス主義の唯物論に謂ふ「物」とはかくして最初には人間の自己解釈の概念であり、我々の用語が許されるならば、一の解釈学的概念であつて、純粋なる物質そのものを意味すべきではないのである。（傍点・原文）

この二つの引用の内、前半の引用もさきに引用した「様々なる意匠」と照応していることが見られると言えそうであるが、後半の引用もさきの引用中の小林秀雄の言葉と照応している。とくに両方の傍線部分を比べてみると、その照応性は明らかであろう。小林秀雄は、マルクスの唯物論（唯物史観）においては「物」を「人間理解の一概念の名称」と捉えたとしているのだが、このような表現はマルクス主義の唯物論では「物」とは「人間の自己解釈の概念」だと述べた三木清の説明を受け容れていなければ、出てくる言葉ではないだろう。そもそも、マルクス主義唯物論の「物」をそのような語彙で説明すること自体、解釈学的現象学の知識を背景に持つ三木清ならではの解釈なのである。「様々なる意匠」は、この三木清の説明に拠ったものだったと言えよう。

もう一例指摘しておきたい。三木清論文である「人間学のマルクス的形態」との関係である。「様々なる意匠」は、マルクス主義文学者に対する批判をモチーフの一つにしているが、その批判をひと口で言うと、彼らの思想、イデオロギーが単なる「意匠」に過ぎない、というものであった。たとえばそれは、「私は日本の若いプロレタリア文学者達が、彼等の宿命の人間学をもつて其の作品を血塗らんとしてゐるといふ事をあんまり信用してゐない」、というふうに語られている。つまり「プロレタリア作者の作品にあるプロレタリアの観念学」（「様々なる意匠」）と作家主体の「人間学」との乖離を突くという批判の方法であるが、この「人間学」という言葉自体、三木清的な言葉だと言える。また、三木清が「人間学のマルクス的形態」において批判したのも、まさに観念学たるイデオロギーと人間学（アントロポギー）との乖離だったのである。ここにも、三木清論文の影を見ることができようか。

四

このように、「様々なる意匠」は三木清論文から摂取された論が取り込まれているのだが、しかしその摂取は単なる借用に終わっているのではなかった。そこには、新たな意味づけがなされたり、あるいは、三木清論文の原義がそのまま用いられている場合でも、それを踏まえたうえに、さらに三木清論文にはない新たな思考の展開が行われている。たとえば、三木清の「人間学」は「宿命の人間学」というふうに意味がずらされたり、また、言語の「公共性」に関しては、三木清論文と異なってその「公共性を拒絶する」方向へと論が展開されているのである。マルクスの唯物論（唯物史観）についても、小林秀雄は独自の評価を下している。そこで、両者の思想の相違を明らかにすることが問題になってくるが、まずは小林秀雄の言語論から見ていこう。

小林秀雄によれば、言語は、人間の精神を社会的に発展させる役割を担うとともに、他方では人間の精神に制約を加えて枷をはめる、という両義性を持っている。小林秀雄が問題にするのは、その負の作用の方である。「様々なる意匠」では、母親から「海は青いものだと教へられ」た子ども、すなわち「海は青い」という言葉を覚えた子どもの話が例に引かれ、言語がいかに個人の意識体験そのものに作用を及ぼし、それに制約を加えるかが語られている。つまり言語は、個人の意識が持つ微妙で明示化されにくい印象を覆い隠してしまうのである。小林秀雄によれば、その作用は言語の「公共性」によるもので、個々人の意識から独立した「公共」的な言語は、その一般化されて自律的ともなった法則によって、個人の意識に働きかけるわけである。その意味で、言語は人間の精神を支配していると言える。

小林秀雄は、このような言語の作用をマルクス『資本論』が論じている商品論に結びつけて、商品とのアナロジーで捉えている。もっとも、すでに述べたように、この当時の小林秀雄は『資本論』そのものを、その序文さえも読んでいなかったと思われるが、三木清の『唯物史観と現代の意識』などからマルクスの商品論については一定の理解を持っていたと考えられる。その理解から小林秀雄は、マルクスの言う「商品の魔術性」を転用して「言葉の魔術性」ということを言ったのである。

「商品の魔術性」というのは、耳慣れない言葉かも知れないが、『資本論』第一巻の第一編第一章の第四節で述べられているFetischcharakter der Wareのことで、今日では「商品の物神的性格（物神性）」と訳されるのが普通である。当時普及していた高畠素之の『資本論』翻訳（改造社版、昭和二〈一九二七〉・一〇）では、「商品の魔術性」となっている。もっとも、「商品の魔術性」と「言葉の魔術性」との間には厳密な意味での論理的な対応性は無いわけだが、要するに、商品があたかも人間から独立しているかのような自律性を帯び、その固有の法則によって人間を支配するに至った倒錯的な構図に、小林秀雄は言語の作用と相似するものを見たのである。

他方の三木清も、言語の「公共性」に注目し、そこに両義的な働きを見ることにおいて、小林秀雄と共通する認識を持っていた。そのことは、さきに引いた、「社会的に生きる限り、個人の意識は公共的なる存在である言葉の中に埋没する」という言葉からも十分察せられるだろう。改めて言うまでもないが、両者に共通するものがあったからこそ、小林秀雄は三木清論文の「公共的」（公共性）という言葉を「様々なる意匠」に取り込むことができたわけである。

ところで、三木清の言語論で注意されるのは、それが商品論に繋げられる形で論じられていることである。すなわち、三木清は「マルクス主義と唯物論」で、「公共的なる存在である言語」の、事物や意識を非個性化する働きを「存在の凡庸化」と捉え、その「存在の凡庸化」を極限まで押し進めたのが商品である、というふうに言語論から商品論へと論を移行させているのである。そして、その商品論が「商品の魔術性」論となっているのだが、商品と言語とを結びつける小林秀雄の論も、おそらくこの「マルクス主義と唯物論」から着想を得たと考えられる。とは言え、三木清の場合は、言語論と商品論とは、「存在の凡庸化」という原理で単純に結びつけられているだけで、小林秀雄のように、商品論から逆に言語の問題を捉え返し、その複雑な性格にメスを入れるという発想は無かった。

したがって、「マルクス主義と唯物論」の冒頭の、「言葉は魔術的なはたらきをする」という言葉も、直接には、「或る人々にとつては、唯物論の名は、既に最初から何かいかがはしいもの、汚らはしいものを暗示する」という文に係るだけで、そこで留まっている。たしかに三木清は、「魔術的」の言葉に物神崇拝的なニュアンスを込めて用いてはいる。しかし小林秀雄のように、それを果敢に言語論へ導入するまでには至っていないのである。逆に言えば、三木清論文に示唆を受けながらも、「魔術」の語を鍵言葉として商品論から言語論を逆照射した点に、小林秀雄の独自性を認めることができると言えよう。

しかし、三木清論文には見られない小林秀雄の独自性は、そのことよりも、「様々なる意匠」で、「言葉の二重の公共性を拒絶する事が詩人の実践の前提となる」として、さらに次のような考えを展開している点にある。

フロオベルはモオパッサンに「世に一つとして同じ樹はない石はない」と教へた。これは、自然の無限に豊富な外貌を尊敬せよといふ事である。然しこの言葉はもう一つの真実を語つている。それは、世の中に、一つとして同じ「世に一つとして同じ樹はない石はない」といふ言葉もないといふ事実である。言葉も亦各自の陰影を有する各自の外貌をもつて無限である。

「公共性」に深く浸食されながらも、言葉は〈個〉的な要素を持つとする考えである。このような発想は、三木清には無い。小林秀雄の初期の言語論がフランス象徴主義の詩人やヴァレリー、ベルクソンなどの言語論（観）の影響を受けていることは、改めて指摘するまでもないが、〈個〉的な言葉に着目する発想は、やはり彼らから受け継いだものと言えよう。

「「私小説論」をめぐって」（『昭和文学への証言』〈文藝春秋、一九六九［昭和四四］・七〉所収）の中の大岡昇平の証言によれば、昭和三（一九二八）年ころ、小林秀雄はベルクソンの『物質と記憶』をよく話題にしていたと言う。小林秀雄がベルクソンに言及していたとすれば、ベルクソンの第一番目の主著である『意識の直接与件』も触れていたと考えられる。『意識の直接与件』は日本語訳では『時間と自由』とされていることが多いが、この著書については、やはり大岡昇平が「小林秀雄の書架」で、小林秀雄が所蔵していた本として、『物質と記憶』や『創造的進化』とともに挙げている。小林秀雄の言語論を考えるとき、この著書は重要である。

ベルクソンはこの著書の中で、ある個人の意見は、言葉に出して言うと月並みな影を帯びてしまうが、「他人の心の中では、やはり同じ名を持つにもかかわらず、それらの意見はまったく同じものではないのである」（『時間と自由』平井啓之訳、白水社、一九七五〈昭和五〇〉・九）と述べている。これは、さきの「様々なる意匠」で小林秀雄が語っていた、「世の中に、一つとして同じ「世に一つとして同じ樹はない石はない」という言葉もない」という認識に照応している。ベルクソンは、言語の「公共性」とそれが持つ制約性を認めつつも、〈個〉的なものとしての言葉にしっかりと眼を向ける観点を持っていたのである。この観点をさらに押し進めると、言語の言わば「通貨性」を捨てて、たとえば「言語は何よりもまず人間の心の底からほとばしり出る夢と歌」（「詩の危機」南條彰宏訳〈『マラルメ・ヴェルレーヌ・ランボオ』筑摩世界文学大系48〉、一九七四〈昭和四九〉・五所収）であると語るマラルメの言語論に行き着くであろう。さきに見た、「様々なる意匠」における、「言葉の二重の公共性を拒絶する事が詩人の実践の前提となる」というのは、その観点に立った言葉である。

さらに言うならば、「合意の衣を脱ぎ捨てた」「絶対特殊」たる「絶対言語」（「アシルと亀の子 Ⅳ」昭和五〈一九三〇〉・七）とは、その延長上にある、〈個〉的な言葉の極限概念であると言えよう。

このように小林秀雄は、言語の「公共性」に関する考えでは三木清と共通する認識を持ちながらも、言葉の〈個〉的な要素を認め、むしろそれに注目しようとするのである。三木清的語彙である「公共性」についての記述は、〈個〉的な言語を論じるための言わば枕として導入された感もある。そして、この〈個〉的なものに眼を向ける姿勢の背後にあるのは、小林秀雄の存在論でもあり、且つ認識論でもある「宿命」論だったのである。

もう少し、マルクス及び三木清と関わる事柄を見ておきたい。

「様々なる意匠」における三木清論文からの借用は、言語論や「人間学」の部分では、三木清論文の原義を踏まえたうえでの巧みな転用であったと言える。三木清の言葉は、小林秀雄の思想を語るための文脈にうまく溶かし込まれていたのである。ただ、マルクスの唯物論（唯物史観）に言及した部分に関しては、必ずしもうまくいっているとは言い難い。小林秀雄は、さきに論及した箇所、すなわちマルクス唯物論（唯物史観）における「物」とは精神ではないことは勿論だが物質でもないとして、初出ではそれは「人間理解の一概念の名称である」と述べた後、こう語っている。すなわち、マルクスの「唯物史観」について、それが「人間存在の根本的な理解の形式」であろうが、しかしマルクスのような「理解」を持つことは「人々の常識生活を少しも便利にはしない」と語り、さらに続けて、「換言すれば常識は、マルクス的理解を自明であるといふ口実で巧みに回避する。或は常識にとつてマルクスの理解の根本規定は、美しすぎる真理である」、と。

しかしながら、少し考えてみればわかることであるが、「常識」が「物」を「人間理解の一概念の名称である」とするような受けとめ方をするはずはないだろう。「常識」にとって「物」はあくまで「物」である。これが「常識」というものであって、小林秀雄の言う「マルクス的理解」は「常識」にとっては決して「自明」なことではない。逆にそれは不可解な言葉であろう。また「常識」にとって、それは「美しすぎる真理」というものでもないと考えられる。むしろ「常識」は、奇妙な屁理屈のように受けとめるであろう。「人間理解の一概念の名称」、三木清の言葉で言えば「人間の自己解釈の概念」というふうに捉えるのは、解釈学的現象学の観点に立った捉え方であって、「常識」が「自明」とするところのものではないのである。

おそらく、そのあたりの叙述の不適格さを反省してであろう、小林秀雄は「様々なる意匠」を昭和六（一九三一）年七月刊の『文芸評論』に収めるときには、「人間理解の一概念の名称」という言葉を削除し、次の傍線部分の言葉を書き加えている。

脳細胞から意識を引き出す唯物論も、精神から存在を引き出す観念論も等しく否定したマルクスの唯物史観に於ける「物」とは、飄々《ヘウヘウ》たる精神ではない事は勿論だが、又固定した物質でもない。認識論中への、素朴な実在論の果敢な、精密な導入による彼の唯物史観は、現代における恐らく最も見事な人間存在の根本的理解の形式ではあらうが、彼の如き理解をもつ事は人々の常識生活を少しも便利にはしない。

なお、後の新潮社版の全一二巻全集に収められたものでは、その加筆部分は削られている。ともあれ、このように訂正されるならば、「自明」や「美しすぎる真理」という判断とうまく接合する。初出の形は、三木清のマルクス唯物論解釈を十分に咀嚼しないままにそれを借用し、それらに対して「自明」「美しすぎる」などの、小林秀雄の解釈を強引に述べようとしたものと考えられる。そうではあるが、これらのことや、さきに見た言語論を問題にした箇所での借用は、やはり密輸入といったものではなく、三木清の思想に対して自らの考えの独自性を示すための意識的な転用であった、と考えておきたい。

さて、以上のように、「様々なる意匠」における「宿命」論やマルクス関連の論述——それは実質的には三木清関連の論述と言うべきであろうが——について、一通り見てきたわけだが、「様々なる意匠」において興味深い箇所は、実はそれらの箇所よりも、むしろ芸術家のこと、すなわちここでは文学者のことだが、それに関して述べられたところにあると考えられる。そして、それはまた自意識の問題について述べられたところでもある。次にそれらの問題について見ていきたい。

五

小林秀雄は、いわゆる「芸術の為の芸術」という考え方を認めていなかった。彼は、「「芸術の為の芸術」といふ古風な意匠」と述べて、それは「自然が、或は社会が、芸術を捨てたといふ衰弱の形式を示す」と語っている。続けて、「人はこの世に動かされつゝこの世を捨てる事は出来ない、この世を捨てようと希ふ事は出来ない。世捨て人とは世を捨てた人ではない、世が捨てた人である」、と。もちろん、ここで述べられていることは、必ずしも全てが真理ではないだろうが、しかしかなり肯綮《こうけい》に中《あた》っているところもあると思われるとともに、小林秀雄の文学観、芸術観が、「芸術の為の芸術」という言い方に準えれば、いわゆる「人生の為の芸術」の立場だということもわかる。その点において小林秀雄はやはり、志賀直哉をその一人とする白樺派の系譜であると一応は言える。

もちろん、「芸術の為の芸術」といふのは、その背後には人生に対する絶望があるからこそそういう考え方が出てくるわけで、そうであるならば、「芸術の為の芸術」といふのも、実は裏返された「人生の為の芸術」であることに気づかなければならないだろう。

ともかくも、このように小林秀雄は大きく言えば人生派ではあるのだが、単純な人生派ではないのである。小林秀雄は「では、文芸批評家にとつて文芸批評を書く事が希ひであるか?・」と問い掛け、「恐らくこの事は多くの逆説を孕んでゐる」と語る。それは、「批評とは竟に己れの夢を懐疑的に語る事ではないのか!」と述べられているように、「懐疑」精神の有無が問題になってくる。その「懐疑」を言わば司るのが自意識である。この自意識の問題についてはこれまでも見てきたが、小林秀雄の批評原理のマニフェストと言っていい「様々なる意匠」においても自意識は前面に出されて語られているのである。その自意識の問題について見ていく前に、文学、芸術をめぐっての、一般に知られている考え方に対する小林秀雄の批判に触れておきたい。

小林秀雄は、「芸術は常に最も人間的な遊戯であり、人間臭の最も逆説的な表現である」と語る。つまり芸術とは、「この世を離れた美の国」や「この世を離れた真の世界」を見せてくれるものではないのだ、ということである。「芸術の有する永遠の観念といふが如きは美学者等の発明にかゝる妖怪に過ぎ」ないと考えるのである。まずこのように、永遠の美といったような観念は、芸術のことを真に解っているとは言えないような「美学者」たちの「発明」だとする。おそらく小林秀雄は、そのような観念はセンチメンタルなものでしかない、とも言えたであろう。

そのような一般にもあるだろうと思われる、芸術というものを人間世界を超えた高みに位置する高尚なもののように思っている、幼稚な誤解を批判した後、小林秀雄はさらに、「芸術といふものを対象化して眺める時に」、陥りがちな二つのパターンについて述べる。一つは芸術を「或る表象の喚起するある感動として考へるか、或る感動を喚起する或る表象として考へるか二途しかない」、と。そしてどちらにせよ、これらは「あらゆる学術中の月たらず美学といふもの」（傍点・原文）だと言う。そして続けて、それらの「月たらず美学」が、「少くとも芸術家にとつては無用の長物である所以がある」と述べている。

これらのことから、芸術とは何か、その本質とは何か、という問題を考える場合、小林秀雄は、出来上がった作品を前にしてあれこれと考えるのではなく、すなわち「芸術といふものを対象化して眺める」のではなく、芸術制作を行う側から芸術を問わなければならないと考えるのである。すなわち、芸術家の側に立って、芸術の本質を問うわけである。そしてこう語られている、「然し芸術家にとつて芸術とは感動の対象でもなければ思索の対象でもない、実践である」、と。これはどういうことであろうか。

ここで、前章の冒頭で引用した「アシルと亀の子　Ⅰ」（前掲）の一節を思い起こしてもらいたい。そこには、「作家が理論を持つとは、自分といふ人間（芸術家としてではない、たゞ考へる人としてだ）がこの世に生きて何故、芸術制作などといふものを行うのか、という事に就いて明瞭な自意識を持つといふ事だ」と語られていた。そして、なぜ芸術制作を行うのか、自分にとってその必然性はあるのか、と自意識によって厳しく自らを審問することを通して、その果てに自らと芸術制作との「宿命」的としか言いようのない結びつき方を自得する、というのが「宿命の理論」であった。では、そのことを自得したうえで、なぜ芸術家は芸術制作を行うのかが、問われなければならないだろう。「様々なる意匠」では、その問いについての答えについては明示的に語られていないが、後に小林秀雄はそれについて繰り返して発言している。たとえば、講演録「文学と自分」（昭和一五〈一九四〇〉・一一）で次のように語っている。

書かなければ何も解らぬから書くのである。文学は創造であると言はれますが、それは解らぬから書くといふ意味である。予《あらかじ》め解つてゐたら創り出すといふ事は意味をなさぬではないか。文学者だけに限りません、芸術家と言はれる者は、皆、作品を作るといふ行為によつて己れを知るのであつて、自己反省なぞといふ一種の空想によつて自己を知るのではない。

小林秀雄はこう語った後、ミケランジェロの例を持ち出して、次のように述べている。「ミケランジェロは、大理石の塊りに向つて、鑿を振ふ、大理石の破片が飛び散るに従つて、自分が何を考へ、何を感じてゐるかが明らかになる、遂にダヴィッドが石の中から現れ、ダヴィッドとは自分だと合点するに至る」、と。小林秀雄にとって、これが芸術家が芸術制作を行う根本的な理由なのである。つまり芸術制作とは、己れとは何かを問う行為なのである。さらに言うなら、それを問い続ける行為なのである。

このことは別の言い方をすることもできるだろう。戦後の一九五〇（昭和二五）年四月に発表された「表現について」の中では、このように語られている。すなわち、「表現とは認識なのであり自覚なのである。いかに生きてゐるかを自覚しようとする意志的な意識的な作業なのであり、引いては、いかに生くべきかの実験なのであります」、と。要するに、芸術家は芸術制作という行為の中で、あるいはそれを通して、〈己れとは何か〉〈いかに生くべきか〉を問うわけである。もちろん、この問いは答えが明快に出てくるような問いではない。ただ、問いは深まっていき、その問う過程の中で、何かが仄《ほの》見えてくることもあるだろう。もしも、仄見えてくることがあれば、それが原動力になって、さらに芸術家は芸術制作という行為の中で、〈己れとは何か〉〈いかに生くべきか〉を問い続けていくだろう。

因みに、本多秋五は一九四六（昭和二一）年の「近代文学」第三号に発表した最初の「小林秀雄論」の中で、「小林秀雄が僕に解らなかったのは、彼に「いかに生くべきか?」がないからであった。僕等が考えるような意味での「いかに生くべきか?」がないからであった」と述べている。その「僕等の「いかに生くべきか?」」とは、「まずこの不合理な社会をいかに変革すべきか?」という形をとり、その変革を担う自己をいかに鍛えるか、というような問い掛けとなるようなものだった、ということを述べている。そういう発想に固まっていたら、たしかに小林秀雄には「いかに生くべきか?」が無いように見えたであろう。しかし小林秀雄は、まさにその「いかに生くべきか?」を問うことこそが文学であるという考えを、文芸批評家として出発するときから持っていたのである。「様々なる意匠」から少し離れた論述になったが、「様々なる意匠」ではこれらのことが比喩的に語られていた。さきほど引用した一文を含めて次に引用したい。

然し芸術家にとつて芸術とは感動の対象でもなければ思索の対象でもない、実践である。作品とは、彼にとつて、己れのたてた里程標に過ぎない、彼に重要なのは歩く事である。この里程標を見る人々が、その効果によつて何を感じ何処へ行くかは、作者の与《あづか》り知らぬ処である。詩人が詩の最後の行を書き了つた時、戦の記念碑が一つ出来るのみである。

もちろん芸術家でなくとも、私たちのほとんどもそれぞれの生活の場で、大なり小なり〈己れとは何か〉〈いかに生くべきか〉を問いながら生きていると言えよう。もっとも、それは漠然とした問いであったり、その問いについて明確に意識できていない場合も多いであろうが、それでもそういう問いを持ちながら日々を生きているのである。その点で小林秀雄が語る芸術家も普通人も変わりはない。ただ、芸術家の場合は、その問いを芸術制作という行為の過程でしか問えないのである。そのように自身と芸術行為との結びつきを自覚しているのが、「鶯の歌」の「歌ひ手」(「アシルと亀の子　I」)とは違う近代の芸術家なのである。このことは「様々なる意匠」では次のようにも語られている。

何等かの意味で宗教を持たぬ人間がない様に、芸術家で目的意識を持たぬものはないのである。目的がなければ生活の展開を規定するものがない。然し、目的を目指して進んでも目的は生活の把握であるから、目的は生活に帰つて来る。芸術家にとつて目的意識とは、彼の創造の理論に外ならない。創造の理論とは彼の宿命の理論以外の何物でもない。そして、芸術家等が各自各様の宿命の理論に忠実である事は如何ともし難いのである。

芸術家とは、この世に無いような美の世界を構築することを目的にしているような存在ではない。彼らも、普通人と同じく、自分たちのこの世の人生における「生活の把握」を目指しているのである。だから、たとえば「象徴《サンボ》主義《リスム》」だとか「写実主義《レアリスム》」などと言われるものも、ともに芸術家たちの〈己れとは何か〉〈いかに生くべきか〉を問う、その問いの過程の中から見えてきたものを、忠実に表そうとした結果に過ぎないのである。その見えてきたものの中には、自分自身の心もあるだろう。たとえば、その心は「象徴」でしか表されないものかも知れない。その場合は、「象徴」が一番忠実な表現なのである。

そのことを小林秀雄は、マラルメに関連させて語っている。「マラルメの十四行詩は最も鮮明な彼の心の形態そのものである。（略）マラルメは、決して象徴的存在を求めて新しい国を駈けたのではない、マラルメ自身が新しい国であつたのだ、新しい肉体であつたのだ。か丶る時、彼等の問題は正しく最も精妙なる「写実主義《レアリスム》」の問題ではないか」、と。

さて、以上が「様々なる意匠」における中心部分の理論であった。それは「宿命」論と芸術家たる「宿命の理論」とに基づく論であり、さらに言語論が語られていた。そして、それらと深く関わっているのが自意識による懐疑についての論であった。私は以上のことを踏まえていれば、「様々なる意匠」は読み解けると思っているが、さらに詳しく読み解く必要がある問題もあるだろう。たとえば、「様々なる意匠」では自意識＝自覚＝批評とされていることについてである。ただ、この問題もこれまでの論述で解釈できるだろう。自意識とは、自身の意識についての意識のことであるから、それはそのまま自覚の意味と繋がるであろう。また、批評という場合、文学に関して言うなら、普通には私たちは他者もしくは他者（の作品）についての批評を思い浮かべる。それはそうなのだが、他者（の作品）を批評している、その自分の批評の基準とは何なのか、ということを省みざるを得ないのが、自己の意識を問う自意識なのである。であるならば、批評＝自意識であろうし、それは自覚とも重なってくるであろう。

もちろん、その批評が目指すのは、他者の、この場合は文学者の作品の解明であろうが、その解明を通して作品に流れている「作者の宿命の主調低音」が聞こえてこなければならないと、小林秀雄は語る。それは、その作家が文学者たらざるを得ない所以のもの、まさに「宿命」と表現せざるを得ないもののことである。その「宿命の主調低音」が聞こえてきて初めて、「この時私は私の批評の可能を悟るのである」ということになるわけである。このことから、小林秀雄にとって批評とは、つまるところ作家論のことであると言える。もっとも、作家論というふうな言い方は、小林秀雄にとっては心外かも知れないが、その点においてやはり小林秀雄は人生派であったと言えよう。ただ、またしても人生派という言い方は小林秀雄の意向にはそぐわないかも知れないが、もちろん人生派と言っても、懐疑精神を堅持した人生派なのである。そして、ここまで文学と自分との結びつきを問い詰めた文学者は、近代日本においてはおそらく小林秀雄が初めてであったであろう。

第四章　同時代の思想、文学に対して――マルクス主義、横光利一

一

この章では、「様々なる意匠」で文壇に文芸批評家として出発して以降の、小林秀雄の歩みを見ておきたい。これまでの章でも論及したように、文芸時評において小林秀雄は、文学自体に対しての懐疑を持たない文学者を批判していた。「アシルと亀の子　Ⅰ」（昭和五〈一九三〇〉・四）によれば、「人は先づ鶯の歌から始めるものだ」が、「この歌ひ手がそのまゝ芸術制作の年期奉公に移動して了」ったのが「現代日本文芸の達人大家」と言われている人たちなのであった。当時の小林秀雄の文芸時評は、主にそういう周囲の文学者たちへの批判の言葉が語られたものであった。

もちろん、そういう中でも小林秀雄が高く評価していた文学者もいたわけで、たとえば志賀直哉はおそらく最も高い評価をしていたと言える。それは、志賀直哉が近代文学者としてあり得べき作家だからではなく、むしろ逆に近代という時代の頽廃、退嬰とは無縁の「原始性」「古代人」性（「志賀直哉」昭和四〈一九二九〉・一二）を持ってい

るという判断からである。それは、こういうふうに言われる。志賀直哉は「思索と行動との間の隙間を意識しない」のだが、たとえ意識するとしても、「やがて氏の欲情は忽ちあやまつ事なくその上に架橋するだらう」、と。「思索と行動との間の隙間」というのは、これまで見てきた自意識論と関わるが、「古代人」志賀直哉にはその問題は無いわけである。志賀直哉が近代の病弊からは離れたところに立っているからこそ、評価もされているのである。

評価されている文学者は志賀直哉だけではない。正宗白鳥もその一人である。おそらく小林秀雄の初期の文芸時評で、正宗白鳥は言及された回数が最も多いのではないかと思われる。後の章で見るように、正宗白鳥と小林秀雄とは、トルストイの家出問題をめぐって論争することになるのだが、小林秀雄は文芸批評としての先輩としても正宗白鳥を高く評価していたのである。おそらく、その評価の中心は、正宗白鳥にある懐疑精神にあったのではないかと考えられる。それはこういう言い方で語られるときもある。「正宗氏は、人生を信用してゐない様に小説といふものを信用してゐない」(「文学は絵空ごとか」昭和五〈一九三〇〉・九)、と。

また、正宗白鳥の書く文章を、小林秀雄は興味深く読んでいたようで、たとえば「東京日日新聞」の「年末感想」(昭和七〈一九三二〉・一二)では、「正宗白鳥の「文壇人物評論」、先日熟読して感服した。近頃の名著である。／氏がどんなに親身になつて他人の作品を読んでゐるか」と述べ、正宗白鳥の小説についても「報知新聞」の「文芸月評Ⅱ」(昭和八〈一九三三〉・五)で正宗白鳥の小説「故郷」に触れながら、「正宗氏の近頃の短編はどれもたいへん面白い。面白いといふよりも感服してゐる。こんなに文学らしくない文学があるかと不思議な気がする」と述べている。「文学らしくない文学」を書く正宗白鳥を評価しているというのは、やはり「鶯の歌」とは異なる文学を、正宗白鳥が書いていたことについての評価であったと言えよう。

若手では梶井基次郎を、また若手とは言えないが嘉村礒多も、小林秀雄は評価している。梶井基次郎については「中央公論」（昭和七〈一九三二〉・二）の「梶井基次郎と嘉村礒多」で、「檸檬」に関して、「これは言ふまでもなく近代知識人の頽廃、或は衰弱の表現であるが、（略）この小説の味ひには少しも頽廃衰弱を思はせるものがない。切迫した心情が、童話の様な生き生きとした風味をたゝへてゐる」と、まさに肯綮に中る批評をしている。梶井基次郎の文学は、単なる「鶯の歌」とは異なっていて、また「頽廃に通有する誇示もない」という判断からの評価であろう。また小林秀雄は、井伏鱒二についても「都新聞」（昭和六〈一九三一〉・二）に「井伏鱒二の作品について」と題する批評を載せて、まさに核心を突く評価をしている。「彼は文章に通達してをります。瑣細《ささい》な言葉を光らせる術も、どぎつい色を暈《ぼか》す術も、見事に体得してゐます」として、短編「鯉」に言及して、「「鯉」で語られた一種の生理的哀愁は、彼の全作に流れてをります」と述べている。

芥川龍之介に対しては、相変わらず手厳しい批評をしている。これは、芥川龍之介を持ち上げたがる人たちへの批判という意味合いもあると考えられる。たとえば「現代文学の不安」（昭和七〈一九三二〉・六）で、こう述べている。「多くの批評家が、芥川氏を近代知識人の宿命を体現した人物として論じてゐる。私は誤りであると思ふ。この希有の才人、精緻な感想文のみを残して、人間一人描き得なかつたエッセイストが、果して彼の高名に遠く及ばなかつた多くの自然派作家より、勝れた人間洞察を持つてゐたかどうかさへ甚だ疑問に思つてゐる」、と。

すでに鬼籍に入っていた芥川龍之介も含めて、このようなほぼ同時代文学者に対する小林秀雄の評価を今日から読むと、その鑑識眼にはさすがに冴えがあると言える。また、後の横光利一の「純粋小説論」をめぐる議論で、小林秀雄の姿勢にも問題があると思われる事柄に関して、この時期にすでに発言している。それは大衆文学についてである。小林秀雄は「経済往来」（昭和八〈一九三三〉・九）の「文藝時評」で、「ひと頃大衆文学の問題が色々議論され」、議論だけを聞いていると尤もらしいとした後、こう語っている。すなわち、「（略）現実的な夢を与へてくれる点では、つた。大衆小説より拙《まづ》い純文学作品の方が優れてゐると私は信じてゐるので、あの問題にはまるで興味が持てなかうまい大衆小説といふものは生涯好きになれさうもないのである」、と。

同時代の文学者たちに対しての小林秀雄の姿勢を見てきたのであるが、「様々なる意匠」の中で主たる論敵であったマルクス主義文学に対してはどういうふうに向き合っていたのであろうか。また、「様々なる意匠」では軽く触れただけで、小林秀雄があまり評価していなかった新感覚派の文学に対してはどうだったのだろうか。次に前者から見ていきたいのであるが、その場合にはマルクス主義文学というよりも、その背後にあった戦前昭和のマルクス主義とそれに対する小林秀雄、という観点から考察していきたい。

これから述べることは、すでに拙論「小林秀雄――その思想論、歴史論、言語論――」(『脱走＝文学研究――ポストモダニズム批評に抗して――』〈日本図書センター、一九九九［平成一一］・二〉所収)で論じたことであるが、戦前昭和の思想と文学を考えるときには踏まえていて当然のことだと思われることも、今なお踏まえられていないことが多いのではないかと考えられるので、ここでも論じておきたい。そして、それは戦後の思想を考えるときにおいても、やはり重要だと思われる。

日本におけるマルクス主義の歴史を考えるとき、まず踏まえておかなければならないのは、日本の知識人にマルクス主義が受け容れられたとき、そのマルクス主義とはロシア経由のものであったということである。したがってそれは、レーニン主義と言うべきであり、さらにはロシア革命後、数年で脳溢血の病で亡くなったレーニンの後、政治的実権を確立しつつあった(昭和四〈一九二九〉年までには確立した)スターリンの路線に忠実な〈マルクス主義〉であったものである。たとえばそれは、哲学の分野で言えば、レーニンの著書『唯物論と経験批判論』を〝聖典化〟するところに現われている。

スターリンによって〝聖典化〟された『唯物論と経験批判論』の邦訳は、昭和二（一九二七）年三月に出版され、日本のマルクス主義思想に大きな影響を与えた。それまでは、すでに見てきたように三木清のマルクス主義研究も一部の知識人たちに受け容れられていたのである。さらには、党組織論では福本和夫の理論が主導的な役割を果たしていた。しかしながら、やがて福本イズムはコミンテルンからの批判によって失権していき、また哲学の領域ではレーニンの『唯物論と経験批判論』が正統的なマルクス主義の哲学書であって、三木清的なマルクス理解は異端である、という理解が左翼の間で拡がっていった。そういう風潮から小林秀雄も、レーニンの『唯物論と経験批判論』こそが正統なのだろう、と受け止めていたと考えられる。それでは、この書はどういう哲学書なのか。

　レーニンは経済学や政治学では一流であったが、哲学に関しては本人も素人だと考えていたようで、なるほど『唯物論と経験批判論』は哲学書としてレベルの高い書物とは言えない。『唯物論と経験批判論』によれば、哲学には二つの流れがあり、一つは観念論で、もう一つは唯物論だが、「意識は一般に存在を反映する」（傍点・原文、『レーニン全集第一四巻』〈大月書店、一九七九〔昭和五七〕・一二〉所収の邦訳による。以下・同）のだから唯物論の立場を取らなければならない。もっとも、意識は歴史的に条件づけられているから、その反映はあくまで「近似的に正しい」相対的なものである。だからと言って、真理は相対的であると考えてはならない。たとえば、「近似的」な「反映」としての「あらゆる科学イデオロギーには（略）客観的真理、絶対的自然が照応している、ということは無条件的である」、とレーニンは述べる。

　実は、邦訳の文庫本では全三冊になる大著の『唯物論と経験批判論』で、レーニンが主張していることは、以上のことに尽きていると言えるが、そこに見られるのは、素朴とも言える「近似的」反映論と、何としてでも「客観的真理」への道を断固守り抜こうとするレーニンの気迫である。『唯物論と経験批判論』の執筆の背景にはボリシェヴィキ党内の理論闘争があり、レーニンの固い姿勢もそれと関係したようである。しかし、そのことよりもここで指摘したいのは、そのレーニンの唯物論がマルクスやエンゲルスの唯物論とは異なった一八世紀的な唯物論、それは自然科学的認識に素朴な信頼を寄せる唯物論――素朴実在論と言ってもいいだろう――だったということである。

それに対して、マルクスやエンゲルスの唯物論とは、こういうふうなことと言えようか――絶対的真理や客観的真理があるかどうかという問題をあれこれと〈理論的〉に語ってもしかたがない、それはスコラ的な議論であって、人間にとっての真理は人間の具体的な実践の中で獲得されるのである。それが絶対的真理か否かということを問題にするのは意味の無いことである。人間は常に具体的な場面で問題を突き付けられ、具体的に実践的に解決していかなければならない、何が正しいかは常に実践的な事柄である。すなわち、「人間的思考に対象的な真理が到達するかどうかという問題は――なにも理論の問題ではなくて、実践的な問題である」(傍点・原文、「フォイエルバッハに関するテーゼ」〈マルクス・エンゲルス『ドイツ・イデオロギー』古在由重訳、岩波文庫、昭和三一［一九五六］・一〉所収)。

このようなマルクスやエンゲルスの唯物論と比べてみると、レーニンの唯物論――プレハーノフの影響を多分に受けていたようだが――が、マルクスやエンゲルス以前の唯物論、すなわち自然科学的認識に素朴に信頼を寄せる唯物論であったことがわかる。そのレーニンの唯物論を、戦前昭和のマルクス主義者たちはマルクス思想の唯物論として受けとめていたのである。したがって小林秀雄が、マルクス主義とくにその唯物論哲学を論じるために『唯物論と経験批判論』を取り上げたのは、当然であったと言えよう。おそらく小林秀雄は「様々なる意匠」以後の文芸時評を書くために『唯物論と経験批判論』は初めて手に取ったと思われるが、そこで述べられていたのは素朴な科学主義ともいえる唯物論だったのである。一九世紀的な自然科学的認識の方法を批判することで自らの思想を形成してきたベルクソン哲学に親しんでいた小林秀雄の眼に、『唯物論と経験批判論』のマルクス主義哲学がどのようなものとして映ったかは、考えるまでもないかも知れない。素朴、さらには幼稚な思想とさえ思われたであろう。

しかしながら、認識は主観的ではなく客観的でなければならない、そのためには観念論ではなく唯物論の立場に立たなければならないということを、ほとんどそのことだけを熱っぽく語るレーニンという人間に対しては、小林秀雄はある種の畏敬の念を持ったと思われる。〈主観ではなく客観を！〉というのは、〈私の立場〉を捨てて〈無私の立場〉に立て、ということに通じているとも言えるからだ。そうなると、それは哲学上の認識論の問題ではなく、「人間悟達」（「マルクスの悟達」昭和六〈一九三一〉・一）の問題として考えることもできよう。「マルクスの悟達」という評論はそういう観点から書かれている。

その評論で小林秀雄は言う。レーニンだけでなく、マルクスもそうだった、と。そして、「みんな根性は捨て兼ねてゐるのだ。マルクスといふ人は、人間にとつて最も捨て難い根性といふ宝を捨て切る事が出来た達人であつた」、と。この場合の「根性」というのは、〈私〉に拘る心情のこと、それは私心、私怨、私憤、私愛であったりするもののことと捉えていいだろう。マルクスはその「根性」を捨てたから、「人間悟達」なわけである。レーニンではその主張は、〈主観ではなく客観を！〉というテーゼとなって語られ、マルクスでは思想の否定として、すなわち〈思想ではなく科学を！〉という主張となって語られているのだ、と小林秀雄は言う。「マルクスの悟達」では「弁証法的唯物論は一種の思想の否定である」とされていて、だからマルクスは、「根性」の付着した「文字の生ま生ましさ」は率直に捨てたのだ。文字は彼にとつて清潔な論理的記号としてだけで充分であつたのだ」（傍点・原文）と語られているわけである。

「マルクスの悟達」の内容を簡単にまとめると以上のようなことになるだろう。これは面白い解釈ではあるが、レーニンの『唯物論と経験批判論』についてはともかく、マルクスの唯物論については誤解の上に成り立っている解釈である。おそらく、そのように理解されたマルクス思想は、小林秀雄にとっては思想の問題として取り上げるに値しないものだと思われたであろう。だから、「人間悟達」の問題として受け止められたわけである。「様々なる意匠」からしばらく後の小林秀雄にとって、マルクスはそのような存在に過ぎなかったというふうに言えよう。

さて、こうして見てくると、当時の小林秀雄における、同時代の文学者たちに対しての姿勢、そしてマルクス主義文学に対してというよりも、その背景のマルクス思想に対しての姿勢のその大凡《おおよそ》のところがわかってきたのではないかと思われる。それでは、当時の文壇でもっとも活躍していたと言える、元新感覚派の横光利一に対してはどうだったであろうか。次に横光利一との関係について見ていこう。

二

横光利一は、早くから小林秀雄に眼を止め、且つ評価していたようで、大正一五（一九二六）年一〇月の「仏蘭西文學研究」第一号に掲載された小林秀雄の「人生斫断家アルチュル・ランボオ」を「控えめな感想（三）」で取り上げ、「批評そのものが、近来かくも美事な端正さをもつて天道へ通じてゐるのを見たことがない」（『定本横光利一全集』全一六巻〈河出書房新社、一九八一〔昭和五六〕・六〜一九八七〔昭和六二〕・一二〉所収。以下、横光利一の文章からの引用は、すべて同全集に拠る）と高く評価した後、小林秀雄はランボーに酩酊したが、「しかし私は此の奇術師小林秀雄にはたしかにしたたか酩酊した」と述べている。この「控えめな感想（三）」は「初出未詳」となっているが、同題目（二）の初出が昭和三（一九二八）年二月でその（一）は昭和四（一九二九）年七月とあるので〔（一）（二）は必ずしも年月順になっていない〕、大体その前後だと言えよう。つまり、昭和四（一九二九）年九月号「改造」の「様々なる意匠」で文壇デビューをする前の小林秀雄に、横光利一はすでに注目していたのである。

他方小林秀雄は、大正一三（一九二四）年一〇月号の同人誌「青銅時代」に掲載された「断片十二」で、「私の友達が、横光利一氏の「赤い色」を読んで、その中の子供が、横光利一氏の目で見ていると非難した」と述べている。ただ、この一文は話題を展開するためのものであって、とくに批評したというものではない。後に小林秀雄は、「様々なる意匠」において新感覚派に論及していた。そこでは、「私は、最後に、私の触れなかつた、二つの意匠に就いて、看過された二つの事実を拾ひ上げよう。「新感覚派文学」と「大衆文芸」といふものである」として、「所謂「新感覚派文学運動」なるものは、観念の崩壊によつて現れたのであつて、崩壊を捕へた事によつて現れたのではない。それは何等積極的な文学運動ではない」、と述べていた。

要するに、高い評価ではなかったのである。また、後でも論及したいが、「様々なる意匠」においても「大衆文芸」を小林秀雄は評価していない。こう述べている。すなわち、「「大衆文芸」とは人間の娯楽を取扱ふ文学ではない、人間の娯楽として取扱はれる文学である」、と。そして、今日のように「直接な生理的娯楽の充満する世に」、人間の感情を文字に変換し、その文字によって人間感情の錯覚を起こそうという方法は、「最も拙劣だ」、と切って捨てているのである。ついでに言うならば、小林秀雄は終生、大衆文芸を認めようとしなかった。

それはともかく、このように横光利一の方は小林秀雄を評価する発言していたのだが、他方の小林秀雄は横光利一当人に直接向かってというのではなく、新感覚派に対して辛口の批評をしていたわけである。もっとも、横光利一はその新感覚派の代表的存在であったのだから、その批評は横光利一にも向けられていたと言える。しかし横光利一が、町工場の「ネームプレート製造所」を舞台にした小説「機械」（昭和五〈一九三〇〉・九）を発表すると、その高くなかった評価はがらりと変わるのである。小林秀雄は「横光利一」（昭和五〈一九三〇〉・一一）を書いてこの「機械」を絶讃したのだが、実はこの評論は、熱に浮かされたような書きぶりと内容であるとは言え、注意深く読んでも、精確な理解が難しいものである。後になって小林秀雄自身も、「横光さんのこと」（一九四八〈昭和二三〉・三）で自分の「機械」論について、「今、読み返してみて、その表現の奇怪な拙劣さにあきれるのだが、当時、自分が言い度いと感じてゐたところは、今も少しも変わつてゐないと思つた」と述べている。たしかに「表現の奇怪な拙劣さ」ゆえに曖昧であり、だから難解なのだが、次に簡単に小林秀雄の「機械」論について見ていきたい。

小林秀雄によれば、軽部は約束の論理の側にいる人間で、それに対して「私」は「無垢」の側にいる人間であるが、単に「無垢」なのではなく、「無垢」を知り「無垢」を守る存在であり、「理論そのものだ。機械の自意識だ」ということになる。しかし、「約束を辿る事」が世人（ここでは軽部）の行動であって、「無垢」の側にいる「私」や「主人」の糸とは異なっていて、軽部の暴力を忍ぶのも「無垢の為に忍ぶ」のであり、「主人の底抜けの善良さに頭を下げるのは己れへの尊敬に他ならぬ」と述べている。そして小林秀雄は、「「機械」は信仰の歌ではないとしても、誠実の歌である」として、「作者は誠実を極限まで引張つて来て見せた」と述べて、「機械」に関しての論を閉じている。

おそらく、こういう分析内容よりも、横光利一に影響を与えたのは、たとえばその評論の中の、「この作品の手法は新しい。それは全然新しいのだ」（傍点・原文）という賛辞、「自意識の勝つた優れた作家」という評価、そして「擬眼」であれ「玻璃《はり》の眼」であれ、横光利一が「眼の理論」を持つ、「貪婪《どんらん》な眼」の作家であるという指摘であったと思われる。そして、この「自意識」という言葉は、先に見た「機械の自意識」というところにも用いられているが、この言葉が評論「横光利一」の鍵言葉であり、横光利一はとりわけこれに敏感に反応したと考えられる。

おそらく、横光利一はこの評論に後押しされるようにして、その後の文学を進めていったのではないかと考えられる。言うまでもなくそれは、「自意識の文学」を書いていくという方向であった。しかし、果たして「機械」は、小林秀雄が論じたような「自意識の文学」だったであろうか？　この問題について、磯貝英夫は、「小林秀雄と近代の作家たち・横光利一」（「国文学　解釈と教材の研究」一九八〇〈昭和五五〉・二）で、「しかし、ここには、おそらく小林の言うような自意識の劇は多分なかった」と述べている。たしかにそう判断されるが、ただ、ここでの「おそらく」や「多分」という控えめな言葉は、取り除いていいだろう。つまり、「機械」から自意識の劇を見ることはできないということである。もちろん、自意識をどう捉えるかによって、その判断も変わってくるだろうが、ここではあくまで当時の小林秀雄が捉えていた自意識を軸に見ていくべきであろう。

小林秀雄にとっての自意識とは、すでに見てきたように、自身の意識に対して〈何故そうなのか〉と問いかける意識のことであった。したがって、それは反省的な意識と言えるし、あるいは自らの第一次的意識に対しての第二次的意識というふうにも言えるものである。その有り様が描かれていたのが、これもすでに見た「Xへの手紙」であった。繰り返してそれについて述べると、小林秀雄は、人々はそれぞれ心の奥底に「自分の言動を映し出す姿見を一枚持ってゐる。言ふ迄もなく私達の行動上の便利の為だ」として、次のように語っていた。もう一度引用しておきたい。

> 俺の持つてゐる鏡は無暗と映りがよすぎる事を発見した時、鏡は既に本来の面目を紛失してゐた。（略）／以来、すべての形は迅速に映つた、俺になんの相談もなく映し出される形を、俺は又なんの理由もなく眺めなければならなかつた。なんのことわりもなくカメラ狂が一人俺の頭の中で同居を開始した。（略）／複雑な抽象的な思案に耽《ふけ》つてゐようと、たゞ単に立小便をしてゐようと、同じ様にカメラは動く。凡そ俺を小馬鹿にした俺の姿が同じ様に眼前にあつた。

先の引用中の「姿見」や、ここで言われている「鏡」や「カメラ」が、自意識のことであった。それは、「たった一人でゐる時に、この何故といふ言葉の物陰で、どれ程骨身を削る想ひをして来た事か」というふうにも言われているところから、自らの意識に対して「何故」そうなのか、と糺問するような意識のことだったのである。したがって当該の意識に対してのメタ意識、あるいは第一次的意識に対しての第二次的な意識と言える。

三

以上のように、小林秀雄にとっての自意識を見てきたとき、小説「機械」（昭和五〈一九三〇〉・九）は自意識の小説と言えるであろうか。「機械」は読点や改行も少なく、息の長い文で構成されていて、会話のカッコも無いなどということと相俟って、物語が「私」の一人語りで進行するので、読者は「私」の意識の中に閉じこめられて物語の展開を追っていくことになる。読者は「私」の意識の、その流れに付き合わされるわけである。そういうところや、また物語の最後で主人公が訳が分からなくって混乱しているところなどは、自意識の過剰による錯乱のようにも見え、小林秀雄には自意識の小説のような印象を与えたのだと思われる。しかしながら、「機械」を自意識の小説と捉えるのは勇み足の判断であって、「機械」は決して自意識の小説ではない。少なくとも、当時の小林秀雄自身の自意識論にはそぐわない小説だったと言える。小説中のどの箇所でもいいが、次に任意に引用してみる。

と思ふと私は屋敷を一途に賊のやうに疑つていつてみやうと決心した。前には私は軽部からそのやうに疑はれたのだが今度は自分が他人を疑ふ番になつたのを感じると、あのとき軽部をその間馬鹿にしてゐた面白さを思ひ出してやがては私も屋敷に絶えずあんな面白さを感じさすのであらふとそんなことまで考へながら、一度は人から馬鹿にされてみなければとも思ひ直したりしていよいよ屋敷へ注意をそそいでいつた。

ここでも、なぜ「一度は人から……」と思うのかということについて、自身を省みる意識は無い。「私」の意識は、周囲の人間たち言動に敏感に反応するが、その反応の次元を言わば横滑りしていくだけであって、それらの反応についての反省意識や、「何故」の問い掛けの意識は無いのである。小説中のどの場面においてもそうである。たとえば、「（略）そのうちに新しく這入つて来た職人の屋敷と云ふ男の様子が何とはなく私の注意をひき始めた」とあるが、「何とはなく」というふうに言わば黙認するのは、自意識家にとってはあってはならないことであろう。このように見てくると、「機械」はやはり自意識の小説とは言い難いのである。とりわけ小林秀雄の言う意味での自意識の小説ではない。横光利一自身にとっても、小林秀雄の「機械」評が出るまでは、「機械」が自意識の小説であるという思いは無かったはずである。

「機械」が発表された半年前の「讀賣新聞」（昭和五〈一九三〇〉・三・一六〜一八）に、後半に「純粋文学について」という節題目のあるエッセイ「芸術派の真理主義について」を、横光利一は寄稿している。これは、後で見る「純粋小説論」（昭和一〇〈一九三五〉・四）の内容を先取りしたエッセイだが、また「機械」のモチーフの一つを語ったエッセイであるとも言える。そこで横光利一は、「作中展開される運命が適確な認識のもとに、（略）がつちりと必然性のままに進行する」、それをアンドレ・ジードは「純粋文学」と言ったので、「文学の科学性といふのはその純粋文学独特の必然性をさして」いると述べ、次のように展開している。すなわち、「それにはどうしても心理の描写が重大な要素になるから、心理主義といふことがやかましくなつて来た」と述べ、「とにかく他の科学の持ち得ない文学の特質である心理描写、及び、それを使用しなければどうしやうもない人間生活の運命の計算といふことが、何よりも武器である」、と。

この文章を見ると、「機械」とはまさにその「心理描写」が語られることを狙った小説であったと言えるし、横光利一が「機械」を通して語ろうとした野心もわかる。それは自意識の文学というものではなかった。また、「機械」より前の時期のエッセイ等を読んでも、横光利一が自意識の問題で苦悩したりした文章は見当たらないし、自意識ということに言及したものさえ見ることはできない。しかし、横光利一は「機械」以後、自意識という言葉を用い始めるのである。小林秀雄に自意識のことを言われて、自意識ということを言い始めるというのは、千葉亀雄に「新感覚派」と言われて「新感覚派」を名乗りだした経緯と似ている。両方の場合とも、外から言われて初めて〈ああ、そうか〉と旗幟を掲げたわけである。また、その後の横光利一が自意識の問題や、あるいは自意識の勝った人間を登場人物にした小説をどれほど書いたかというと、そのような小説は長編の『紋章』（昭和九〈一九三四〉・一～九）くらいだと言え、しかもそこにおいて自意識の問題をどれだけ深く描いているかというと、心許ないものがあったのである。次に、その『紋章』について簡単に見ておきたい。

『紋章』は、善良で行動人とも言うべき発明家の雁金八郎による発明の話と、醸造界の大物、山下誠一郎の息子で自意識過剰の知識人とされている山下久内の苦悩が語られた小説である。松山という名の語り手が、両者のあり様を説明するという仕組みになっていて、たとえば、松山はこう言っている。「私は久内のやうな智識の深みに達してゐるものにとつては、雁金のやうな行為の世界で実行を主として困難に身を突きあて、貧窮をものともせずに立ち働く人物といふものは、限りなく尊敬に価ひする対象となつて映つて来てゐることなどは、さほど理解するに困難なことだとは思はなかつた（略）」、と。

さらには、久内について松山は、「彼は私の想像してゐたごとく自意識の過剰に悩んでゐる青年らしく（略）」と述べたり、「久内のやうに内面に複雑な智識の錯綜をつづけて分裂してゐる近代の青年」、と語っている。このように自意識過剰の人間について、語り手は概括的な説明をしているのだが、それだけに語り手は過敏な自意識がもたらす苦しみなどとは無縁だったのではないかと考えられる。それはまた、作家当人にとってもそうだったのではと想像される。実際、この時期までの横光利一にとって主要な問題は、マルキシズム文学への対抗であって、過敏な自意識がもたらす苦悩などは問題になっていなかった。小林秀雄の場合ならば、「Xへの手紙」における自意識の苦悩のように、生々しい叙述でそれらが語られていて、まさに小林秀雄は自意識に振り回されていたということがわかるのである。それに対して、横光利一の場合では、『紋章』においてもそれを見ることはできない。だから、「機械」が自意識の文学だと小林秀雄が述べたのは、やはり読み間違いだったと言えよう。

このあたりから両者は、誤解を含んだまま、すれ違っていった。それがはっきりと現れるのは、「純粋小説論」と「私小説論」（昭和一〇〈一九三五〉・五〜八）においてである。ここでも小林秀雄は、読み間違いとまでは言えないが、見なければならなかった横光利一の真意を、彼自身も明確に捉えていなかったであろう真意を、見損なったのではないかと思われる。

四

「純粋小説論」については、それが「当時の文壇が抱えた「偶然」と「象徴」の問題意識を網羅した文学論であった」（「「偶然」とポエジーの探究——横光利一「純粋小説論」を視座として——」〈「近代文学」第一〇一集、二〇一九［令和元］・一一〉）とする、姜惠彬の論があるが、ここでは自意識との関連で考えてみたい。また、「純粋小説論」と「私小説論」との関係については、磯貝英夫が前出の論文で納得できることを述べている。それは、「純粋小説論」では、自意識の過剰の現代知識人を描くために「第四人称」の工夫を横光利一は語っているが、それに対して小林秀雄は、「機械」のときには自意識の文学の出現を夢見たものの、「その後の横光利一の自意識玩弄」を見てはその夢もさめ、「私小説論」のとくにジードの出てくる後半は、「純粋小説論」の修正という性格を帯びたものになっている、という論であった。

たしかに「私小説論」の後半は、ジードの言う「純粋小説論」と横光利一のそれが如何に異なったものであるかという論となっている。フランス文学を専門に勉強した小林秀雄と、そうではなかった横光利一とでは、フランス文学についての教養の差は歴然とあったわけだが、それにしても、ジードの言う「純粋小説論」が、横光利一の語る「純粋小説論」と全く違うものであることを力説することが、今日から省みてどれほどの意味のあることだったのだろうか、と思わざるを得ない。もちろん、小林秀雄にしてみれば、自身が神経衰弱になるほどだった自意識の問題を、そう易々と小説の技法に転化させて得意そうにも語っている横光利一に、〈横光さん、それは違うよ〉と言わざるを得なかったというところもあったであろう。

そういう小林秀雄の思いも了解できるが、横光利一の「純粋小説論」を論じるならば、そのようなところではなく、つまり自意識を「第四人称」に設定するとか、「純粋小説」というネーミングに関わることを論《あげつら》うのではなく、「純文学にして通俗小説」を目指すべきではないかという提言の方をこそ見るべきだったのではないだろうか。「純粋小説論」の中で、「日記を書く随筆趣味が、純文学となつ」たのに対して、「物語を書くことこそ文学だとして迷はなかつた精神が、通俗小説となつて発展し」と述べられているが、「純粋小説論」の言わば真意は、そのように小説における物語性の回復にあったと言える。言い換えれば、純文学においても大衆文学的要素を取り込まなければならないという主張にあったと見るべきだと思われる。平野謙も「純粋小説論」について、『昭和文学の可能性』（岩波新書、一九七二〈昭和四七〉・四刊）の中で、「今日となってみれば、（略）戦後のいわゆる中間小説についてのいちばん早い理論的表明として受けとめられている、といっていい」と述べている。

もちろん、横光利一は当時の最先端の花形作家であったのだから、純文学の文壇に向けてもそれ相応のことを論じなければならないという意識もあったであろう。それが「自意識」の問題やその自意識を「第四人称」とする「純粋小説」の提言になったわけであるが、「第四人称」の設定の問題にしろ、「純粋小説」の提言にしろ、実はそのようなことは横光利一自身にとっても、本当のところはどうでもいいことだったのではないだろうか。もちろん、「純粋小説論」を書いた時点では、横光利一本人はどうでもいいとは思っていなかったであろうが、しかしその前後の時期の彼の小説や、その後の彼の歩みを見ていくと、やはりそれらの主張はそれほど重視されるべき問題ではなかったと思われてくる。

ところで、横光利一には「覚書八」と題された短いエッセイがある。平野謙も『昭和文学の可能性』でこのエッセイに言及しているが、これは「初出不詳」となっている。「覚書七」が昭和九（一九三四）年八月であるので、その辺りの時期に発表されたと考えられる。すなわち、「純粋小説論」の少し前辺りである。その中で横光利一は、「純文学の作品として、後世に残るやうな名作であるなら通俗小説の中から必ずそれが出るべきである」として、「純粋文学にして通俗小説、この中に一番小説として困難な道が潜んでゐる」と述べている。そして、純文学者は「高踏的な狭小な境地に立て籠つて、生活の最も大切な感激といふものを忘れてしまつてゐる人が多い」とも語っている。このように、「純粋小説論」の最も中心のモチーフは、「覚書八」に語られていたと言えよう。

また、この時期に発表された小説、たとえば雑誌連載は昭和五（一九三〇）年から中断を挟んで昭和七（一九三二）年までに発表された「寝園」や、雑誌「婦人の友」に昭和九（一九三四）年のまる一年間に連載された「時計」、さらには雑誌「婦人公論」に昭和一〇（一九三五）年一月から一一月まで連載された「盛装」などは、一九六〇年代頃にはよくあったと思われる、主婦向けに放送されていた、昼のテレビ番組のメロドラマのような、まさに通俗小説である。たとえば、比較的上層社会の男女の恋愛模様を描いた物語なのである。これらを見ると、やはり横光利一は自意識云々の小説よりも、物語性に富んだ小説をこそ書きたかった作家だったのではないかと改めて思われてくる。そしてそれらは、面白くないかと言えば、それなりに物語として楽しめるというものである。

他方、小林秀雄の「私小説論」であるが、前半はマルクス主義文学をそれなりに評価した内容になっていた。それは、私小説は日本の「社会の封建的残滓」の中で生まれたものであり、マルクス主義文学が闘ったのは、ブルジョア文学に対してというよりもむしろ「封建主義的文学」であったという論であった。しかしながら、論の後半では、先に見たように「純粋小説論」の批判的な訂正であったり、文学創造における「伝統」の重要性に話が進んだりし、末尾では思わせぶりな曖昧な叙述に終わっているのである。さらに言えば、「私小説論」における、戦前の日本社会の捉え方については、「社会の封建的残滓」という言い方から分かるように、〈近代化〉が中途半端な社会であったとしていた。すでに拙論「一九三〇年代の文学と思想――横光利一と小林秀雄、そして中野重治――」(「近代文学研究」第一九号、二〇〇一〈平成一三〉・五)で述べたことが、こういう認識はいわゆる講座派のマルクス主義学者たちの認識に通じているのである。絓秀実も『天皇制の隠語《ジャーゴン》』(航思社、二〇一四〈平成二五〉・四)で述べているように、当時の日本社会についての小林秀雄の認識は、講座派の日本資本主義論と共通するものがあったと言える。「私小説論」はこういう内容なのだが、やはり残念なのは、「純粋小説論」で語られている、「純文学にして通俗小説」という提言を無視していることである。もしも「純粋小説論」から可能性を引き出すならば、この提言にこそあったであろう。これは、戦後の純文学論争を先取りしている議論とも言える。しかし、すでに見たように、大衆文学を評価しようとしない小林秀雄にとって、こういう提言は取り上げるに値しないということだったのであろう。小林秀雄は、「新しい文学と新しい文壇」(昭和五〈一九三〇〉・一〇)でも、「(略)私は本は勉強以外には読まぬ覚悟をしてゐるだけです」と述べている。また、映画については「小説の問題Ⅰ」(昭和七〈一九三二〉・六)で、映画を見るというのは、「自分では織れなくなつた夢を織つて貰ひに行くのだ」として、だから「(略)映画といふものを、私はあんまり信用する気にはなれない」と述べている。

つまり小林秀雄は、文化に関しては大衆的なものが好きでなかったようで、やはり高踏的な人であると言える。もっとも、一九三〇年代後半から小林秀雄は大衆や国民に近づく姿勢を示すようになるが、しかし結局のところ、戦後においてもその高踏的な姿勢には変化はなかった。日本のマルクス主義者たちへの彼の批判は、たしかに肯綮に中っているところが多く、それはさすがだったと言えるが、小林秀雄はマルクス思想のその歴史論についてはあれこれと批判を語ったものの、マルクス思想の中心である貧者救済の思想については一言も論及したことはなかった。だから、それはマルクス批判としても偏頗であったと言える。そのことと関連するが、もしも小林秀雄の中に大衆へ眼を向ける姿勢が少しでもあったならば、「純粋小説論」の中にある、横光利一自身もその意味を充分に捉えていなかった、大衆文学的要素を純文学に包含するというテーマを、掬い上げることができたのではないかと考えられる。

さらに言うならば、もしそうなったとしたら、その後の日本文学にはもっとスケールの大きな小説が生まれたかも知れない。少なくとも「私小説論」は、その可能性を高めることに寄与する論となっていただろうと思われる。それはともかく、昭和一〇年代のとくに半ばあたりから以降は、小林秀雄も横光利一も、日本主義と言われたナショナリズムに対する姿勢には共通するものがあり、そのことは先走って言うと、一つには両者ともに社会や政治の事柄に対しては鈍感なところがあったのではないかと考えられる。

それより前の昭和初年代に横光利一は、小説「上海」（昭和三〈一九二八〉・一一〜六・一二）を発表しているが、すでにこの中で言わば定型通りにナショナリズムへ傾く主人公の様子が描かれていた。「上海」については、すでに拙論「「上海」「旅愁」のナショナリズム――横光文学の中のアジア・日本・ヨーロッパ」（拙著『倫理的で政治的な

批評へ　日本近代文学の批判的研究』皓星社、二〇〇四〈平成一六〉・一所収）で論じているので、ここでは簡略に触れることにしたい。

この物語は、、上海に住んでいる参木という青年が主人公で、彼は遠い異国の地に住んで前途に希望があるわけでなく、また恋人にも去られてしまった青年で、おまけに勤め先の上司の不正を糊塗する役目を負わされていて、ニヒリスティックな心理状態に陥っている。と言って、彼はニヒリストではない。そういう彼が気持を高ぶらせるのは愛国主義を思うときだけである。彼は思っている、「われわれ下級社員に愛国主義以外に何がある」、と。実は、参木は定型通りにナショナリズムに足を掬われていると言える。参木はニヒリストではなく、むしろ古風なところのある人物であるが、しかし彼の心情がニヒリスティックな状態であることは間違いのないところである。そういうときに、ナショナリズムに囚われるのである。

横光利一はそういう参木を描いたのであるが、そこには批判的意識は全くと言っていいほど見られないのである。むしろ横光利一は参木に同情さえしている。この『上海』の延長線上に小説『旅愁』が来るのである。そのナショナリズムは、ほとんど妄想的である。参木の在り方を見てくると、レオン・ポリアコフは『アーリア神話　ヨーロッパにおける人種主義と民族主義の源泉』（アーリア主義研究会訳、法政大学出版局、一九八五〈昭和五二〉・六）で民族主義や人種主義の問題には深層心理学的分析が有効であると述べているが、むしろそれよりも精神病理学的な分析の方が有効かも知れないと思われてくる。

これまで見てきたように小林秀雄は、「純粋小説論」についてはほとんど評価していなかったと言え、その後、小林秀雄はおそらく横光利一を見放したと推測される。しかしながら両者は、日中戦争が全面化し、やがて太平洋戦争へと突き進んでいった日本の歴史の中で、実はそれほど変わりは無い軌跡を残すのである。小林秀雄もかなり危うい言説を語り始める。それについては後の章で検討したい。

第五章　論争のなかで

一

「思想と実生活」論争という呼び名が定着している、小林秀雄と正宗白鳥の、トルストイの家出問題を巡っての論争については、平野謙が戦後いち早く「ふたつの論争」（一九四七〈昭和二二〉・一〇）において取り上げている。その「ふたつ」の内の一つはいわゆる芸術大衆化論争のことなのだが、平野謙の論はこの芸術大衆化論争にほとんど費やされて、そのため残された紙幅が少なくなったためであろう、「思想と実生活」論争に関しては限られた論及に終わっている。その中で平野謙は次のようなことを述べている。それは、「（略）小林秀雄の批評家的デビュ《ママ》が志賀直哉の権威にかくれ、正宗白鳥の塁に拠りつつ、マルクス主義文学の空論性排撃に限どられていたことは周知の事実だ」という指摘である。たしかに、どんな思想や理論に対しても懐疑的な姿勢で向き合った正宗白鳥のあり方に、小林秀雄が共感を寄せていたということはあったであろう。しかしながら、「塁に拠りつつ」というほどのものがあったろうか。次に、「思想と実生活」論争よりも以前に、小林秀雄が正宗白鳥をどう捉えていたかを、まず見ていきたい。

「文学は絵空ごとか」（「文藝春秋」、昭和五〈一九三〇〉・九）では小林秀雄は、「正宗氏の作品には、パスカルもスタヴロオギンも漾《ただよ》つてはゐない。私は、氏を懐疑派だとも虚無派だとも思つてはゐないのである」と語り、当時すでに言われていた正宗白鳥の虚無が、西洋の本格的な懐疑精神やニヒリズムとは、ほど遠いものであることを指摘していた。つまり、〈ニヒリズムというほどのものではない〉というわけである。しかしながら、白鳥の文体に関しては同評論で、「私は、氏の文体の強い息吹に統一された、味も素気もない無飾の調子に敬服する」として、散文的精神が観念美や造形美に誑かされない精神を指すとすれば、「正宗氏の精神は正しく生れ乍らの散文精神である」、と評価もしている。さらに、「正宗氏は人生を信用してゐない様に小説といふものを信用してゐない」とも述べている。ほぼ同様にと言うべきか、小林秀雄も白鳥のように、小説や文学というものに対して醒めた姿勢を持っていた。したがって、文学に対しての正宗白鳥の姿勢については、小林秀雄は共感するところが大いにあったと言えよう。

このように、正宗白鳥についての小林秀雄の評価は、二面性があったと判断できる。「我がまゝな感想」（「帝國大學新聞」、昭和五〈一九三〇〉・一二）でも、「正宗白鳥氏の文藝時評は毎月読んでゐるのだが、そして、得をしたと思つた事は一度もないのだが（略）」と言いつつも、「氏の批評を読んでゐると、如何にも普通な顔をしてものをいつてゐる。うらやましい事だと思ふ。年は薬の感なきを得ない」と語っているのである。あるいは、「文藝春秋」、昭和六〈一九三一〉・二）では小林秀雄は、「正宗白鳥氏の文芸時評がもうみられなくなつたが、あれなんかずゐ分うまい雑談だつた。あゝいふ風に極く普通な顔をして楽々とものが言へるといふ事は難かしい」と述べている。これなどは、皮肉も混じった発言として読めなくはないが、それよりも両面価値的とも言える評価と捉えるべきであろう。〈批評とは言えないが、雑談としては面白い〉、と。

「辨明——正宗白鳥氏へ」（「文藝春秋」、昭和六〈一九三一〉・八）では、里見弴の小説「安城家の兄弟」に関する小林秀雄の批評で、里見弴を論じる上で志賀直哉を引き合いに出して、志賀直哉においては「作者の眼がいつも冷酷で、作家的冷酷と生活的情熱との間に、聊《いさゝ》かの矛盾も示してはゐない」、と小林秀雄が語ったのに対して、正宗白鳥が異見を述べたことについて弁明したものである。白鳥は「論さま〴〵」（「文藝春秋」、昭和六〈一九三一〉・六）で、志賀直哉はそんな「境地に達してゐない」だけでなく、里見弴以上に「好悪の念に左右されてゐる」と述べたのである。小林秀雄は、自分の表現が至らなかったために白鳥に誤解を与えてしまったこと、志賀直哉の場合、好き嫌いを描いて「直ちに完璧な表現をとつた希有な場合で」あること、さらには「生活的情熱の烈しさ（略）の故に、作家的冷酷までに達する」ということが、自分は言いたかったのだと弁明しているのである。

こういう「弁明」をするところに、やはり小林秀雄が正宗白鳥を批評家として認めていたことを示していると言える。同様な評論が、その題目も「正宗白鳥」（「時事新報」、昭和七〈一九三二〉・一）という評論である。そこで小林秀雄は、正宗白鳥の近作短編には重要な変化が現れているとして、「それは何かといふと、一と口に言へば一種傍若無人のリアリズム、奇妙なりやりである」、と述べる。そして小林秀雄は、「髑髏《どくろ》と酒場」を取り上げて、その題目も、その中で洩らされている、「人生無常」についての詠嘆的な感慨も「通俗陳腐」であるが、その感慨を正宗白鳥が「飽くまで手放しでずばずばと書き捨ててゐる有様が無類なのである」、と述べている。さらに戯曲「悦しがらせる」に言及しながら、正宗白鳥についてこう語る。「老成の豊かさはない、寧ろ寒く荒々しく而も繊細である。私が、氏の強烈なリアリズムの逆説的効果を云々したくなる所以《ゆえん》なのだ」、と。

やはり小林秀雄は正宗白鳥を先輩文学者として高く認めていたのだが、もっともそれは或る留保条件を付けたり、或る角度からのものだったり、というふうな評価だったと言える。そうではあるが、「年末感想」（「東京朝日新聞」、昭和七〈一九三二〉・一二）では、「正宗白鳥氏の「文壇人物評論」、先日熟読して感服した。近頃の名著である」と述べ、

「文藝月評Ⅱ」（「報知新聞」、昭和八〈一九三三〉・五）では、正宗白鳥の短編「故郷」に触れながら、「正宗氏の近頃の短編はどれも大変面白い。面白いといふよりも感服してゐる。こんなに文学らしくない文学があるかと不思議な感じがする」、と述べている。また、「文藝月評Ⅲ」（「東京朝日新聞」、昭和八〈一九三三〉・九）では、「正宗白鳥の「二人の楽天家」（「中央公論」）は面白く読んだ。正宗氏こそ氏の年輩の作家で唯一人の青年らしさを失はない人だと私は思ふ」、と語られている。これはやはり評価の言葉であろう。

さらに、正宗白鳥に関する小林秀雄の言葉を取り上げてみるならば、「新年号創作読後感」（「文藝春秋」、昭和九〈一九三四〉・二）で小林秀雄は、白鳥の評論「山本有三論」について「興味を持つて読んだ」として、こう述べている、「あそこに書いてある事、僕には正しい様に思はれる。氏の批評を読むと文学に対する大きな情熱は勿論のこと、美しいものに対する憧憬もみえ温情もうかゞはれるが、どうしてから小説ばかりは寒々としてゐるのだらう」、と。この言葉にも、白鳥を評価しつつも、その評価には限定を付けざるを得ないという、白鳥に対する小林秀雄の微妙な姿勢を見ることができよう。小林秀雄はその言葉に続けてこう語っている。「美しいものが書きたくないのでもなく、書こうとしないのでもなく、たゞ何んとはなしに寒々としたものばかりが出来上つて了ふのであらうか。不思議な事だ」、と。なるほど、小林秀雄にとって白鳥は少々「不思議」な存在であっただろうと考えられる。白鳥は、文学に対して醒めた思いを繰り返し語りながら、しかもそれは決してポーズとは言えないのだし、しかもあれだけの膨大な仕事を残したのである。こんな白鳥が不可思議な存在に見えるのは、たぶん小林秀雄だけではないだろう。

このように見てくると、諸手をあげてでは決してないにせよ、したがって先でも触れたように正宗白鳥の批評に対して「塁に拠りつつ」というほどではなかったにせよ、小林秀雄が正宗白鳥を評価していたことがわかる。

他方、正宗白鳥も小林秀雄を新進の批評家として注目していたようだ。先に見た里見弴の「安城家の兄弟」に関しての小林秀雄の批評についての論及以外にも、たとえば小林秀雄の評論集『文學評論』に言及して、「熟読して、若い人の文章に対する感受性が敏感らしいのを不思議に思つてゐる」（「十二月の雑誌」、〈「文藝時評」、「新潮」、昭和八［一九三三］・一〉）と述べ、また「東京日日新聞」（昭和八〈一九三三〉・五・一～五）の「文藝時評」の中で、「小林秀雄氏は「文藝春秋」において「故郷を失つた文学」について論じてゐる。私などは、最早、故郷を失つたことについて若きこの論者のやうな哀愁さへ失つてゐる」とも語っている。他にも、「雑誌十一月号」（「文藝春秋」、昭和六〈一九三一〉・一二）では、白鳥は小林秀雄の小説「オフエリヤ遺文」について言及している。もっとも、「私にはこの一篇の妙趣が解らなかつた」と述べ、そもそも「沙翁の『ハムレット』の妙味が今なほわからないのである」と素直に語っている。

さて、先に挙げた評論「二つの論争」で平野謙は、「正面の敵マルクス主義文学の無慙な敗退を見送ることによって、はじめて小林秀雄は現代文学のまんなかにつったち、正宗白鳥に反噬したのである」と述べていた。たしかにその通りであるが、次のように平野謙が語っていることには、少々首を傾げざるを得ない。平野謙はこう語っている、「（略）白鳥にあっても小林秀雄においても「実生活」という意味をわかりきったものとして論じあっていただけに、かえってそれは空漠とした無規定なものとなっている」、と。この平野謙の指摘を受けて臼井吉見も『近代文学論争』下（筑摩書房、一九七五〈昭和五〇〉・一一）で、次のように述べている。すなわち、「ただ、「人生の真相」と白鳥がいう場合、「人生」の意味するものが、小林のそれとくいちがいはなかったかということ、「思想と実生活」と小林秀雄がいう場合、「実生活」の意味が白鳥のそれと懸隔はなかったかということ、これがまず問題であろう」、と。

たしかに、「人生」の意味するものやイメージが両者では異なっていたかも知れない。しかし、どんな人との間においても、「人生」の意味合いやイメージは、人それぞれに違っているのが当然だし、むしろ「くいちがい」が無い方がおかしいだろう。しかも、それで不都合は無いはずである。また「実生活」に関しても、その意味やイメージの「懸隔」は、やはりどの人との間にもあるだろうが、しかし「人生」の場合と同じく、「実生活」についてもそこに「懸隔」があったとしても、それは無視して構わないであろう。というよりも、「実生活」の意味合いやイメージは、人によって大きくは変わらないはずである。それらよりも注意すべきことは、「思想」の意味やイメージについては、両者の間にはそれこそ「懸隔」があったのではないかということである。そのことの方が、この論争を考えていく場合、重要である。次にそれについて見ていきたい。

二

論争の経緯については、先に挙げた臼井吉見の『近代文学論争』下が要領良く整理しているので、ここでは簡単に見ておく。

トルストイが田舎の停車場で病死したことに触れて正宗白鳥は「トルストイについて」（「讀賣新聞」、昭和一一〈一九三六〉・一）において、「人生に対する抽象的煩悶に堪へず、救済を求めるための旅に上つた」として、「人類救済の本家」のように思われていたトルストイが、実際は「山の神を恐れ、世を恐れ、（略）孤往独邁の旅に出て、ついに野垂れ死した径路を日記で熟読すると、悲壮でもあり滑稽でもあり、人生の真相を鏡に掛けて見る如くである。あゝ、我が敬愛するトルストイ翁！」と述べたのである。この正宗白鳥の発言に対して、小林秀雄は「讀賣新聞」同年同月掲載の「作家の顔」で異論を突き付ける。小林秀雄は、トルストイの心が「「人生に対する抽象的な煩悶」で燃えてゐなかつたならば、恐らく彼は山の神を怖れる要もなかつたであらう」として、「偉人英雄にわれら月並なる人間の顔を見て喜ぶのは、（略）リアリズムの仮面を被つた感傷癖に過ぎないのである」、と述べたのである。

その異論の中で小林秀雄は、「あらゆる思想は実生活から生れる。併し生れて育つた思想が遂に実生活に訣別する時が来なかつたならば、凡そ思想といふものに何の力があるか」とも述べていた。これ以後、この「実生活」と「抽象的煩悶」、「思想」との関係をめぐって、両者の間で二度ほどの応酬があり、論争はトルストイの家出問題に関わりながらも、「思想と実生活」をめぐる一般論としても展開されるようになる。この論争において問題としなければならないのは、「思想」というものに対しての捉え方の相違である。先に私は、両者の間にはその理解の意味合い、さらにはイメージが異なっているのではないかと述べたが、まず正宗白鳥は「思想」というものをどう捉えていたかを見ていきたい。

正宗白鳥は、必ずしも小林秀雄の所説を認めないのではなかった。トルストイが「抽象的煩悶の解決のため、すべてを棄てて家出することをかねて考へてゐたことは分かつてゐる」としつつ、しかしながら実行の決断を最終的に与えたのは細君のヒステリーだったのであることを思えば、「(略)人を強く動かすものは、やはり現実の力である」(「文藝時評」〈「中央公論」、昭和一一［一九三六］・三〉の内の「抽象的煩悶」の節)と述べたのである。こういう捉え方は、もちろんトルストイの家出問題に限って述べられたのではなかった。この論争より随分前になるが(昭和二〈一九二七〉・三)、「日本文学講座」第五巻の「方丈記鑑賞」の中で正宗白鳥は、「……華厳や浅間に投身する人間でも、抽象的厭世観に基いて身を亡ぼすのでなくつても、失恋とか失職とか病苦とか家庭の不和とかに原因してゐるのであらう」と述べていた。「抽象的煩悶」という言葉は、論争の切っ掛けとなった正宗白鳥のエッセイ「トルストイについて」の中の言葉であるが、まずこの言葉遣いに、また「方丈記鑑賞」の中の「抽象的厭世観」という言葉にも、正宗白鳥の発想の特徴がよく現れていると言える。

つまりそれは、思想とは「抽象的」なものである、という考え方であり、したがって現実の具体的な実生活とは交差しないものである、とするような捉え方である。さらに言えばそれは、思想は非現実的なものだ、とする見方でもあると言える。正宗白鳥はその小説技法は必ずしも自然主義的なものではなかったが、物事に対する発想としてはやはり自然主義的だったのである。たとえばそれは、高尚な言動を低次元の動機に言わば還元して理解するような発想である。トルストイの家出問題についての白鳥の考え方は、まさにそれであった。思想を高尚なものとして受け取るのは、浪漫主義的な捉え方だとするのも、自然主義的な考え方である。白鳥にもそういう考え方が抜きがたくあったのである。

その考え方の特質は、別の観点から見るならば、小林秀雄がトルストイの家出問題をめぐっての正宗白鳥の言説を否定したところから、次のような論を展開するのかと「期待」していたと述べている、その「期待」のあり方によく現れているだろう。白鳥は「思想と新生活」（「文藝時評」〈「中央公論」、昭和一一［一九三六］・五〉の内の「思想と新生活」の節）でこう述べている。「（略）最初の意気込みから判断して、この論者の批評家魂は一層磨きすまされ、実生活無視、抽象的思想賛美を強調して、「この世は仮りの住ひにして、永遠の住ひは天の彼方にあり」と信じてゐた中世紀人にでも類似した境地に達し、その優越的態度で文学でも政治でも見下すやうになるのかと、ぼんやりと期待してゐた（略）」、と。あるいは、同評論でこういうふうにも述べている。「老人よりも夢に富んでゐる筈の青年は、抽象的思想の夢にそそのかされ易い筈である。夢を夢見、その夢に心身を漂はせることに於て、青年は青年らしい趣を呈するのである」、と。

このような、「思想」に対してのある種の不信感は、正宗白鳥には以前からあったので、たとえば「文藝時評」の「尾崎紅葉について」（「中央公論」、大正一五〈一九二六〉・一二）では、「実人生について経験乏しく、芸術の鑑賞力の浅い批評家が、尤もらしい文学批評を捏ね上げるには、思想の有無を持ち出すのが、一番楽であつて（略）、紅葉には思想がないと云はれてゐたやうであつたが、露伴にどんな思想があつたのであらう」、ということを語っている。

ここでは、そもそも「思想」を云々すること自体、「実人生について経験が乏し」いことの証左のように語られているのである。ここには、「思想」というものに、ほとんど価値を置いていない白鳥の姿勢が現れていると言えよう。

また、「批評について」（「中央公論」、大正一五〈一九二六〉・六）では正宗白鳥は、当時勃興しつつあったプロレタリア文学運動についてこう語っている。「今日の志士的批評家は、我々の文学をある主義やある思想の宣伝書たらしめようと強要するのであるか。かういふ批評家は、馬琴を読んで、その勧善懲悪主義に感心すると同じである」と。このように、マルクス主義を「勧善懲悪主義」と受け取ったり、またその批評家を「志士的批評家」と捉えるところが、白鳥の古さと言わざるを得ないが、あくまで自分の物差しを信じてそれで捉えようとするところは、批評家としての白鳥の強さとも言えようか。

あるいは、「明治の政治小説」（「中央公論」、昭和五〈一九三〇〉・一一）では、内村鑑三は「思想のない新日本を罵倒し続けた」が、彼の「死に直面してからの日記」を読んで「感慨に打たれた」と述べ、「さらに人間的親しみを覚えた」として、正宗白鳥はこう語っている。「多年、理想とか思想とかを題材として論を立てゝゐた氏も、暗黒の死に接しては、さういふ衣服を脱いだ一個の人間の影をほのめかせた。心の迷ひ、気休め、不安、人頼み、弱々しさが、押へ切れなくて現れてゐる」、と。こういう感慨も、小林秀雄に言わせれば、「偉人英雄にわれら月並みなる人間の顔を見付けて喜ぶ趣味」ということになるであろう。このような「趣味」が白鳥には抜きがたくあったが、自然主義全般にもあったと言えよう。〈どんな偉人も、所詮何々に過ぎない〉というように見るあり方である。やはりこれも一種の還元趣味と言うことができるかも知れない。

このような発言を見てくると、正宗白鳥は「思想」というものを、形而上（学）的なものとしてか、もっと言うならば、ほとんど夢想に近いものとしてしか、捉えていなかったのではないだろうかと思われてくる。したがって、たとえば実証性のある「思想」などというものは、白鳥にとっては思いも及ばないものだったのではないだろうか。あるいは、「読書について」(「早稲田文学」第二巻第四号、昭和一〇〈一九三五〉・四)で白鳥は、「プラトン以外の哲学書を読まうと思つたことはない」と述べているが、実際にもそれ以降プラトン以外の哲学書に触れなかったと思われる。そうなると、論理的で実証的な「思想」などは、やはり白鳥には理解を超えたものだったのではないかと思われる。つまり、「思想」という言葉は、彼にとっては「夢想」やせいぜい「理想」と同義だったと言えよう。白鳥においては、そういう思想理解の上での「思想と実生活」論争だったことを、私たちはまず押さえておかなければならない。

では小林秀雄の方はどうであったかについて見ていきたいが、その前にトルストイの家出問題について、正宗白鳥はこの論争よりも十年も前にすでに文藝時評として「トルストイについて」(大正一五〈一九二六〉・七)と題する評論を「中央公論」に発表していたので、まずそれについて触れておきたい。白鳥はその中で、トルストイが妻の口から出る「冷語」で骨を刺され、ついに「絶世の文豪トルストイがいよ〳〵最後の決心をして、平和を求めるため自分の家を逃げ出すに当つても、妻に気取られはしないかと戦慄して、家を出掛けても(略)追跡を予期して恐れて震へた」、と語っている。そして、白鳥はこう語るのである。「かゝる人としてのトルストイ、非凡な芸術家としてのトルストイ。私はそこに計り知られない興味が寄せられるが、彼れの思想そのものにはさして心を惹かれないのである」、と。

この発言を見ると、トルストイの家出問題は正宗白鳥にとっては、言わば馴染みの問題であったと言えそうで、小林秀雄が少々異論を述べたくらいでは、この問題に関わっての白鳥の信念は揺らぐはずはなかったのである。もしも「思想」が、白鳥が主張していたように、夢想でしかなかったとしたら、たしかに「思想」よりも現実や実生活の方が人を動かすことにおいて遙かに力強いことは、言うまでもなかろう。もちろん、あくまでもそれは「思想」

を極めて狭く捉えた場合のみに言えることであって、しかし「思想」というものをもっと広やかな観点から捉えるなら、白鳥の言うことは、成り立たないであろう。この論争で小林秀雄が批判しようとしたのも、白鳥や自然主義文学者に見られた、そういう「思想」の捉え方の、その狭さについてであった。

三

小林秀雄は、この論争における彼の発言としては最終回となる、「文学者の思想と実生活」（『改造』、昭和一一〈一九三六〉・六）で論争のモチーフについて、「（略）永年リアリズム文学によつて錬《きた》へられた正宗氏の抜き難いものの見方とか考へ方とかが現れてゐると思ひ、それに反抗したい気持ちを覚えたからである」と述べている。さらに思想の問題に関して、「わが国の自然主義小説の伝統が保持して来た思想恐怖、思想蔑視の傾向は、いろいろの弊害を生んだのである」として、「文学者の間には、抽象的思想といふものに対する抜き難い偏見があるやうだ。新しい作家の間にも屢々これが見られる」とも語っている。ここで小林秀雄が「抽象的思想」ということを語っているが、むろんこの場合の「抽象的」というのは、現実離れしたという意味ではない。

この「抽象」ということについては、この論争に関してというよりも、むしろ後の『近代絵画』に言及してなのだが、若松英輔が『小林秀雄　美しい花』（文藝春秋、二〇一七〈平成二九〉・一二）で、一般に問題を抽象化することは本質から遠ざかることのように思われているところがあるが、小林秀雄の考える「抽象」は、それと反対に「ものの本質に接近しようとする営み」であった、ということを述べている。たしかに若松英輔の指摘の通りである。たとえば、その「抽象」はマックス・ウェーバーの言う理念型概念をもたらすような思考とも言え、さらには丸山眞男が『日本の思想』（岩波新書、一九五七〈昭和三一〉・一一）で語った「整序された認識」のことであろう。「抽象」をめぐる、ウェーバーと丸山眞男との概念は相通じるもので、思想といふものが構築されるには、やはり「厳密な抽象の操作」（『日本の思想』）を経なければならないだろう。そうすることによって、むしろ混沌としているように見える現実の、その本質に迫ることができるのである。小林秀雄がこの論争で述べていることも、突き詰めていくならば、そういう認識に重なっていくものであった。

　思想をめぐっての小林秀雄の発言を、それまでの彼の批評営為と繋げて考えていくならば、第四章でも言及した「私小説論」（「経済往来」、昭和一〇〈一九三五〉・五〜八）との関係において考察しなければならないだろう。「私小説論」で述べられていたことの一つには、自然主義文学者たちは「思想の力」を認識することができなかったということであった。小林秀雄は、田山花袋たち自然主義作家たちについて触れながら次のように述べている。「文学自体に外から生き物の様に働きかける社会化され組織化された思想の力といふ様なものは当時の作家等が夢にも考へなかつたものである」と。しかしながら、そこにマルクス主義文学が這入ってきたのである。小林秀雄によれば、「輸入されたものは文学的技法ではなく、社会的思想であつた」のであり、「作家の個人的技法のうちに解消し難い絶対的な普遍的な姿で、思想といふものが文壇に輸入されたといふ事は、わが国近代小説が遭遇した新事件だつた」として、小林秀雄はそのマルクシズムについて次のようにまずは正当な理解を示している。

　すなわち、「マルクシズム作家達が、己れの観念的焦燥に気が附かなかつた、或は気が附きたがらなかつたのは、この主義が精妙な実証主義的思想に立つてゐる事を信じたが為であり、その文学理論の政治政策化を疑はなかつたのは、この主義が又一方実践上の規範として文学の政治的指導権を主張してゐたが為だ」、と。ここで大切なのは、「マルクシズム作家達」が「この主義が精妙な実証主義的思想に立つてゐる事を信じた」と、小林秀雄が捉えていたことである。そして小林秀雄も、その判断を否定しているのではなかった。

そのことはやはり、昭和六（一九三一）年一月号の「文藝春秋」に発表された「マルクスの悟達」を読めばわかる。それについては前章でも論じたが、再度見ておくと、小林秀雄は、「マルクスといふ人は、人間にとつて最も捨て難い根性といふ宝を捨て切る事が出来た達人であつた」と捉える。「根性」というのは、この場合、私情や私欲や私憤などが絡まった思いのことを指すと言えよう。たしか人間にとって「根性」は捨て難いものである。しかしマルクスは、それをすっぱりと捨てたとするのである。そうなると、なるほどマルクスは「人間悟達」の「達人」であるだろうが、小林秀雄はそれを言語の問題に絡めて語っている。すなわち、「この世の経済機構を生ま生ましい眼で捕へる為に、文字の生ま生ましさは率直に捨てたのだ。文字は彼にとつて清潔な論理的記号としてだけで充分であつたのだ。この清潔な論理的記号の運動の正しさを、たゞ現実の経済機構の生ま生ましさを辿ることによつてのみ実証しようとした処に、又、さうする事によつて普遍的な理論の空論たるを避けた処に、彼の天才は存するのである」、と。

マルクスに関してのこのような小林秀雄の所論からは、「私小説論」以前の時期において、すでに小林秀雄は、マルクス思想の特質はその「実証」性にあると捉えていたことがわかる。先に引用した「私小説論」の中の、「この主義が精妙な実証主義的思想に立つてゐる」という判断は、小林秀雄自身のものでもあったのである。もちろん、マルクス思想と実証主義思想を同値するような捉え方には、実は問題があるわけだが（たとえば『資本論』に実証性はあるが、それは実証主義思想に基づくものではない）、ともかくもマルクス思想の実証性に眼を向けながら、さらにマルクス思想だけに限らず、「思想」を空理空論と捉えるのではなく、実証的な力のあるものとして、また人を動かす力のあるものとして捉えたところで、小林秀雄にとっての「思想と実生活」論争はあったのである。

「私小説論」の第「2」節の終わりで、こう述べられていた。「思想の力による純化がマルクシズム文学全体の仕事の上に現れてゐる事を誰が否定し得ようか。彼等が思想の力によつて文士気質なるものを征服した事に比べれば、作中人物の趣味や癖が生き生きと描けなかつた無力なぞは大した事ではないのである」、と。

このように、小林秀雄が「思想と実生活」論争において用いた「思想」という言葉には、この現実の本質に迫る力を持ったものという意味合いが込められていたことは確実である。もちろん、トルストイの思想にたとえば実証性があったかと言えば、それは無かったわけだが、しかしながら、眼に見える現実の力とよく拮抗しうるだけの力を持つ思想として捉えられていたのである。「私小説論」で「思想の力」と言われている場合には、その意味合いは、やはり実証性の方に引き付けられて語られているわけだが、「思想と実生活」論争はトルストイの家出問題に端を発しながらも、論争の展開はより一般的な「思想と実生活」との関係の問題が展開されたのであった。

この時期に小林秀雄は、中野重治とも論争を行っている。小林秀雄は「文藝月評Ⅸ――岸田國士の「風俗時評」其他」（「讀賣新聞」、昭和一一〈一九三六〉・二）の中で、「中野重治君の「ある日の感想」（「文學評論」）を読み、やゝ不快を覚えたから、その事を書く」と述べて、それに対する駁論というよりも、むしろ真意をわかってもらおうとするような弁明の文章を書いている。それを見る前に、中野重治の「ある日の感想」について見ておかなければならない。

これはしかし、小林秀雄のみに的を絞って批判を展開した文章ではなかった。小林秀雄だけでなく、横光利一、林房雄、川端康成に対する批判でもあって、それは「文藝懇話会」に入会しただけでなく、「文藝懇話会」を「擁護」している文学者たちへの批判であった。「文藝懇話会」は知られているように、当時の警保局長であった松本学の肝煎りで作られた団体であった。その事実から推し量っても、どういう傾向の団体かは理解できるのだが、もっとも反動的な色彩をあからさまに前面に出してはいなかったようで、編集担当も会員の輪番制であったことから窺われるように、一応文学者達たちの意向に気を使うところはあった。ただし、優秀作を表彰する行事で島木健作が選ばれながらも、島木健作が左翼的だという理由で、上部の官辺筋から変更を迫られたことがあったことからわかるように、根本的には当時の政治体制への迎合を良しとする団体であった。

中野重治は、「文藝懇話会」が出す賞金についての話でこう述べている。「さらに川端は「(略)やっぱり、プロレタリア作品にでもいいものには出す可《べ》きだらう」という舟橋聖一にたいして、「国体を否定する作家には出さん、転向作家には出す……。」とぴしやつと宣告している。これで思想的色彩がないというのだからたいしたものだ」、と。そして、「何人かの作家たちが松本学の拡声器になつてることが日本文学のためになるか毒になるか。曰《いわ》くつきの金で文学賞が出来ることが日本文学ためになるか毒になるか。作家たちを懇話会につないでいるものは封建的、ブルジョア的なものか、それともブルジョア的(民主主義的)、進歩的、プロレタリア的なものか。前者であつた場合、それをそのまま承認することは芸術家にとつて恥にたいする不感症になるかならぬか。こういう不感症は文学と作家とにいいか悪いか。」と問い掛けたのである。この二者択一的な問い掛けのうち、中野重治の真意がどちらの方にあるかは、言うまでもないであろう。

しかし小林秀雄のこの「文藝月評Ⅸ(略)」は、中野重治の批判を真正面から受け止めるというよりも、中野重治が自分の真意を誤解しているところがあるから、その誤解を解こうとするような内容になっている。その中で小林秀雄は、それより以前に中野重治に「文學界」への「同人加入を極力説いた」ことを明らかにしている。「僕らが実際に今苦しんでゐるジャアナリズムの無統制を何とかする為に、(略)君の助力を求めたのだ」が、中野重治はその趣旨に反対すべきものは認めぬとしながらも、「自分の感じとして同人加入は好まぬ」と中野重治は言ったようで、小林秀雄がさらに「感じとは何か」と追及するので、中野重治は泣いたようなのである。その後小林秀雄は、中野重治の「感じなるものを尊重する旨率直な手紙」を書いたが、中野重治からは返事が来なかったようである。

因みに、この加入辞退の話は、松下裕の『評伝中野重治』（筑摩書房、一九九八〈平成一〇〉・一〇）によれば、中野重治はその日帰宅してから妻で女優の原泉に「ことわったからね」と報告したらしい。やはり中野重治にとって、その加入を断るのは簡単なことではなかったと思われる。そうではあるが、小林多喜二を虐殺し、党を壊滅させた警保局長松本学の肝煎りで作られた団体に加入することには、大きな抵抗があったであろう。

それはともかく、小林秀雄は、そういう二人の交渉の言わば舞台裏まで明かしながら、この文章では中野重治に穏やかに呼びかけていたと言えよう。もっとも、「「今度は、小林を見事にやつつけましたねえ、先生」なぞと取り巻きに言はれたつて糞の足しにもならぬのである」というような文は、余計な一文であった。それは、そのすぐ後で語られている、「もつと沈着になる事を切望する」という、その「切望」にとって逆効果であった。しかしながら、やはりこの文章は全体の姿勢としては中野重治に手を差し伸べていたと言えよう。それは、中野重治個人のみに対してというよりも、マルクス主義文学者たちに対しての連帯の表明であったと考えられる。すでに見たように、「私小説論」はマルクス主義がもたらしたものを評価している評論であった。このような中野重治に対しての姿勢もそのこととやはり密接に関係していると言える。

この後、中野重治は「閏二月二九日」（「新潮」、昭和一一〈一九三六〉・四）で、小林秀雄と横光利一の二人に的を絞って、「横光や小林は、たまたま非論理に落ちこんだといふのでなく、反論理的なのであり、反論理的であることを仕事の根本として主張してゐる」と批判した。そういう中野重治の論難、非難に対して、小林秀雄はむしろ冷静であった。中野重治宛の書簡として、「中野重治君へ」という文章を「東京日日新聞」の昭和一一（一九三六）年四月に掲載したのである。それは、衒いも変な戦略のようなものも無い素直な文章であった。

たとえば、「僕は「様々なる意匠」といふ感想文を「改造」に発表して以来、あらゆる批評方法は評家のまとつた意匠に過ぎぬ、さういふ意匠を一切放棄して、まだいふ事があつたら真の批評はそこからはじまる筈だ、といふ建前で批評文を書いて来た」と語っているが、その通りである。「僕が反対して来たのは、論理を装つたセンチメンタリズム、或は進歩啓蒙の仮面を被つたロマンチストだけである」というのも、そうである。さらには、中野重治が「責め」る、小林秀雄の文章の曖昧さについては、フランス象徴派詩人等の強い影響を受けたために、以前は「言葉の曖昧さに媚びてゐた時期」もあったが、自分としてはその曖昧さに「監視を怠つた事はない積もりである」とも語っている。たしかにそうであって、それまでの小林秀雄の文章の中で曖昧に見えるものがあるとしたら、それは論理をぎりぎりまで追究したうえで、しかし論理では語られないような事象について、比喩的にあるいは象徴的に語られてきた文章であったからだと言える。

このように、素直に弁明したうえで、この文章の終わりで次のように語っている。「僕等は、専門語の普遍性も、方言の現実性も持たぬ批評的言語の混乱に傷ついて来た。混乱を製造しようなどと誰一人思つた者はない、混乱を強ひられて来たのだ。その点君も同様である。今はこの日本の近代文化の特殊性によつて傷ついた僕等の傷を反省すべき時だ。負傷者がお互に争ふべき時ではないと思ふ」、と。これは思い遣りの籠った発言であったとも言えよう。やはり小林秀雄は中野重治に、さらにはマルクス主義文学者たちに手を差し伸べていたのである。

こうして見てくると、かつて平野謙が『昭和文学の可能性』（岩波新書、一九七二〈昭和四七〉・四）などで、このようにマルクス主義文学者たちに歩み寄りを見せていた、この時期の小林秀雄のあり方に、人民戦線の可能性を見ようとしたのも、あるいはそう幻視したくなるのも、頷けなくはない。しかし、あくまでそれは平野謙の見果てぬ夢であったと言える。なぜなら、そもそも小林秀雄にはそのような発想は皆無だったからである。そのことは、先に引用した、小林秀雄のこの文章における最後の部分からも窺われると思われるが、どうであろうか。そしてそのことに眼を向けると、中野重治の苛立ちも了解できるものになる。「ある日の感想」や「閏二月二九日」の背後にある、中野重治の危機意識とは、日本社会の反動化であり、ファッショ化、さらには軍国主義化であった、と言える。その緊迫した政治的な危機感である。しかし、小林秀雄にはそういう意識はなく、「批評的言語の混乱」や「日本の近代文化の特殊性」ということを問題としているのである。

小林秀雄と中野重治との論争は、小林秀雄の方が言わば大人として対応し、中野重治の方は片意地を張って論争に挑んだというふうに、一般には理解がなされているのではないかと推測される。もちろん、そういう側面も無くはなかったであろう。しかしながら、より本質的には、先に述べたことが問題だったと考えられる。その問題に関連して、大澤信亮は、連載評論の「小林秀雄」第二一回（「新潮」、二〇一五〈平成二七〉・五）で、「文藝懇話会」の会員の文学者たちが「（略）いかに批判的な姿勢を示したとしても、文芸懇話会が小林たちの楽観とは別に、もはや個人の意志ではどうすることもできない、翼賛体制への一過程だったことは明らかである。中野の看破は正しかったのだ」、と述べている。たしかにそうであった。

もちろん、中野重治との論争は、正宗白鳥との論争と同様に、「私小説論」で語られた認識の、その延長線上に位置付けることができるものであった。とともに、それは小林秀雄の特質であると言える、ノンポリティカルな資質も表したものだったと言えよう。そのことは、この時期に行われた戸坂潤との論争とまでは言えないだろうが、二人の応酬からも窺われる。

戸坂潤は、『思想としての文学』（三笠書房、昭和一一〈一九三六〉・二）に収録された評論で、すなわちその初出は昭和九（一九三四）年七月に発表された「文芸評論家の意識」で、小林秀雄を正面から取り上げて批判している。そこで戸坂潤は、小林秀雄が「好むパラドックス（逆説）なるもの」が実は、真の意味のパラドックスではなく、「パラドックシカルな彼のレトリックなのであ」り、それは「俗にいう達者なおしゃべり」（傍点・原文）であって、「彼を不安にし饒舌にしているものは、彼が外界に対して持つ一種の恐怖ではないかと思われる」（同）と述べている。戸坂潤は小林秀雄についてこうも語っている、「彼の内容の乏しい形式主義的内容は、実在が、客観的な物質界が、恐ろしいのだ。そこで彼はこの不安を打ち消すためにノベツにしゃべり立てなくてはならぬ」、と。

この指摘は、おそらく小林秀雄の文学理論やその思想について深い理解が無い場合、そういう人の眼には小林秀雄はこのように映るのだろうと思われるような、戸坂潤の指摘である。しかしながら、全く的外れな見解かと言うと、必ずしもそうでもないと考えられる。ここで戸坂潤が言っているように、小林秀雄は「外界」や「客観的な物質界」が「恐ろしい」のではなく、それらがよく理解できていない、と言うべきだと思われる。戸坂潤が語っているところの「外界」とは、主に政治社会のことだと言える。そういう問題についての小林秀雄の鈍感さは、たとえば、「文學界」の昭和一二（一九三七）年二月号に掲載された座談会「現代文学の日本的動向」における小林秀雄の発言にも見ることができる。

戸坂潤が「しかし現実を出発点とし基とするといふことゝ、之を肯定することゝは別なんだね」と発言すると、それを受けて小林秀雄は、「それはどつちでもいゝ《ママ》だよ。とにかく現在のトーンを実によく知つてその犠牲になることに甘んじた人だよ。問題はそれだけだと思ふんだ」と語っているのである。戸坂潤には、その当時の現在にあって決して「肯定」できない、ファッショ的体制へと進んでいる日本社会の姿こそが、「現実」として意識されていたと考えられるが、小林秀雄の眼はそういう問題には届いていなかったのである。「どつちでもいゝ」問題ではなかったのに、それを「どつちでもいゝ」と言うところに、彼のノンポリティカルな資質がよく表れている、と言わざるを得ない。

戸坂潤は、昭和一二（一九三七）年四月には白揚社から刊行された『世界の一環としての日本』に収録された評論「日本主義の文学化」――これも同年に発表された――で、「日本型ファシズムの固有なイデオロギーたる日本主義」が「文学内部へ潜入」しようとしていることを述べ、そのことに「読者は注目すべきだ」として、「で今日の文学者的な文化上の自由主義者ほど、日本ファッショ化の過程にとって有益なデマゴーグはないのである。これを（略）自覚する力のないものほど危っかしいものはないのである」と語っている。そして、「私は小林秀雄氏のようなタイプの文壇人にこの危険を最も著しく感じるものだ」と戸坂潤は述べているのだが、どうしてそういう「タイプ」が危険であるかについては、小林秀雄を名指しするよりも前の箇所で述べている。

まず戸坂潤は、「その心掛けにおいて文化上のリベラリストである文壇人に取っては、ファッショや反動団体は好みに合わぬ。それはモードとして気に入らないのだ」と述べて、続けてこう語っている。すなわち、「だがしかしこれが一旦「愛情」とか「現実」とか「伝統」とかいう名称を帯びて現われると、それにすっかり気を許してしまうのが、この種の文学的文化人（？）の癖であるらしい」、と。なるほど、後に「現実」を見よということを語り、「伝統」を語り始めたりする小林秀雄のあり方を見ると、戸坂潤が指摘している憂慮が現実のものになったことを知ることができるだろう。先に、「中野の看破は正しかったのだ」と述べた大澤信亮の指摘を見たが、ここでも〈戸坂潤の看破は正しかったのだ〉と述べなければならない。なお、ここで戸坂潤は、小林秀雄個人を問題にしているのではなく、「小林氏を一部の代表者と見立てていっているのだ」と述べていた。

この当時あたりから、小林秀雄はそろそろ一般民衆について発言し始めるのであるが、そのことについて戸坂潤は、こう述べている。「これは大へんよいことだと思うが、しかしそういう民衆というもの自身を観点として眺める時、私はこの種の評論家等の意義にある疑念を感じるのである」として、「私は民衆を愛するとか何とかより先に、自分自身が民衆の一人であることをもっと自覚せねばならぬと予々考えている」、と。こういう指摘を見ると、小林秀雄が生涯に亘って、自身も民衆の一人であるという自覚は全く無かったであろうことを思わざるを得ない。また、民衆と伝統との関係について戸坂潤は、民衆は伝統に「経済生活上甘んぜざる得ない」ので、もしもそれが「真に甘んじ得る伝統ならば、（略）伝統主義とかいって騒がなくても、間違いなく保存されるものなのだ」と述べ、この評論の末尾で、「今日の日本文学は日本の伝統の民衆的な意義を知っているとは思えない」（傍点・原文）、と述べている。

伝統と民衆についてのこの発言は、坂口安吾の「日本文化私観」の考え方に通じるものもあるが、それはともかく、このような戸坂潤の批判に対して、小林秀雄は「戸坂潤氏へ」（「東京朝日新聞」、昭和一二〈一九三七〉・一）で反論を試みたのである。先に見た、戸坂潤の評論「日本主義文学化」で、戸坂潤が「処で一つ質問があるのだが」として、「たとえば議会などで日本の外交の「二重性」が問題になって、そこに対政府軍部攻撃の火の手が上がったとして、一体小林氏はどっち側にその身を置く心算であるか」と問い掛けたことに対して、小林秀雄はこう応えている。すなわち、「僕は率直にいふが、かういふ質問には答へる術を知らないのである。答へる術を知らないとともにそんな質問は願ひ下げだといひたい」、と。戸坂潤の質問は、あなたは軍国主義の方に傾くのか、それともそうでない方に付くのかという問いだったのだが、小林秀雄はその質問から身を躱《かわ》したのである。

戸坂潤の問い掛けは、文学者に対して現下の政治情勢に対しての態度表明を迫るものだったわけだから、小林秀雄が「答える術を知らない」と応えたことについては、頷けなくはないと言えるかも知れない。しかしながら、この昭和一二（一九三七）年は小林秀雄が積極的にいわゆる社会時評を語り出す年であることを考えると、「答える術を知らない」というのは、そういう問いを自分は受け付けないという意志の表れであろう。だが、それは政治的な事柄に対しての体のいい逃げであると言われても仕方がないであろう。あるいは、やはり小林秀雄には政治というものに対して根本的な無理解があったのではないかと思いたくなる。それはこのことに関連して小林秀雄が次のように言い出すことに見られる。

小林秀雄は「戸坂潤氏へ」でこう語っている。「僕が政治問題に暗いのは事実であるが、から政治問題が複雑になつて来ては暗いも明るいもない。政治消息通が僕等政治の素人より政治について知つてゐるともいへなくなるのだ、と僕は考へてゐる。文学者が一般に政治問題に無関心だといはれるが、今日の日本の政治がはつきりした文学的問題乃至《ないし》は思想的問題を提供する力を欠いてゐる事もまた事実なのだ」、と。だが、政治の問題を知っているか否かという問題は、本質的には政治消息通の問題ではないのである。そういう訳知り顔の連中に言及して、こういう問題について云々する小林秀雄の、その政治的感性あるいはその常識について、大きな疑問を持たざるを得ないだろう。

さらに、続けて小林秀雄は、政治が文学的問題などを提供する力を欠いている、という発言しているのだが、これはトンチンカンな発言ではないだろうか。どうだろうか。逆のことを考えてみれば、その発言がいかに呆けた発言であるかがわかると思われる。たとえば政治家が文学者に対して、文学者は「はっきりした」政治的問題を「提供する力を欠いてゐる」、ということを問題にするかどうかは、少し考えただけでもわかるであろう。小林秀雄は、自分が「政治問題に暗いのは」、政治が「はつきりした文学的問題乃至《ないし》は思想的問題を提供する力を欠いてゐる」からだ、と言わんばかりことを述べているのだが、戸坂潤との応酬から見えてくるのは、政治的な事柄に関しての小林秀雄の如何ともし難い鈍感さである。

第六章　ドストエフスキー論――『罪と罰』について

一

小林秀雄がドストエフスキーの小説について初めて論じたのは、「文藝春秋」の昭和八（一九三三）年一月号に掲載された「永遠の良人」である。以後、小林秀雄は昭和三〇年代に「文學界」に連載された講演録「ドストエフスキイ七十五年祭に於ける講演」に至るまで、ドストエフスキーの作品論を断続的に発表し続けた。その間、伝記研究と言うべき『ドストエフスキイの生活』は、昭和一〇（一九三五）年一月号から昭和一二（一九三七）年三月号まで「文學界」に連載された。この章で扱いたい『罪と罰』についての論は、戦前では一回目は昭和九（一九三四）年二月号の「行動」に二回目は同年五月号の「文藝」に、そして最終回となる三回目は再び「行動」に掲載されたものと、戦後では新たに「『罪と罰』について」という原題で、小林秀雄編集となる文芸美術雑誌の「創元」に掲載されたものとの、その二つである。戦前および戦後において二度論じられたのは、ドストエフスキーの小説の中では他には『白痴』論があり、小林秀雄が両作品には深い思い入れがあったことが推測できるだろう。

もっとも両作品以外にも、小林秀雄はドストエフスキーの五つの長編小説についてすべて論じているのである。長期間にわたっての論考の断続的な掲載や、そして伝記の連載のことを含めて考えると、小林秀雄にとってドストエフスキーがいかに大きな存在であったかがわかる。小林秀雄がボードレールやランボーなど一九世紀フランスの詩人から受けた影響も、もちろん大きかったのであるが、それを上回るものをドストエフスキーから受けたのではないか、あるいはドストエフスキーから摂取したものが多かったのではないか、と考えられる。そうではあるのだが、小林秀雄は「文学界の混乱」（昭和九〈一九三四〉・一）では、当時の文壇のなかで問題になっていた事柄との関連で、自分はドストエフスキーを読み返したいのだ、と語っている。すなわち、「広大な深刻な実生活を活き、実生活に就いて、一言も語らなかつた作家、（略）而も又娘の手になつた、妻の手になつた、彼の実生活の記録さへ、嘘だ、嘘だと思はなければ読めぬ様な作家、かういふ作家にこそ私小説問題の一番豊富な場所があると僕は思つてゐる。出来ることならその秘密にぶつかりたいと思つてゐる」、と。

しかしながら、ドストエフスキーという作家を論じることは、そのような私小説問題には、もっと言うならば私小説問題のような特殊日本的な問題には、収まるはずはないであろう。言うまでもなく、ドストエフスキーは、そういう問題などからはみ出るスケールの大きな作家なのである。おそらく小林秀雄も、それを狙っていたというよりも、〈ドストエフスキーを論じていくなかで、そのことと私小説問題とがクロスすることがあればいいのだが……〉というくらいの目論見だったのではないかと推察される。あるいは、中村光夫が『論考　小林秀雄』（筑摩書房、一九七七〈昭和五二〉・一二）で述べているようなことだったのかも知れない。中村氏はこう述べている、「この異様な天才、彼を生んだロシアの社会の研究に次第に深入りして行くうちに、日本の私小説をどうするかという問題は、遠く氏の念頭を去ってしまったので、彼との格闘に覚える文学者たる歓びが深くなるにつれて、そこで把んだものを日本にどう役立てるかという問題は、氏がその存在によって解決すべきことで、頭で考える余地のないものになってきました」、と。

実際、やがて小林秀雄はドストエフスキーを論じていくなかで、ドストエフスキーを論じることの、自身にとっての本来の意味について語り始める。「中山省三郎様」という宛名のある「私信」(昭和一一〈一九三六〉・二)では、次のように語っている。

僕がはじめてドストエフスキイの重要な作品に一と通り接したのは高等学校時代であります。大学を出て批評文を書き始めた頃、偶然の機会に「カラマアゾフの兄弟」と「白痴」とを読返し、まるで異つた人の手になる作品を読む思ひがして、以前一体何を読んでゐたのだらうと、殆ど赤面するほど驚嘆し、彼の全集を熟読して、彼に就いて長い評論を書かうと決心しましたが、元来が不勉強の方で、なかなか決心を実行するきつかけを捕へる事が出来ませんでした。

そして、「自分の批評的創作の素材として、ドストエフスキイを選びました」とも語っている。その「批評的創作」とは当時連載中であった『ドストエフスキイの生活』のことであるが、小林秀雄は続けて、「近代文学史上に、彼ほど、豊富な謎を孕《はら》んだ作家はゐないと思つたからであります」と述べている。さらに「文學界」(昭和一四〈一九三九〉・七)の「編集後記24——「ドストエフスキイの生活」のこと」では、小林秀雄は自身にとってのドストエフスキーについて、より突っ込んだことを語っている。すなわち、「久しい間、ドストエフスキイは、僕の殆ど唯一の思想の淵源であつた。恐らくは僕はこれを汲み尽さない。汲んでゐるのではなく、掘つてゐるのだから。」として、連載が単行本になった「ドストエフスキイの生活」に関して、「だが、やつぱり多くの読者は、懐疑派の書いた本だとい ふだらう。併し、懐疑のうちだけに真の自由がある、といふ非常に難かしい真理を教へてくれたのは彼だつたのだ。

僕はそれを感謝してゐる」と述べている。

「久しい間、ドストエフスキイは、僕の殆ど唯一の思想の淵源であつた」とまで語っていて、小林秀雄の文学と思想におけるドストエフスキーの大きさを知ることができるだろう。ただ、ここで私たちは、「懐疑のうちだけに真の自由がある」ということをドストエフスキーに教えてもらったと、小林秀雄が語っていることを忘れないでおこう。その「懐疑」精神がどこかに行ってしまったのが、日中戦争下の小林秀雄だったのである。それについては、後の章で検討することにして、ともかくもこうして見てくると、ドストエフスキーが小林秀雄にとっていかに大きな存在であったかということが、改めてわかってくる。そして、小林秀雄のこのドストエフスキー体験が、また日本人のドストエフスキー体験を拡げ深めることに寄与したことも否めないであろう。多くの日本人は、小林秀雄にドストエフスキーのことを教えてもらったのである。むろん、ドストエフスキーを教えてくれたのは、小林秀雄だけではない。後で論及する埴谷雄高もその一人であるし、ここでは触れることをしない椎名麟三のドストエフスキー体験なども、日本人のドストエフスキー受容の幅を拡げてくれたと言えよう。

ここでは、ドストエフスキー作品についての論のなかでも、『罪と罰』についての論考を見ていきたい。『罪と罰』論が小林秀雄のドストエフスキー体験の特質をよく示していると思われるからである。阿部到は『小林秀雄論　覚え書』（おうふう、一九九九〈平成一一〉・一）で、ドストエフスキー論の中で、「小林は余すところなく自己をも描き出している」ということを述べているが、そのことはまさに『罪と罰』論に当て嵌まるだろう。

二

森有正は『ドストーエフスキー覚書』（筑摩書房、一九六七〈昭和四二〉・五）のなかで、ドストエフスキーについての見方には大きく分けて二通りの捉え方があるとして、一つは「キリスト教作家」として見る捉え方と、もう一つは「徹底的なニヒリズム」を見ようとする捉え方、少なくともドストエフスキーの「作品そのものの現実のなかに、徹底的なニヒリズムを見よう」とする捉え方である。森有正によれば、前者の代表がたとえばニコライ・ベルジャーエフであり、後者はシェストフによって代表される。もしも、敢えて小林秀雄をどちらかに分類するとすれば、やはり後者の側に入るだろう。

小林秀雄も、シェストフのドストエフスキー論については、『悲劇の哲学』が翻訳出版された当初において、「レオ・シェストフの『悲劇の哲学』」（昭和九〈一九三四〉・四）でやや興奮した筆致で、その書物に対する共感を語っていた。しかし、その約一年半後の昭和一〇（一九三五）年一二月の「文藝」に掲載された「「地下室の手記」と「永遠の良人」」で小林秀雄は、『悲劇の哲学』がシェストフ自身の思想に都合のいいようにドストエフスキーの小説を恣意的に並べて引用、解釈している本であるとして、「これはかなり手の込んだ詐術である」と述べるに至っている。戦後の「「罪と罰」について　Ⅱ」（一九四八〈昭和二三〉・一一）でも再びシェストフの「詐術」に論及しているが、ここではシェストフの場合は「熱烈な極端な観念的解釈の一例を提供しているに過ぎず」、そういう解釈に「誘ひ込む抗しがたい力が、もともとドストエフスキイの作品のうちにあるといふ点が、こゝでは大事なのである」というふうに、落ち着いた穏当な受けとめ方をしている。

それでは、小林秀雄の『罪と罰』読解に入る前に、さきに見た森有正の分類のうちの、ドストエフスキーを「キリスト教作家」とする捉え方から見ておきたい。

まずは、小林秀雄もその文学に親しんでいたアンドレ・ジードのドストエフスキー論について見てみたい。ジードは、ドストエフスキーの思想は絶対的なものとして表されるのではなく、相対的なものとして表される、と指摘している。

すなわち、「彼の思想は殆ど決して絶対的ではない。それ等はそれを表白する人物に殆ど常に相対的である。そしてもつと言ふならば、之等の人物に相対的であるのみならず、之等の人物の人生の一瞬間に対して相対的である」（『ドストエフスキー』武者小路實光・平川泰三共訳、日向堂、昭和五〈一九三〇〉・一〇）、と。人物同士の間において相対化する関係が、あるいは一人物においても、たとえばそのなかで昨日の自分と今日の自分とが互いに相対化しあうような関係が、ドストエフスキーの文学にはあると言うのである。だから、絶対的な〈神の視点〉によって物語は展開することはない。

この考え方は、後にミハイル・バフチンが邦訳名『ドストエフスキーの詩学』（望月哲男・鈴木淳一訳、筑摩文庫、一九九五〈平成七〉・三）で、言語論を踏まえて大胆に展開したものである。ただ、ジードのドストエフスキー論は、その問題に止まっていなく、『罪と罰』の主人公のラスコーリニコフについてよく言われる、ニーチェのいわゆる超人思想との類似という問題についても論及している。ジードによれば、ニーチェがツァラトゥストラに体現させたような超人思想を、ドストエフスキーは『罪と罰』の主人公のラスコーリニコフに根本的なところで受け容れさせていないのである。すなわち、「ニーチェは自己肯定を提出する。彼は其処に人生の目的を見る。ドストエフスキーは諦念を提出する。ニーチェが完成の頂点を予感する所に、ドストエフスキーは破滅をしか予見しない」、と。

さらにジードは、同書で次のように述べている。

ドストエフスキーの思想を誤解しないようにしよう、もう一度いふが超人の問題が彼によつて明確に提出されたとしても、その思想が彼の総ての本の中で再び現れるのを見るとしても我々は唯だ福音書の諸々の真理が深く勝利を博するのを見るのみである。ドストエフスキーは済度を唯だ個人の自己放棄の中にのみ見、且つ想像した。併し一方では、人間はその悲惨の極みに達する時程、神に近づいてゐる事は無いといふ事を我々に聞かせて呉れる。

そしてジードは、「ドストエフスキーは完全なキリスト教徒であることを忘れないようにしよう」、とも語っている。また、ベルジャーエフも『ドストエフスキーの世界観』〈斎藤栄治訳、白水社、一九七八〈昭和五三〉・一一〉で、ドストエフスキーは人間への人道主義的な信仰は失ってしまったが、「(略)人間にたいするキリスト教的信仰にはあくまで忠実で、かかる信仰を深め、堅くし、そしてゆたかにした」、と述べている。またニヒリズムについては、ドストエフスキーはロシアのニヒリズムの本質を根本的に摑んでいたが、「しかし彼が何かを否定したとすれば、それはニヒリズムの否定であった。彼は反ニヒリストである」、とベルジャーエフは同書で語っている。そして、ラスコーリニコフに関しては、「人間本性の限界をふみこえるラスコーリニコフの自由は、みずからの無価値・無力・無自由の意識を呼びおこす」、と指摘しているのである。したがって『罪と罰』という小説は、老婆を殺したラスコーリニコフは、実は自分自身を殺す者だということが「非常な迫力をもって示されている」わけである。

このような捉え方は、おそらくそれなりに成り立つものがあると考えられる。たとえば、老婆を殺したのは、実は自分を殺したことなのだという、ベルジャーエフの解釈であるが、実際に『罪と罰』のなかで、ラスコーリニコフ自身がソーニャに、「いや、ぼくは自分を殺したんだ、ばばあを殺したんじゃない！　ぼくはいきなりひと思いに、永久に自分を殺してしまったんだ……」(ドストエフスキーの作品からの引用は、すべて米川正夫訳による河出書房新社版『ドストエーフスキイ全集』〈全20巻・別巻1巻、一九七〇［昭和四五］年〉による)と語っているのである。

こういう立場からの解釈とは反対の、レオ・シェストフのようなドストエフスキー解釈もある。シェストフは、反理性主義、反合理主義、そして徹底した反理想主義の立場から、ドストエフスキーの作品のなかには、近代の人間の日常生活を支配している理性と良識と楽天的な科学主義とに対して、背理と絶望と不安の世界が語られていることを示したのである。もちろん、シェストフはそこに止まるのではなく、積極的な新しい立場を提示しようとしたのである。もっとも、果たしてそれが提示されているかどうかには問題が大いにあるわけだが、しかし、その提示のことよりも、シェストフがドストエフスキーに徹底したニヒリズムを見ようとしていることには、やはり問題があるであろう。というのは、シェストフの解釈は、『地下生活者の手記』の主人公がその「第一　地下の世界」で語る思想内容を、そのままこの物語の作家ドストエフスキー自身の思想としているからである。

もちろん、主人公と作者の間には重なるところはあるわけだが、しかし、その「第二　べた雪の連想から」を読めばわかるように、ドストエフスキーはこの主人公を肯定しているわけではないのである。というよりも、実は主人公自身も自分のことを容認しているのではないのである。作者は主人公にこう言わせている、「なぜって、僕が陋劣だからだ。なぜって、この地上に棲む下等な虫けらの中でも、いちばん穢らわしい、一ばん滑稽な、一ばんけち臭い、一ばん馬鹿な、一ばん嫉妬ぶかい虫けらだからだ。」、と。

このように見ると、シェストフの解釈は単純すぎると言えようか。主人公に毒舌を吐かせながら、その主人公の惨めさを本人にも了解させている作者は、もう少し複雑な思考の持ち主であると考えられて当然である。その複雑さについては埴谷雄高が『ドストエフスキー　その生涯と作品』（ＮＨＫブックス、一九六五〈昭和四〇〉・一一）で述べていることが示唆的である。その中で埴谷雄高は、シベリヤ流刑中に聖書を贈ってくれたファン・ヴィージン婦人に宛てたドストエフスキーの手紙を引用した後で、次のように述べている。

私達はこの手紙では、「棺を蔽われるまで不信と懐疑の子」であるドストエフスキイが「真理よりもキリストとともにある」と述べている一方の筋道を読んでいるのですが、しかし、この構文を、「真理よりもキリストとともにある」ドストエフスキイが「棺を蔽われるまで不信と懐疑の子」であると逆さまにひっくり返して読んでも、作家ドストエフスキイにとってなんら不思議ではなかったのでした。

たしかに、そうであろうと考えられる。ドストエフスキーの文学と思想を、一筋縄で捉えることができないことはもちろんが、もっと言うならば二筋縄でも三筋縄でも捉えることができないであろう。もちろんそうなると、読み手はそれぞれの眼に映ったドストエフスキー像を深め彫琢していくしかないわけであるが、小林秀雄はドストエフスキーをどう捉えたのだろうか。ここではその『罪と罰』論を通して考えていきたい。

三

前述したように小林秀雄は、戦前と戦後の時期に一度ずつ『罪と罰』を論じているが、その二つの『罪と罰』論は、基本的にその内容には大きな違いはない。ただ、戦後の論の方がより重厚であると言えよう。したがって、ここでは戦前の論を見ていく中で戦後の論によって補いながら、論述を進めていくことにしたい。

小林秀雄は、『罪と罰』に関する論の中でほとんど必ずと言っていいほどに論及される、ラスコーリニコフが抱いている思想とニーチェの超人思想との関連などには眼を向けない。ここで言うラスコーリニコフの思想とは、彼が発表した論文に述べられているものである。これについては、ラスコーリニコフ自身が検事のポルフィーリに行った説明よりも、そのポルフィーリの要約の方が簡明でわかりやすい。ポルフィーリは論文執筆者のラスコーリニコフに向かって語る。「問題はだね、この人の論文によると、あらゆる人間が『凡人』と『非凡人』にわかれるという点なのさ。凡人は常に服従をこれ事として、法律を踏み越す権利なんか持っていない。だって、その、彼らは凡人なんだからね。ところが非凡人は、とくにその非凡人なるがために、あらゆる犯罪を行ない、いかなる法律をも踏み越す権利を持っている、たしかそうでしたね、わたしが誤解していないとすれば?」、と。

ラスコーリニコフは自身を「非凡人」の側の人間だと思っていて、「凡人」でおまけにラスコーリニコフからは貧乏人を搾取しているとさえ思われていた金貸しの婆さんを殺害するにいたったのであるが、しかし彼はその犯罪を犯したとき、自身は「踏み越す」側の人間では決してないことを痛切に了解するのである。その後のことだが、ラスコーリニコフは自分の部屋の長いすの上に倒れて、次のようなことを考える。「おれはすこしも早く踏み越したかったんだ……おれは人間を殺したんじゃない、主義を殺したんだ！　主義だけは殺したが、踏み越すことは踏み越せなくて、こっち側に残ってしまった……ただ殺すことだけはやりおおせたんだ。いや、それさえ今になってみると、やりおおせなかったんだ……（略）」、と。少々混乱した状態でのいわゆる内言語なので、少し了解しにくいところもあるが、ともかくも自らが「非凡人」ではないことを、ラスコーリニコフは悟ったわけである。

これまでの多くの論者は、このような「凡人」と「非凡人」の対比の問題を、その『罪と罰』論の俎上に載せていたのだが、すでに触れたように小林秀雄はその問題についてはあっさりと流して、「『罪と罰』についてＩ」で次のように語る。すなわち、「すべての人間は凡人と非凡人との二つの種類に分けられ、（略）後者にはその良心に従つて血を流す事が許されてゐるといふ所謂超人主義の思想が、ラスコオリニコフの口から語られる時、何等浪漫的な色彩を帯びてゐない。彼は己れの思想に退屈してゐる。而も己れの思想の欠陥を見付け出す事が出来ないのである」、と。そして小林秀雄はラスコーリニコフを、「むごたらしい自己解剖が彼を目茶々々にしてゐる」というふうに捉えているのである。

だからラスコーリニコフは、老婆の妹のリザヴェータの「一言」によって、「明日の晩、きつかり七時に婆さんがたつた一人で家にゐるといふ事実を、偶然耳にする」のだが、それによって彼は犯罪に赴くことになるのである。すなわち、自分の意思でというよりも、その「一言」で自分の実行が決定したかのように思って、その「一言」に動かされるようにして犯罪行為に赴くのである。それについて、小林秀雄はこう述べる。「ラスコオリニコフはリザヴェエタの言葉に、彼の行為の動機を発見したのではない。はや、凡そ行為の動機といふものを見失つて了つた心が、或るさゝやかな衝撃に堪へられなかつたのである」、と。あるいは、「彼を駆つて行為に赴かしめたものは、理論の情熱といふよりも寧ろ自ら抱懐する理論に対する退屈なのだ、理論を弄《いぢ》くりまはした末の疲労なのである」、というふうにも述べている。

ではラスコーリニコフは、どうして「行為の動機」を見失うまでになったのかと言えば、さきの引用の一文に、「むごたらしい自己解剖が彼を目茶々々にしてゐる」とあったように、意識による徹底した自己分析が「行為の動機」を失わしめたと、小林秀雄は考えていたのである。となると、これまで見てきたようなあの自意識論が、ここでも語られていると言えるのではなかろうか。もっとも、この後の論の中心は、「行為の動機」を失うまでに至ったラスコーリニコフの「孤独」に焦点が合わされていき、「彼は孤独の化身である」、「この小説で作者が心を傾けて実現してみせてくれてゐるものは、人間の孤独といふものだ」というふうに展開されていく。しかしながら、その「孤独」をもたらしたのが、小林秀雄によればやはりラスコーリニコフの「自己解剖」であるわけであって、それは（自）意識を過剰に働かせた結果であることも、この「「罪と罰」について　Ⅰ」の論述から見えてくる、と小林秀雄は考えているのである。

そのことについて、より鮮明に語っているのが、この約一年半後の昭和一一（一九三六）年二月の「文藝通信」に発表された評論「純粋小説について」である。この評論は、題目からもわかるように横光利一の「純粋小説論」と関わるものであって、論の前半はアンドレ・ジードの純粋小説のことなどに触れながら、人間の「内的現実」と「客観的描写」のことなどと絡めて、小説手法の問題が展開されているのだが、「新しい小説手法の革命を断行したのがドストエフスキイであつた」というところから、論の後半はドストエフスキーについての、とりわけ『罪と罰』のラスコーリニコフについての論になっていっている。その中でやはりラスコーリニコフの意識の過剰が行為の動機を失わしめたという問題について言い及んでいるのである。

小林秀雄は、ベルクソンが『創造的進化』の中で述べている、人間の意識を「可能上の行動と現実の行動との算術的差」であるという定義を踏まえて、ラスコーリニコフの場合では、その「算術的差」が無限大までになっていて、そうなると現実の行為が「零」に近づくことを意味し、「意識の過剰が行為の動機を摑まへるのをいよいよ困難にします」、と述べている。そして、「「罪と罰」について　Ｉ」における論理を、「純粋小説について」では次のように簡明に述べている。

意識の不必要な複雑が、凡そ行為の動機といふものを見失ふとは、さういふ人間にとつてあらゆる行為は可能だといふ事に他なりません。かういふ極度に不安定な状態に置かれた人間が、例へばラスコオリニコフの様に何等確定した動機もなく殺人行為を犯すに至るのは別に不思議な事ではない。ラスコオリニコフは、殺人の動機についてしかつめらしく語つてゐますが、注意深い読者は、彼が自分の動機などを少しも信じてゐない事に気がつく筈であります。

ここで語られている、意識もしくは自意識を過剰に働かせた結果、行為の動機を見失うというのは、さきに見た、たとえば「Ｘへの手紙」における、小林秀雄自身の自意識劇のことではなかっただろうか。小林秀雄は、こういう意識の劇は、『罪と罰』だけではない、ドストエフスキーの小説に出てくる重要人物は、皆そうである、と同評論で述べる。すなわち、「ラスコオリニコフばかりではない。ドストエフスキイの作品中に出てくる、重要人物は、みな人間心理の極限をさまよひ、無動機の行為の可能性にさらされてをります」、と。「無動機の行為の可能性」とは、行為の動機が無いわけだから、行為そのものが不可能になることでもある。戦後に論じられた「「罪と罰」についてⅡ」では、むしろその不可能性の方に焦点を当てた評論となっている。

「「罪と罰」についてⅡ」においても、意識とは観念と行為との「算術的差」であるという、ベルクソンの理論に言及していて、その「算術的差」が「零」になった時に本能的行為が現れ、差が極大になった時、「人は、可能的行為の林のなかで道を失ふ」として、小林秀雄はこう続けている、「安全な社会生活の保証人は、習慣的行為といふものであり、言ひ代へれば、不徹底な自意識といふものである。自意識を豊富にしたければ、何もしなければよい」、と。そして、『『地下室の手記』(『地下生活者の手記』――引用者)を忘れてはならない」と述べ、この小説においてすでにラスコーリニコフの「デッサン」が描かれているとして、『地下室の手記』については、その「真の主題は、行為の必然性を侮蔑し、精神の可能性をいよいよ拡大してみると、行為の不可能性といふ壁に衝突するといふパラドックスにあつた」、と小林秀雄は語っている。

たしかに『地下室の手記』の主人公がそういう人間であるならば、ラスコーリニコフとはその「デッサン」に色づけされた人物であるということになるだろう。小林秀雄はこう語っている。

意識が、一と度、疑ひと否定との運動を起し始めたら、止まるところを知らない。精神といふ可能性の世界には、現実の邪魔物はない筈だ。邪魔物がないといふ事は、どの様な考へも、ラスコオリニコフの意識のうちに固定する事が出来ないといふ事だ。意識と行為との算術的差は、彼の望むがまゝに大きくなり、或る可能な行為に関するあらゆる可能な動機が考へられる、といふ事は逆に、何んの動機もない行為が可能と考へられる。更に、あらゆる可能な物に対して自分自身が一つの可能性になり終わつたといふ自覚が、烈しく彼を苦しめる。

このように見てくると、小林秀雄にとっての『罪と罰』とは、過剰で複雑な意識と行為との問題の小説だったのだ、と思われてくるだろう。もちろん、その過剰な意識が自分自身の意識に向けられてくると、それは自意識になってくるわけである。ラスコーリニコフについて、こうも語られている。「この奇妙なエゴティストは、どうしても他人にめぐり会へない事に苦しむ。烈しく純粋な自己反省といふものの運動が、当然落入らざるを得ないディアレクティクに苦しむ」、と。あるいは、「鋭い意識家にとつては、意識とはすべて昔話に過ぎまい。自意識の過剰に苦しむとは、流れて止まぬ意識の最先端に、自我といふ未来に向ふ「無」を常に感じてゐる苦しみに外なるまい」、と。

このように、小林秀雄の論は、自意識論もしくは意識の過剰の論で、『罪と罰』をほぼ読み切ろうとしたのである。そしてその試みは、やはり興味深いものであったとは言える。小林秀雄がドストエフスキーに拘り続けたのも、彼の年来の問題、というよりも、とりわけ若年時において問題であった自意識の問題が、小説中に語られていると思えたからなのであろう。自分が拘り続けてきた問題が、世界的な文豪の小説中にも書かれていると知ったときには、おそらく或る感激もあったであろう。ドストエフスキーを論じることは私小説の問題にも関わることだという問題意識には、嘘はなかったであろうが、それよりも小林秀雄自身の、と本人も思ったであろう自意識の問題、意識の過剰の問題が、ドストエフスキーの小説中に語られていると思われたのであるから、伝記執筆の試みに赴いたのも納得できることである。

そうではあるのだが、しかし、『罪と罰』を自意識論、あるいは意識の過剰論に収斂させていいものだろうか、という疑問があるのである。次にそれについて考えてみたい。

四

すでに見たように、小林秀雄はラスコーリニコフが犯罪行為に赴いたのは、「自ら抱懐する理論に対する退屈なのだ、理論を弄《いぢ》くりまはした末の疲労なのである」という解釈をしていて、それは一つの解釈として了解できなくはないであろうが、しかしあまりに狭い解釈ではなかろうかという疑問がある。（自）意識の過剰、「自己解剖が彼を目茶々々にしてゐる」という面は、ラスコーリニコフにおいてたしかにあったであろう。しかしながら、「『罪と罰』について Ⅱ」ではラスコーリニコフが、事故にあったマルメラードフを助けようとしたことについて、何も言及していないのは、どうしてであろうか。その行為は、ラスコーリニコフにある、やはりヒューマンなと言うべき動機から出た行為ではなかろうか。「自己解剖」で自身を「目茶々々」にしていても、ラスコーリニコフには同情心というものがあったのである。

また、妹のドゥーネチカ（ドゥーニャ）が兄のラスコーリニコフのために、自ら犠牲になって結婚しようとしていることに、ラスコーリニコフはきっぱりと反対しているのである。もちろん、ドゥーネチカのことを思って、である。ここにも妹を思う、兄らしい気持を見ることができる。ラスコーリニコフは言わば自意識の魔に囚われているだけの青年ではない。彼は母思いであり、妹思いである青年なのだ。物語の終わり近くになって、彼はこう思っている。「『だが、どうしてあれたちはおれをこんなにも愛してくれるのだろう、おれにそれだけの価値もないのに！ ああ、もしおれがひとりぼっちで、だれひとり愛してくれるものもなく、また自身もけっして人を愛さないとしたら、その時はこんなことなどいっさい起こらなかったろう！（略）』」（傍点・原文）、と。もしも、自分には家族などの係累もなく、完全に孤独だったならば、あのような犯罪は犯さなかったかも知れないと言っているのである。もちろん、ここで言う孤独というのは、普通の意味である。

さらに、老婆殺しの最初の動機、それはまだ本当に実行するのかどうかもわからなかった頃の動機であるが、それについて犯罪後のラスコーリニコフはこう思っている。

「（略）で……で、つまりぼくは決心したのだ。ばばあの金を没収して、最初何年間の学資にあて、母を困らせないで、大学にいる間の勉強を安全にしたうえ、大学を出てからの第一歩にも使おう——しかも、そいつをすべて大きく根本的にやって、ぜんぜん新しい形で社会へうって出てさ、新しい独立不羈の道に立つ！……（略）」

これは、犯罪前の自分の気持ちを省みているところであるが、ラスコーリニコフは犯罪の動機について、「母を困らせない」ことと、また自身の将来への希望と関わらせて捉えていたと、自分では考えていたのである。「自己解剖」で自身を「目茶々々」にしてしまって、そして犯罪の「理論を弄《いじ》くりまはした末の疲労」からだけで、犯罪を決意したのではなかったのである。このことに関しては佐藤正英も『再発見　日本の哲学　小林秀雄——近代日本の発見』（講談社、二〇〇八〈平成二〇〉・三）で、次のように述べている。「しかし兇行の、より深い動機は、土俗のひとびとやその影を負ったひとびとに対する、ほとんど無償に近い情愛にあり、また兇行の本来の目的は、どれほど愚かしく、非実際的に見えたにせよ、土俗のひとびとの惨苦を軽減し、土俗のひとびとに利福をもたらすことにあった」、と。小林秀雄は、そのようなラスコーリニコフの一面を見ないのである。小林秀雄は『罪と罰』の物語を、過剰な意識あるいは自意識の物語に収斂させすぎてはいないだろうか。それは『罪と罰』の物語世界を狭めていることでもある。

小林秀雄的な読みに対して、たとえば森有正は『ドストエーフスキー覚書』（筑摩書房、一九六七〈昭和四二〉・五）で、ドストエフスキーの作品では、罪悪は個々人の責任であるとともに、その主観的意識を超えた一つの現実の問題としても存在している、ということを述べた後、こう語っている。すなわち、「このようにドストエーフスキーにおいては、罪悪は一面あくまで主体の責任であるとともに、主体の邂逅する現実、いわば客観的な現実である」、と。さらに森有正は、『罪と罰』に言及して、ラスコーリニコフという「いきづまったインテリの姿」のなかに、ドストエフスキーは「時代の人間的社会的現実の条件を圧縮して述べている」として、次のように述べている。すなわち、「ラスコーリニコフの心中にはこの不合理、本質的には社会的不合理に対する怒りが個人的怨恨の形式をとって現れている点に注目しなければならない」、と。

森有正によればドストエフスキーは『罪と罰』で、ラスコーリニコフの意識の場と社会的現実の場とが食い違っていることを明示している。さらに森有正は、ラスコーリニコフの意識は社会的矛盾、社会的不合理とは離して考えることのできないものであり、ラスコーリニコフ自身もそのことを無意識に知っているのだが、しかしながら、彼は社会の現実を直視する方向へと赴かないで、自分の「空想的な社会理念」を構成し、それによって自らの犯罪を消去しようとした、と述べている。ドストエフスキーは、そのようにラスコーリニコフを造形し、『罪と罰』の世界を描いたわけである。だから犯罪後のラスコーリニコフを襲う不安や自己不信などは、宗教的不安ではないとして次のように述べている。

かれのこの不安は普通考えられるように、自己の罪悪に対する宗教的不安ではなく、かかる社会と個我との矛盾から生れた不安なものであり、この点を明確にしなければ、かれが何故にソーニャとの愛の交りを続けながら、宗教的回心を行わないかという秘密は解けないのである。

さらに森有正は、「ドストエーフスキーは、この真実の貧困、社会の現実の前にラスコーリニコフをおいて、われわれに示している」、とも語っている。

このような森有正の論を見てくると、小林秀雄の『罪と罰』論が意識の問題という点に絞って、視野をあまりに限定したところで展開された論であったことが改めて了解されてくる。社会や社会の問題に囲繞されたラスコーリニコフという観点は、その論からは見えてこないのである。こういうところからも、実は小林秀雄は社会に関わる問題に対しては鈍感なのではないか、むしろノンポリティカルなのではないか、と思われてくる。

そのことはドストエフスキーの『悪霊』を扱った評論、すなわち「「悪霊」について」（「文藝」、昭和一二〈一九三七〉・六、七、一〇、一二）においても見ることができる。『悪霊』には、ツアーの体制に歯向かう革命運動の内部で起こったリンチ殺人事件、すなわちネチャーエフ事件が素材として扱われていて、もちろん小林秀雄もそのことに言及しながら論を進めていっている。ネチャーエフ事件は、当初はヒューマンな理想主義であった社会変革運動が、その政治活動が内攻していくなかで、仲間を殺害するという、反ヒューマンな組織に転換してしまうという背理を、それはまた世界の多くの社会変革運動に宿痾のように内在してきた病理を象徴した事件であった。

もっとも、ドストエフスキーはその題材を描いていくなかで、ネチャーエフをモデルにしたピョートル・ヴェルホーヴェンスキイのことよりも、そのピョートルや他の重要人物のシャートフ、キリーロフたちに大きな精神的影響を与えたとされている人物、度を超えたニヒリストとも言うべきニコライ・スタヴローギンが小説の中心人物となっていき、『悪霊』は政治思想のレベルを遥かに超える、スケールの大きな、そして深い思想小説になったものとして知られている。ドストエフスキーは当初はそういう小説のつもりではなかったのだが、書き進めていくなかでスタヴローギンの像が大きくなっていき、彼が遂に主人公となっていったようである。そのように、ドストエフスキー自身が語っている。

『悪霊』はそういう特質を持った小説であるが、小林秀雄はその特質が扱っている問題にはほとんど振り向かないのである。小林秀雄が眼を向けるのは、やはり意識の問題なのである。小林秀雄はドストエフスキーについてこう述べている。すなわち、「彼はケルケゴオルを読んだ事はなかつたが、「悪霊」の約二十年前に、「人間の意識の度は絶望といふ冪《べき》の指数だ」と恐らく何等比喩的なものを感じないで書いたケルケゴオルと、不気味な程酷似したものを、人間の精神の裡に見てゐたのである」、と。小林秀雄は引用の出典を明記していないが、これはキルケゴールの代表作の一つ『死にいたる病』のなかの一文である。ドストエフスキーとキルケゴールとは絶望の捉え方において共通するものがあったという、小林秀雄の指摘については、哲学者の木田元も『なにもかも小林秀雄に教わった』（文春新書、二〇〇八〈平成二一〉・一〇）で認めている。ここで言われている意識とは精神のことでもあるが、小林秀雄が『悪霊』のなかに見たのは、意識もしくは精神の、その邪悪性であった。次のように述べている。

> 人間は先づ何を措《お》いても精神的な存在であり、精神は先づ何を置いても、現に在るものを受け納れまいとする在る邪悪な傾向性だ。ドストエフスキイにとつては悪とは精神の異名、殆ど人間の命の原型ともいふべきものに近附き、そこであの巨大な汲み尽し難い原罪の神話と独特な形で結ばれてゐた。

このように、小林秀雄のドストエフスキー読解は、意識の問題に焦点を当てたものであるが、もちろん論じられた小説がすべて意識の問題の観点から論じられたわけではない。たとえば「「白痴」について I」（昭和九〈一九三四〉・九、一〇、一二、昭和一〇〈一九三五〉・五、七）がそうである。そうではあるものの、小林秀雄は『白痴』の主人公ムイシュキンを、ラスコーリニコフと連続する人物として捉えているのである。こう述べている、「ムイシュキンはスイスから帰つたのではない、シベリヤから帰つたのだ。「罪と罰」の終末を仔細に読んだ人は、あそこにゐるラスコオリニコフは未だ人間に触れないムイシュキンだといふ事に気が附くであらう（略）」、と。だから、ムイシュキンはラスコーリニコフにおける意識の問題を受け継いでいる人物として小林秀雄は捉えていた。

ラスコーリニコフを受け継ぎつつも、ムイシュキンにおいてはその精神の地獄は一段と進んでいた、と小林秀雄は述べている。すなわち、「ラスコオリニコフの自意識の地獄はムイシュキンの世界では、もう何んの意味も持つてゐない。地獄どころではない、自意識上の正常な意味での不安さへ彼には全く欠けてゐる。彼は首尾一貫、無意識と動機の不明な行為の世界に生きてゐる」、と。登場人物の一人であるイポリットについては、彼に見られるのは、「存在の恐怖とでもいふべきものの滑稽なほど露骨な姿」と言われていて、『白痴』が『罪と罰』の世界を、さらに一層進めた世界であることが語られている。注意したいのは、やはりさきに触れたように、ムイシュキンがラスコーリニコフと繫がりのある人物として捉えられていることである。たとえば、「こゝに描かれた発作前ネヴァ河岸をさまよふムイシュキンの姿を、殺人後ネヴァ河橋上を歩くラスコオリニコフの姿との間に本質的なつながりがある事は誰でも気がつく筈である」、と。

さて、このように見てくると、小林秀雄におけるドストエフスキー体験の本質部分は、やはりあの自意識論が中心にあったことがわかってくるだろう。もちろん、それだけでなく、『ドストエフスキイの生活』は、小林秀雄にとって最初の長編の伝記研究の試みであって、その体験は文芸批評家として財産になったであろう。この章の終わりに、『ドストエフスキイの生活』について少し述べておきたい。

『ドストエフスキイの生活』は、その叙述の大半がE・H・カーのドストエフスキー論（邦訳は『ドストエフスキー』〈松村達男訳、筑摩書房、一九六八［昭和四三］・三〉）からの剽窃ではないかという指摘があったほど、E・H・カーの著書に拠っているのではないかと思われる部分がたしかに多いのであるが、しかしながら、そのことよりも注意されるのは、E・H・カーのドストエフスキー論には無い部分、単行本で言えば、終わりの「9　作家の日記」と「10　死」で述べられている、「百姓マレイ」の話を通して見られる、ドストエフスキーの「ナロオド」（民衆）発見が少々熱っぽく語られている箇所である。

小林秀雄は『ドストエフスキイの生活』を書いていくなかで民衆という存在に突き当たったと言えようか。もっとも、小林秀雄の民衆を意識した発言は、『ドストエフスキイの生活』連載の少し前あたりから、それはまた「一般読者」

という言葉を評論で用い始めた頃からでもあるが、ぽつぽつと散見し始めていた。『ドストエフスキイの生活』でもう一つ注目されるのは、歴史の問題が小林秀雄の批評に登場したことであるが、これについては次章で検討したい。『ドストエフスキイの生活』から見られるのは、小林秀雄の批評が昭和一〇（一九三五）年前後あたりの時期から、自意識論を基底に据えた批評とともに、本質的なところではノンポリティカルであるものの、眼を社会に向けた広い視野を持ち始めたと言えよう。そして、その視野の中から浮かび上がってきたのが、民衆であり歴史であった。社会については言うまでもなく、民衆にしろ歴史にしろ、これらの概念はむしろプロレタリア文学者を含むマルクス主義系の知識人たちの専売特許であった。民衆についてはもちろんだが、歴史観もしくは歴史意識というものも、日本近代においてはマルクス主義が知識人たちにもたらしたものであった。その場合の歴史観は、言うまでもなく唯物史観としての歴史観であった。

昭和一〇年前後の時期は小林秀雄にとって、プロレタリア文学者たちが提起した問題を小林秀雄なりに受け止めて、それらを自らの課題にしていった時期であったと言えよう。おそらく小林秀雄としては、プロレタリア文学者たちよりも、自分の方が民衆や歴史についてその実相を摑んでいるのであって、民衆観や歴史観において彼らよりも深い認識に達しているという思いもあったのではないかと考えられる。

民衆発見については、それ以前の時期から小林秀雄の批評のなかに、「一般読者」という言葉が出始めていて、それが彼の民衆像、大衆像と関わりがあると考えられる。さらには、実証的論述を省略して言うならば、小林秀雄は彼自身の母親像を言わば酵母にして民衆像、大衆像を形成していったのではと考えられる。つまり、彼自身の母親は、吉本隆明流に言うならば、〈大衆の原像〉だったのである。具体的には自身の母親だけと、そして捉えどころのない「一般読者」とが結びつけられたのが、小林秀雄の大衆像だったのではないかと思われる。

なお、『ドストエフスキイの生活』については、樫原修が「〈生活〉と〈文学〉の出会う場所――小林秀雄の「ドストエフスキイの生活」をめぐって」（「季刊iichko」72、二〇〇一〈平成一三〉・秋）で述べているように、「9　作家の日記」を「論の収束する場所」として読み取ることによって『ドストエフスキイの生活』論をまとめるのではなく、小林秀雄がどのように言葉を尽くして描いているかを読み取ることも大切であるだろう。そのことについては改めて考えたい。

第七章　歴史論——京都学派との共振

一

小林秀雄が歴史を主題とした批評を発表したのは、昭和一三（一九三八）年一〇月号の「文學界」に連載が開始され、後に単行本となった『ドストエフスキイの生活』（昭和一四〈一九三九〉・五）の「序」として収められることになった「歴史について」（昭和一三〈一九三八〉・一〇）が最初である。それまでの小林秀雄の批評には、歴史を対象として扱ったものがほとんど無かったことを考えると、この発表は唐突の印象を与えるかも知れない。しかし、それ以前に昭和一〇（一九三五）年八月号の「経済往来」に掲載された「私小説論」の第「4」節では、伝統の問題が比較的大きな比重をもって論じられていたのだから、この昭和一〇年あるいはもう少し前あたりぐらいから、小林秀雄の中には、すでに伝統や歴史への関心が芽生えていたのではないかと推測できる。つまり、小林秀雄は、この時期あたりから歴史の問題に関心を持ちはじめ、それがやがて「歴史について」の発表や評論集『歴史と文学』（昭和一六〈一九四〇〉・九）の刊行に繋がっていったのである。

小林秀雄は、『ドストエフスキイの生活』の執筆という、過去の歴史上の人物をいかにして文学の上に再生させるかという伝記の問題を通して、広く歴史一般の問題と取りくまざるを得なかったと言えよう。小林秀雄が歴史の問題に取り組む内的必然性の一つは、まずはそのあたりに求めることができよう。ただ、小林秀雄の中で歴史の問題が中心的なテーマになっていったのは、『ドストエフスキイの生活』が機縁となっているだけでなく、当時の社会状況や、思想界の動向も密接に関係していたと考えられる。ここでは、小林秀雄の歴史論と、同時代の思想界の中心的存在であった哲学の京都学派の歴史論（歴史哲学）との関連を考察し、その両者の歴史論の帰趨を追ってみたい。

ここで、あらかじめ断っておくと、哲学の領域で広義に京都学派というときには三木清や戸坂潤などのいわゆる京都学派左派も含める場合もあるが、ここでは西田幾多郎や田辺元といった中心的存在、および昭和一七（一九四二）年一月号の「中央公論」誌上の座談会「世界史的立場と日本」に参加したグループを指すことにする。狭義の京都学派である。

まずは、昭和一〇（一九三五）年前後の思想界の動向から見ていこう。

橋川文三は「昭和十年代の思想」（『近代日本思想史講座』第一巻〈筑摩書房、一九五九［昭和三四］・七所収〉）で、満州事変以降の内外の危機感が歴史意識の発生を促し、本来の歴史意識が発達するのは、近代日本においては、満州事変から日中戦争前後にかけての時期が最初であると述べている。橋川氏によれば、本来の歴史意識とは、普遍史や画期《かっき》についての意識などを含んだものであり、とくに画期の意識はマルクス主義の媒介によって一般化されたものだが、ともかくも、昭和一〇（一九三五）年前後の時期に、強固な歴史論を持ったマルクス主義に触発されつつ、一方、満州事変以降の危機的な歴史状況に促されて、歴史の問題が前景化してきたことは事実である。

とりわけ、思想界においてその傾向は顕著であり、思想界は言わば歴史哲学興隆の時期を迎えたのである。その様子を、植田清次は、昭和八（一九三三）年一月号の「理想」の「一九三二年日本哲学界の回顧」のなかで、五・一五事件などの政治社会情勢の危機に触れた後、次のように伝えている。

歴史研究の機運は歴史そのものの転換期に見られる必然的現象である。この機運を反映するかのごとく、一九三二年の日本哲学界は歴史の哲学的解明を企てる幾つかの優秀な論策を得た。

そして植田清次は、その「優秀な論策」として、高坂正顕「歴史的なるもの」（「思想」一月号）、三木清『歴史哲学』（四月）、「理想」の春季特輯号「歴史の諸問題」の中の諸論文、また高山岩男「歴史の類型」（「思想」七月、八月号）などを挙げている。この歴史哲学興隆の気運が、やがて昭和一〇年代において、樺俊雄『歴史哲学』（昭和一〇〈一九三五〉）、高坂正顕『歴史的世界』（昭和一二〈一九三七〉）、高橋里見『歴史と弁証法』（昭和一四〈一九三九〉）、西田幾多郎『日本文化の問題』（昭和一五〈一九四〇〉）、田辺元『歴史的現実』（同）といった著作となって結実することは、すでに知られていることである。歴史を主要なテーマとしていった、この時期の小林秀雄の動きは、このような思想界の動向と連動していたと言えよう。

だが、ここで注意したいのは、それらの歴史哲学の多くがディルタイ流の歴史哲学を踏まえていることである。今挙げた、三木清や樺俊雄の著作にはその影響が顕著であるし、また高坂正顕の『歴史的世界』などにもその影を見ることができる。さらには、高山岩男の「歴史の類型」は、その副題目が「ヘーゲルの哲学史とディルタイの世界観学説」となっており、ディルタイ思想そのものを主題にしている。後に高坂正顕は座談会「世界史的立場と日本」（前掲）で、歴史哲学が盛んであった時期について、「一番初めはリッケルト張りの歴史の認識論が盛んであつた時代で、（略）その次がディルタイ流の生の哲学とか解釈学といつたものから歴史哲学を考へようとした時代で、それが大体第二の段階と言ってよい。」と語っているが、その「第二の段階」が、この昭和一〇（一九三五）年前後の数年間にあたると考えていいだろう。

当時の雑誌を見ても、たとえば先にも見た雑誌「理想」の昭和九（一九三四）年一月号には「一九三三年日本哲学界の回顧」で小松攝郎は、ディルタイ流行の動きについて、ドイツとともに「この国でもディルタイ研究は相当盛んである」と述べている。昭和八（一九三三）年がディルタイ生誕百年の年であったこともあるが、東大の「哲学雑誌」といった純然たる研究雑誌においても、同年一二月号に「ディルタイ生誕百年記念」の特集を組むなど、ディルタイに対する当時の思想界の強い関心を窺わせる。また同雑誌では、昭和一二（一九三七）年ぐらいまで引き続きディルタイに関する論考を掲載しているし、他方、京大の研究雑誌である「哲学研究」も、この時期、ディルタイを意識した歴史哲学の論文を少なからず掲載している。ディルタイ熱は、翻訳にも見られ、昭和一〇（一九三五）年前後の時期に十冊以上ものディルタイの著作が翻訳出版されているのである。

ここで注意しなければならないのは、この時期、ディルタイの歴史哲学だけがクローズアップされたのではないということである。さきに紹介した歴史哲学の著作の多くが、ディルタイとともにランケ、ベック、トレルチなどにも言及しつつ歴史論を展開していっているのである。あらためて指摘するまでもないが、この系譜はいわゆる歴史主義、もっと限定的に言うならドイツ歴史主義の系譜である。つまり、ディルタイ哲学の流行だけでなく、それを媒介にしつつ歴史主義全体が興隆してくるのが、この昭和一〇（一九三五）年前後であった言えるのである。その流れは、やがてその主流をディルタイからランケへと移して行くのであるが、このような思想界の気運の中で、小林秀雄の歴史論は形成されていったと考えられる。そのことを押さえておきたい。

昭和一〇（一九三五）年八月号の「文學界」の「後記」で、小林秀雄はこう述べている。

近頃、ディルタイ、グンドルフ、クルチウス、ベルトラムといふ様な人々の翻訳が出る。ドイツ語が出来ないので名だけ聞いてゐて読んだ事がない人なので珍らしく、片つぱしから読んでみた。仲仲面白く色々教はつた。そして、「同じ時代の人々は大抵同じ様な事を考へてゐるといふ点で、説くところは納得がゆく」とも述べていて、ディルタイ、およびその系譜に属する哲学者たちの著作に親しんでいたことを窺わせる。実際、私たちは、『ドストエフスキイの生活』で「序」とされている「歴史について」において、ディルタイの哲学というよりも、その解釈学、そしてもっと拡げて言うなら歴史主義における歴史論を認めることができるのである。

二

本多秋五は、「『ドストエフスキイの生活』をめぐって」（『転向文学論』〈前掲〉所収）という評論で、『ドストエフスキイの生活』全体の文章について、「あの氷の上を滑るようなツルツルした文体」ということを述べているが、『ドストエフスキイの生活』の全体の文章は決して「氷の上を滑るようなツルツルした文体」とは言えないだろう。本多秋五のこういう印象は、実はこの本全体から来るものではなく、「序」の「歴史について」の文章から受けた印象が、全体まで押し広げられてしまったのではないかと推察される。

もしも、私の推測通り「序」の「歴史について」の文章について本多秋五が、「氷の上を滑るようなツルツルした文体」という印象を受けたというのならば（実際、そうであったろうと考えられる）、それは理解できることである。というのは、本多秋五は戦前プロレタリア文学の近くにいたのだが、そうなると歴史の見方は当然唯物史観的な発想であったであろう。もっと拡げて言うならば、進歩史観、発展史観であったと思われる。そして、歴史はどの地域においても早い遅いの違いはあれ、同じ様な段階を踏んで進歩発展していくのだ、その意味で歴史の進歩発展には法則性があるのだとする考え方は、必ずしもマルクス主義の専売特許ではなく、啓蒙思想の中にもある考え方であって、というよりも源流はそこにあって、マルクス主義はそれを一段と洗練化させたものと言えるのである。

おそらく、そういう発想で歴史を見る見方に慣れた眼からすれば、「歴史について」は、何とも理解しにくい、腑に落ちない論理もしくは文章が、次々と展開されていて、「氷の上を滑るようなツルツルした文体」だという印象を受けるかも知れない。しかしながら、「歴史について」の背後にある考え方は、ドイツ歴史主義的なものなのだと思って読めば、「ツルツルした文体」、言わば引っかかりのない文体ではないことがわかると思われる。次にその内容を見ていきたい。小林秀雄は以下のような論を展開している。

——自然は人間の「外部」にあるものだが、歴史は「人間とともに始まり人間とともに終る」もので、あくまでも人間的な事象である。したがって、この二つの世界を知るためには、二つの異なった能力が必要である。たとえば、「史料」という自然の一存在であると同時に人間の営みの産物であるものに、自然の破片を見ようとするのが、「人間を自然化しようとする能力」であり、それは自然の世界に対応した「自然科学的な精神」である。それに対して、「史料」に人間の姿、その営みを想い描こうとするのが、「自然を人間化する能力」で、歴史の世界はこの能力によってのみ知ることができる。また、この能力は、単に歴史を観察するだけでなく、それを創り出す能力でもある。元来自然は人間化に応ずるものではないので、人間化された自然とは、その能力によって創られたものだからである。つまり、「歴史は歴史といふ言葉に支へられた世界」であって、存在によって支えられた自然とは違うのである。

自然に対する歴史の特徴をさらに言うならば、それは出来事の特殊性、その一回性にある。たとえば、「子供を失つた母親に、世の中には同じ様な母親が数限りなくゐたと語つてみても無駄」なのであって、子供の死という「一事件の比類の無さ」に歴史の本質がある。言い換えれば、自然の世界では「自然常数」を目指すことは可能だが、歴史の世界では「歴史常数」というものは成り立たないのである。また、その母親の悲しみによって想起された死児の顔、すなわち歴史事実は、客観的とも主観的とも言うことができない。そこがまた、客観的存在を想定できる自然の世界と異なるところである。したがって、常数や客観性が成り立たない歴史の世界では、科学は不可能である。
　時間も、歴史と自然とではその性質が違う。過去と未来は、歴史の世界では「思ひ出と希望との異名」であって、これは人間の「生活感情」が生み出したもの、すなわち人間の「生」が歴史の時間を発明したのである。人間は、「未来への希望に準じて過去を蘇らす」のである。要するに、人間の「生」そのものが歴史であり、歴史哲学の素材はこの「生」に外ならない。したがって、「歴史哲学は、（略）出来るだけこの素材の生物としての困難さを尊重し、其処に意味とか価値といふものに関する、言はば自然の必然性より遙かに高次なる必然性と究明しようとする」のでなければならない。――

　以上のように、「歴史について」の大略を追ってみると、とくに「生」を素材とした「意味」や「価値」に関する歴史哲学という発想などに、ディルタイの影を認めざるを得ないであろう。小林秀雄は「歴史について」において、「僕等自身の生」「人間の生」「僕等の生」「日常の生」というふうに、「生」という言葉を多用しているのだが、そもそも「生」という言葉自体がディルタイの解釈学の鍵言葉なのである。「生」という言葉は、小林秀雄の他の評論ではほとんど見られないことを考えると、やはり「歴史について」がいかにディルタイの影響下に書かれたものであるか、ということがわかる。また、自然科学的な能力とは異なった能力を用いて、「史料」から人間の姿を想い浮かべなければならないとする考えも、「生」の体験が表現されたもの（史料）を扱うには、自然科学的な方法による説明ではなく、理解（了解）の方法に拠らなければならないというディルタイ理論に置き換えることができるのである。

しかし、それらを含めて、この論全体を眺めると、歴史と自然との截然たる区別を基調に置く考え方、さらには歴史の本質を一般法則（「歴史常数」）ではなく個別的事実に見て、その一回限りの歴史事実を尊重しようとする点など、その論全体の骨子は、ディルタイ固有の歴史哲学というよりも、むしろ前述したように、ディルタイもその影響下にあった歴史主義の歴史観を踏まえたものとして捉えるべきであろう。以前には、この小林秀雄の歴史論を、〈神話的〉歴史観というふうに捉える論もあったと私は記憶しているが、〈神話的〉というようなものではない。単に歴史主義的なのである。

まずは、このように「歴史について」における小林秀雄の歴史観を性格付けることができるだろう。この歴史主義的な歴史観はやがて危険な事柄と結びつくのであるが、それについては後に論及することとして、ここでは、「歴史について」に見られる小林秀雄独自の論について見ておきたい。それは、「歴史について」に論及する論者が必ず触れると言っていい、死児の顔を想起する母親の哀惜の情に、その心の中に、「歴史に関する僕等の根本の知恵」があるとする論である。その「知恵」について小林秀雄は、「僕等の日常経験のうちにある歴史に関する知恵」あるいは「技術」とも述べている。つまりは歴史意識の芽生えのことであるが、大切なのは「この最少限度の技術を保持して忘れぬ事」だと言う。

たしかに、それは大切なことであるというのは、わかるだろう。しかしながら問題は、その「最少限度の技術」だけでは歴史のある局面しか捉えることができないということにあるのだ。子供を失った「母親」の中には、なぜあの子は死ななければならなかったのかを考え始める「母親」もいるだろう。その原因を究明し、たとえば医療制度の不備ということに結論が至れば、世の多くの母親に自分の悲劇を繰り返すことのないように警告するかも知れない。大切なことは、その「母親」が原因を究明しようとしているときには、彼女は死児の顔を想い出していたときとは異なる歴史の局面と向き合っていたということだ。それは、「死児の顔を描くに欠かぬあの母親の技術」に支えられながらも、それとはまた別の、歴史についての「知恵」であり、「技術」なのである。

こういうことは、言わずもがなのことなのであるが、あえてそれを言うのは、死児を想う「母親」という卓抜な例示のためにというか、あるいは少々意地悪い言い方をするならば、読者への効果を狙いすましたようなその例示のために、小林秀雄の歴史論を論じるときに、私たちはともすれば、ごく当たり前のことを忘れがちになってしまうのではないかと思われるからだ。

因みに、知識社会学のカール・マンハイムは『歴史主義・保守主義』(森博訳、恒星社厚生閣、一九六九〈昭和四四〉・二)の中で、進歩史観に立つ合理主義者は歴史の中の非合理的領域を犯し、非合理主義者は合理的領域を犯すことで、歴史論の分野で不毛な対立に終始していると述べ、技術や産業の分野では進歩史観が有効であり、宗教や芸術の領域では歴史主義的な方法が有効である、と述べている。マンハイムの区分けが妥当かどうかはともかくとして、たしかにそれぞれの領域に即した、歴史への近づき方、その方法があるのであって、一つの方法ですべての歴史領域を蔽ったり、その一つの方法が歴史に近づく最も正しい方法であると強弁してはならないであろう。戦前昭和のマルクス主義にしても小林秀雄の歴史論にしても、もしも歴史に近づく正しい在り方は自分の方にあるのだと考えていたならば、ともに間違っていると言わざるを得ない。

死児の顔を思いうかべる母親という例示についての問題は、今述べたことに尽きるのではないかと考えられるので、次にさきに触れた歴史主義的な発想が持つ危険な傾向と、小林秀雄の歴史論との関わりについて、それはまた哲学の京都学派にもあった問題にも通じる事柄でもあった。

三

『自覚に於ける直観と反省』（大正六〈一九一七〉・一〇）や『働くものから見るものへ』（昭和二〈一九二七〉・一〇）などで、独自の哲学を築きつつあった西田幾多郎も、マルクス主義の興隆と弾圧によるその衰退、他方でのファシズムの台頭といった、思想的および社会的な状況に促されて、歴史的世界に対する関心を深めていき、そして自己の哲学の主題を歴史の問題に置くようになるのである。その成果が、『哲学論文集　第三』（昭和一四〈一九三九〉・一一）や『哲学論文集　第四』（昭和一六〈一九四〇〉・一一）に収められた諸論文だが、ここではそれらに収録された論文「歴史的世界に於ての個物の立場」（「思想」、昭和一三〈一九三八〉・九）と「国家理由の問題」（岩波講座『倫理学』第八冊、昭和一六〈一九四一〉・九）によって、西田幾多郎の歴史哲学について、その一斑について考察してみたい。

西田幾多郎によれば、歴史は機械的因果の法則や目的論的な連鎖の進行によって形成されるのではなく、あくまで個の創造によって創られていく。しかし、「個物は個物に対することによって個物である」以上、ライプニッツが「モナドは他を映す、世界を映す」と述べたように、個の中には一般の契機が含まれている。と言うよりも、個の個たる所以が一般との関係においてのみあり得るのだから、個即一般でもある。ただ、その場合に注意しなければならないのは、ヘーゲル流の過程弁証法のように、個物を一般者の分裂発展過程として捉えてはならないということである。なぜなら、それでは「歴史的世界に於ての唯一なる個性的存在とは云はれない」からである。そうではなく、あくまで個に徹しなければならない。むしろ、それによってのみ一般とつながることができるのである。

西田幾多郎はこう述べている。すなわち、「歴史的に或時代から必然的に或時代に移つるといふも、自然的因果においての如く一般的法則によるのではなく、かえつて特殊から特殊に、否、個性的なるものから個性的なるものへ移り行くといい得る」、と。しかも、その「歴史の各々の時代は、絶対の無に接し、各々の時代が存在そのものとして、絶対の価値を有つたものでなければならない」、と。ランケの、「各々の時代が神に直接する」という言葉は、その意味において理解されなければならない、と西田幾多郎は述べている。

いま、論文「歴史的世界に於ての個物の立場」(昭和一三〈一九三八〉・八、九)の一部分を切り取って要約してみたのであるが、西田幾多郎の歴史哲学の輪郭はこれによって知ることができるだろう。つまり、西田幾多郎の歴史哲学とは、歴史における個の価値、各時代の独自性を尊重する歴史主義の立場を踏襲しつつ、さらにそれを、個は一般とつながっているという、一即多の絶対矛盾的自己同一の論理に結びつけたものなのである。この結合に、西田幾多郎の歴史哲学の特徴があるわけだが、そのことよりもここで確認したいのは、哲学の京都学派の言わば領袖である西田幾多郎も、やはり昭和一〇年代のこの時期に、歴史主義をその歴史哲学の中に取り込んでいったということである。もっとも、新カント派が流行した大正年間に発表された「自然科学と歴史学」(大正二〈一九一三〉・六)などで西田幾多郎は、合理主義の立場に立ちながらも歴史主義の影響も受けている新カント派のウィンデルバントやリッケルトの歴史認識の手際よい解説を行っているなど、すでに歴史主義の発想には触れていた。だが、その時点では、それはあくまで解説であって、自己の哲学の主題としてのものではなかったのである。

前述したように、昭和一〇(一九三五)年前後あたりから、思想界において歴史主義が興隆してくるわけだが、西田幾多郎に限らず他の京都学派の哲学者たちも、歴史主義の立場に立った歴史論、あるいは歴史哲学を展開していったのである。代表的なものとしては、さきに紹介した田辺元の『歴史哲学』、高坂正顕の『歴史的世界』、また哲学者ではないが、「近代の超克」や「世界史的立場と日本」の座談会に京都学派側の歴史家として出席した鈴木成高の『歴史的国家の理念』(昭和一六〈一九四〇〉・八)などを挙げることができる。また、やや後になるが、高山岩男の「歴史主義の問題と世界史」（『思想』、昭和一七〈一九四二〉・二、三）も、その立場を鮮明にした歴史論であったと言えよう。

もっとも、西田幾多郎と田辺元との間に見られるように、弁証法の捉え方の相違からくる理論上の対立や、あるいは、それぞれの研究対象の違いからくる内容上の相違などがあって、京都学派内部でもその主張は必ずしも一様ではなかった。

しかしながら、たとえば、歴史論ではなく文化類型学を論じた高山岩男の『文化類型学研究』（昭和一六〈一九四一〉・七）に、「各時代に直接する絶対性が存するやうに、各民族文化には価値上の比較を絶して神に直接する絶対性が存する」と述べられているように、主張や研究対象の相違を超えて歴史主義的立場は貫かれていたと言える。つまり、歴史主義は哲学の京都学派の最大公約数だったと言えるのである。

さてこのように、小林秀雄と京都学派といった、当時の文学界、思想界の中心的存在が、昭和一〇年代に歴史主義の立場に立った歴史論を展開していったのであるが、その思想史的な意義について、以下、簡単に見ておきたい。

鈴木成高は、『歴史的国家の理念』（前掲）所収の論文「進歩主義と歴史主義」の中で、進歩主義は、歴史を単線的な進歩過程として見る立場から、各時代を進歩の一階梯としてのみ位置づけて、歴史事実をすべて進歩の一般法則の概念の下に置くが、それに対して歴史主義は、「各時代がそれみづからの原理において絶対であり」、「事実が思想以上の真実であり、あるがままの事実は理由を越えて妥当であるといふ、事実の独自性の樹立」を主張したと述べている。もちろん、鈴木成高は歴史主義の立場に立って論を展開しているのである。鈴木成高は、西欧思想史の観点から歴史主義を論じていたのであるが、これはそのまま戦前昭和の思想史に置き代えることができる。言うまでもなく、進歩主義に相当するのが昭和のマルクス主義であって、小林秀雄や京都学派の歴史論は、西欧思想史における歴史主義とほぼ同様の思想史的意義を持っていたと言えるのである。

それは、戦前昭和のマルクス主義の歴史論、すなわち、「後代の歴史が前代の歴史の目的とされるようになる」（『ドイツ・イデオロギー』前掲）歴史観を否定した、マルクスの慎重な配慮を省みることなく、単純な進歩主義の立場に立ち、硬化した歴史的必然の思想を語った昭和の唯物史観に対しては、たしかに有効な解毒剤の役目を果たしたと言えるだろう。しかし、その反面、その歴史論が当時の現実、すなわち戦争下の現実に適用されるようになった時には、逆に毒性を孕んだものとなったのである。

その両方において、小林秀雄と京都学派は、歴史論を介してマルクス主義の思想に対しても、そしてファシズム下の現実に対しても――ただし、小林秀雄はある時点まで――、言わば共同歩調を取ったのである。

四

日中戦争下の非常時に対する小林秀雄の姿勢は、昭和一二（一九三七）年以降の日中戦争全面化の状況の中で目立って増え始めた社会時評風のエッセイ、とくに歴史論と同時進行の形で語られていた昭和一四（一九三九）年、一五（一九四〇）年頃のエッセイに見ることができる。たとえば「疑惑Ⅱ」（昭和一四〈一九三九〉・八）では、「今日は、事実が思想を追ひ越して、先へ先へと進出」していることが述べられ、それは言わば「無気味な正体を現した」「物の動き」（「神風といふ言葉について」同・一〇）に似ているが、「さういふ時に、机上忽ち尤もらしい解釈とか理論付けとかが出来上がるから安心だといふ様な事で一体どうなるか」（「事変の新しさ」昭和一五〈一九四〇〉・八）と語られている。

そして小林秀雄は、「大体、自然科学に於いては、従来の知識といふものを土台として、これを頼りにして新しい知識を、その上に積み上げて行くといふ建前で間違ひはないのだが、歴史ではさうは参らぬ」（同）、と述べる。したがって、非常時においては論理に頼って朝鮮出兵に失敗した豊臣秀吉ではなく、桶狭間の戦いの織田信長のように、「難局を直かに眺め」、「難局と鏡の間に、難局を解釈する尤もらしい理論のごときものを一切介在させせな」（同）いことが大切なのだと言う。

つまり小林秀雄は、理論に頼らず現実を直視し、その現実と一体となれ、と語ったのである。こう語る彼の中に、理論やイデオロギーを一切口にせず、「疑惑Ⅱ」（前掲）で語られた、「国民は黙つて事変に処した」という、その「国民」への信頼感があったはずである。さらには、「イデオロギイに対する嫌悪が、僕の批評文の殆どたゞ一つの原理だつたさへ言へる」（「ガリア戦記」昭和一七〈一九四二〉・五）という、「様々なる意匠」以来の一貫した姿勢が、ここにも流れているとも言える。小林秀雄は、その信頼感と「原理」とを支えに、非常時に対処しようとしたのである。そしてたしかに、理論ではなく現実の直視をという対処法は、非常時における一つの知恵ある行き方であることは間違いない。

しかしながら、その現実が戦争下という非常時であったことを考えると、やはりそこには或る危うさが付きまとっていたと言わざるを得ないのである。その危険性は、先に引用した「事変の新しさ」の中の、次に見るような言葉から窺われる。小林秀雄は、「ロヂックといふものは抽象的なものであり、メカニックなものであり、それが具体的な生きた現実に、どの程度まで当て嵌《は》まるか、それが、現実をどの程度まで覆ふに足りるか、そんな事が問題ではない。（略）話が逆様なのである」として、次のように述べている。

ヘエゲルが、或る日山を眺めてゐて「まさにその通りだ」と感嘆したさうです。さういふ話が伝はつてゐます。この逸話は「凡そ合理的なものは現実的であり、凡そ現実的なものは合理的だ」といふあの有名な誤解され易い言葉より、ヘエゲルの思想を直截《ちよくせつ》に伝へてゐる様に思はれます。
残念ながら、ここで小林秀雄はヘーゲルを誤解しているのであって、ヘーゲルが現実を見て「まさにその通りだ」としたのは、「ロヂック」が現実の中に具現化されていると考えたからなのである。つまり、現実そのものを単に肯定したのではないのである。ヘーゲルが肯定するのは、現実のうちに存在する理性的なものだけなのである。現実を絶対精神の具現過程として捉えていたヘーゲルにとって、現実はあくまでその意味おいてのみ妥当なものであったわけだ。小林秀雄は、そういう意味の込められたヘーゲルの言葉を、現実そのものを肯定する言葉として捉えているのである。

このことから見えてくることは、〈理論ではなく現実を〉というのは、行きつくところ、現実の容認さらには現実の全肯定となる、ということである。

そして、そこに介在していたものの一つに、小林秀雄の歴史論があったのではないかと思われるのである。さきに、「事実が思想以上の事実であり、あるがままの事実は理由を越えて妥当である、といふ、事実の独自性の樹立」を主張するのが歴史主義である、と語った鈴木成高の言葉を引いておいたが、小林秀雄のヘーゲル解釈から透けて見えてくるのは、その歴史主義的な発想である。事実そのものの妥当性を主張すること、また事実の独自性というものを尊重しなければならないとする考え方が、過去の歴史に向けられた時には、「歴史について」で見たような、「歴史上の一事件の掛替への無さ」という考えになるのだが、他方、現在の歴史に向けられた場合には、今ある現実の肯定へとおもむくのである。しかも、そのときの現実とは、日中戦争下の現実だったのである。

このように、危険性を孕んだ、非常時における小林秀雄の対処法は、彼の歴史論と言わば論理的には通底していたと考えられるが、おそらくそのことが表面に現れ出たのが、たとえば「文学と自分」（昭和一五〈一九四〇〉・一一）

の次の言葉である。

刻々に変る歴史の流れを、虚心に受け納れて、その歴史のなかに己れの顔をみるといふのが正しいのである。日本の歴史が今こんな形になつて皆が大変心配してゐる。さういふ時、果して日本は正義の戦をしてゐるかといふ様な考へを抱く者は歴史について何事も知らぬ人であります。歴史を審判する歴史から離れた正義とは一体なんですか。空想の生んだ鬼であります。

この言葉に私たちは、歴史主義の命題が過去ではなく現在に向けられたときに、現在の事実を無批判に妥当なものとして肯定する姿勢になってしまうことを、明確に読み取ることができるだろう。泥沼化していく日中戦争、さらには世界大戦へと傾斜していく日本の「歴史の流れ」は、小林秀雄にはこうして「虚心に受け納れ」ていかれたのである。高橋昌一郎は『改訂版　小林秀雄の哲学』（朝日新書、二〇一四〈平成二六〉・一）で、「（略）小林が「事変」を肯定的に捉えている」と述べているが、そう言ってもいいであろう。

そして、このような現実肯定の論理は、小林秀雄と同じく歴史主義的な歴史論を語っていた京都学派にも見られるのである。たとえば西田幾多郎は、「良心とは抽象的理性的自覚ではない。日本人なら日本人としての、此時此場所に於ての自覚でなければならない」（『国家理由の問題』〈前掲〉）と語り、結局は戦争下の現実に生きている「日本人」をそのまま肯定したのである。また田辺元は、まさに歴史主義的な言説を次のように語って、京大の学生に、戦争批判の禁止を説いたのである。

歴史を現実から離れた理念で批判する事は許されない。（略）批判が現実の外に前提した規準から行はれるなら、それは現実から浮いてしまふ。我々はかゝる態度を捨てねばならぬ。（『歴史的現実』〈前掲〉）

この田辺元の言葉は、さきに引用した小林秀雄の「文学と自分」の中の言葉にそのまま重なるであろう。京都学派の哲学者たちも、まず歴史的現実の肯定から出発して、戦争に対処しようとしていたのである。したがって、非常時における対処法も、さきに引用、論及した「事変の新しさ」の小林秀雄と同様の言説が語られることになる。やはり小林秀雄と変わらぬ論を展開していた京都学派の一人に、哲学者というより歴史家の鈴木成高がいる。鈴木成高は『歴史的国家の理念』（前掲）でこう述べている。すなわち、「些々たる意見や立場に縋つて、狭量なる概念を主張し宣言することよりも、深く事物の奥底を見極める静かなる叡智こそ、現代を導く唯一の指導者でなければならない」、と。この鈴木成高の言葉も、論理に頼った秀吉ではなく「難局を直かに眺め」た信長を称揚した、「事変の新しさ」の小林秀雄とほとんどそのまま重なるであろう。

　このように、小林秀雄と哲学の京都学派の学者たちとは、相通じ合う歴史論を介して、戦争に対しても、接近した立場にいたのである。おそらく両者は互いに相手のことを高く評価していなかったのではないかと思われるが、しかし歴史論において、そして戦争の現実に対して、両者は実は極めて接近したところにいたのである。

　しかしながら、そこには相違があったことは言っておかなければならない。ともに現実（戦争）を現実だからというので肯定しながらも、小林秀雄の議論がそこに留まるものであったのに対して、京都学派の議論は、そこからさらに進んで積極的に現実（戦争）を正当化する論理を内包していったのである。すなわち、京都学派の哲学者たちは、現実（戦争）をまず認め、さらにその中に当為をも認めようとしたのである。この現実即当為（田辺元）の論理は、京都学派の周辺にいた柳田謙十郎が『わが思想の遍歴』（創文社、一九五一〈昭和二六〉・一二）で述べているように、なるほど戦争の帝国主義化を抑えようとする意図から出たものであったかも知れない。少なくとも、そういう意図もたしかに認められると言えるが、戦争は帝国主義的なものであってはならないというその当為と、一方での現実の妥当性は認める論理とが結合して、結果的には、すでに現実（戦争）には当為（反帝国主義、少なくとも非帝国主義）が含まれているという戦争正当化の論理として機能したことを、私たちはしっかりと確認しておかなければならない。

歯止めが利かなくなった京都学派の哲学者たちと、途中で辛うじて足を止めて現実（戦争）に背を向けた小林秀雄とでは、やはり相違があったのである。しかしそういう相違はありながらも、「空想」（小林秀雄）、あるいは「現実から浮いてしまふ」（田辺元）などの言葉によって、戦争への批判を一切封じ、結局は戦争を肯定した点において、小林秀雄と京都学派の哲学者たちとが共通していたことは、否定できないのである。さらに言うなら、現実に即けと語った両者は、実はともにその現実の真の実態が見えていなかった点においても共通していたと言える。

五

しかし、すでに述べたように小林秀雄は、やがてその現実の実態に気づいていったのではないかと思われる。小林秀雄は昭和一六（一九四一）年あたりを境に、社会時評風のエッセイはほとんど書かなくなり、「歴史と文学」（昭和一六〈一九四一〉・三、四）や「伝統」（同・六）などで歴史を語っても、戦争という現実の歴史的事件への言及は影を潜めていく。小林秀雄は、言わば現実に背を向けるのである。それにともなって、彼の歴史論も変化してくる。と言っても、「人間がゐなければ歴史はない」「歴史は決して二度と繰返しはしない」（「歴史と文学」）という言葉や、「歴史上の客観主義」を批判している箇所を読めばわかるように、その歴史主義的な歴史論の大枠には変化はないのだが、その枠組みの中で微妙な変化を見せてくるのである。

「歴史について」では、「僕等は未来への希望に準じて過去を蘇らせる」と述べられていたように、過去は現在や未来との関係において捉えられるものであった。言わば動的な歴史像がそこで語られていたのである。しかしこの動的な歴史像は、静的な歴史像へと変化してくるのである。それは、死児の姿を想起する母親の哀惜の念だけが歴史を蘇らせる糧なのだとする、そこから動こうとはしない歴史像となっていった。「歴史について」では、過去の絶対性は出来事の一回性ということに求められていたが、静的な歴史像では過去は完結しているが故に絶対であり美しいというふうになってくる。「歴史には死人だけしか現れて来ない。従つて退つ引きならぬ人間の相しか現れぬし、動じない美しい形しか現れぬ」（「無常といふ事」昭和一七〈一九四二〉・六）、というように。そうなると、時は静止し、歴史における生成、変化は認められなくなる。「歴史と文学」（前掲）の中の言葉で言うなら、「お月様はいつもお月様であり、すつぽんは永遠にすつぽんであるところに、実は歴史の一番深い仔細はあるのだ」、となるわけである。

このように昭和一六（一九四〇）年あたり以降、小林秀雄は静的で観想的な歴史観を深めていったのであるが、こうなってくると、京都学派の歴史論とは共通点を有しながらも、食い違いを見せてくるのである。その相違が浮き彫りにされたのが、座談会「近代の超克」（昭和一七〈一九四二〉・七）における歴史論をめぐっての両者の論議であった。相違は、小林秀雄が歴史における不易性を強調するのに対して、西谷啓治や鈴木成高は不易性とともに変移性を主張する、というふうな対立となって現れた。

もっとも、両者は論理的にはさほどの異なったことを語っていたわけではなかった。むしろ、「傑物は時代に屈服しないが、又、時代から飛び離れはしない、あるスタチックな緊張状態にある」ので、その意味で歴史上の古典や大作家には「アナロジー」が見える、という小林秀雄の発言は、「何処迄もその生きたその時代といふものを生抜いて行くから、永遠なものにぶつかつて行く」、という西谷啓治の言葉と通じ合っているだろう。また小林秀雄も、「変らないものの中に永遠性があるのではなく、変るものの中に永遠性がある」という鈴木成高の言葉を、「それアさうだと思います」と肯定している。やはり、両者とも、歴史における不易性を認める点では共通性を持ちながらも、小林秀雄の方は、「何時も同じものがあつて、何時も人間は同じものと戦つてゐる――さういふ同じもの――といふものを貫いた人がつまり永遠なのです」と、その不易性のみを強調したのである。

それに対して、たとえば西谷啓治は、過去の「永遠性」あるいは絶対性というものを認めるのではあるが、「自分といふものが置かれてゐる現実の生活といふものから離れて果して昔の人の歩いた道が本当に摑めるか」というように、現在との関係において過去を摑もうとするのである。この対立は、過去について、現在からの解釈を拒絶する者（小林秀雄）と、その解釈を認める者（西谷啓治たち）との相違と言っていいだろう。静的で観想的な歴史観へと傾斜していった小林秀雄は、座談会「近代の超克」あたりでは、京都学派とこのような食い違いを見せるのだが、もちろんその背景には、現実になお積極的にコミットしようとしている者（京都学派）と、現実に背を向けたと言っていい者（小林秀雄）との、その違いがあったわけである。

この座談会より少し前あたりの時期から、小林秀雄の姿勢には変化が見られるので、変わらない過去を絶対的なものとして、その不易なものに眼を向ける小林秀雄は、それ以降、ますます古典の世界に沈潜していくことになるのである。それに対して、西谷啓治たち京都学派の哲学者は、前述した現実即当為の理論に乗って、さらに積極的な戦争正当化の道を突き進んでいった。両者の距離は、昭和一八（一九四三）年一月号の「中央公論」における座談会「総力戦の哲学」と、同年二月号の「文學界」の「実朝」との間に見ることができる。すでに「私小説論」のところで言及したが、小林秀雄が歴史の問題に歩を進める切っ掛けになったのはその歴史論の文化編とも言える伝統論であった。次に伝統の問題に関する小林秀雄の論を、本章の最後に見ておきたい。

さて、これまで小林秀雄の歴史論を、おもに同時代の思想状況との関連から見てきたが、その関連からのみ省みられるべきものではないだろう。とくに、その伝統論を見ていく場合には、小林秀雄自身の思想の歩みからの考察が重要であると考えられる。その意味で、改めて注目されるのは、「様々なる意匠」で語られた「宿命」論である。「宿命」とは、自意識の解析を重ねていっても遂に解析の及ばない何ものかのことであった。解っているのは、「宿命」とは、自己の存在を成り立たせ、自己の「真の性格」を形づくるものであり、解析不可能な「血球と共に循る一真実」のことであった。小林秀雄は、「様々なる意匠」の中で「宿命」論を語る際には、「最上芸術家は身を以つて制作する」、作品は「作者の血液をもつて染色されてゐる」、「諸君の心臓は早くも遅くも鼓動しまい」というふうに、「宿命」を「血球」「身」「血液」「心臓」の比喩を用いて語っていた。つまり、「宿命」とは、自己を成り立たせている、言わばア・プリオリとしての肉体のようなものであった。

小林秀雄はこれまで見てきたように、「宿命」の自覚から文芸批評を始めたのであるが、この「宿命」論が歴史論の文脈の中に置き換えられたのが、伝統論だったのではないかと考えられる。「文学と自分」（前掲）の中で小林秀雄は、「頭は推理で一杯で頑固一徹に構へてゐても、彼の肉体は現実の伝統の流れに漬かつてゐるのです」と、伝統を肉体と関連づけて述べている。さらに、「僕の肉体といふ自然が、水も漏さぬ様に僕を取巻いてゐるます」と語り、「この堅固な客観の世界は僕が望んだから在るものではないのだ、まして僕の望み通りにどうでもなる様な世界ではないのである」というふうに、伝統を個人の意志を越えた「宿命」のようなものとして語っているのである。そして、次のように述べる。

文学者の覚悟とは、自分を支へてゐるものは、まさしく自然であり、或は歴史とか伝統とか呼ぶ第二の自然であつて、自然を宰領するとみえるどの様な観念でも思想でもないといふ徹底した自覚に他ならぬ事がお解りだらうと思ふ。

自己を支えているものは、「肉体といふ自然」であり、それは「歴史とか伝統とか呼ぶ第二の自然」の流れの中にあるといふのである。しかし、その流れの中にあるのは自己の肉体だけではない。「言葉」もそうだ、と小林秀雄は述べる。やはり「文学と自分」で小林秀雄は、「歴史の脂や汗を拭ひ去つて了つたら言葉はもはや言葉ではなくなる、（略）伝統のない処に文学はない」、あるいは「人間は、一枚の紅葉が色づく事をどうしやうもない。（略）言葉も亦紅葉の葉の様に色づくものであります」と語っている。さらには「オリムピア」（昭和一五〈一九四〇〉・八）では、「言葉の故郷は肉体だ」と述べている。

小林秀雄の歴史論は伝統論の性格が強いとも言えるが、このように「肉体といふ自然」や肉体のような伝統に文学の拠り所を求めるならば、肉体とは反対概念である心理、さらには中途半端な自意識（「宿命」の自覚まで到達しない不徹底な自意識）が批判されることになる。「川端康成」（昭和一六〈一九四〇〉・六）では、「自己反省といふものの最後に行き着くところは、自分をばらばらにしか知る事が出来ぬといふ事である。そこまで行き着かないで途中にゐる人だけが、告白といふものを好む」と、中途半端な自己分析が批判されている。「歴史と文学」では、「人の性格とか心理とかいふものは近代の頭脳の発明にかゝる幻だ」と語られている。

このように見てくると、歴史論を語っていくなかで、伝統の問題にも眼を向け、さらにその伝統は「宿命」のようにア・プリオリなものとして捉えられてくるようになったわけである。そうなると、戦後の反近代の姿勢がすでにこの歴史論の時期に定まっていった、というふうにも言えようか。それはともかく、小林秀雄が見事だったのは、危ういところまで行きながら、戦争へとのめり込むことなく身を引き、そして古典論の世界に入っていったことであろうか。

第八章　社会時評から古典論へ――「無常といふ事」

一

全10章からなる単行本の『ドストエフスキイの生活』（前掲）で言えば、「9　作家の日記」の章の中で小林秀雄は、ドストエフスキーについて次のように述べていた。

彼は、国民とインテリゲンチャとの間の深い溝を、単に観察したり解釈したりしたのではない。又、この溝に架橋する為に実際的な政策を案出したのでもない。彼は溝の中に大胆に身を横たへ、自ら橋となる事が出来るかどうかを試したのだ。彼の理想はさうしなければ語る事が出来ない理想だつた。

この箇所はよく引用されるところである。それは、この箇所が当時のロシア社会におけるドストエフスキーの姿勢がよくわかるような説明であり、また『ドストエフスキイの生活』の主題を言い表しているとも言える文章だからでもある。さらには、これを書いた当時の小林秀雄自身の、自らが進んで行く方向についての決意の表明と読めるからである。小林秀雄もドストエフスキーのように、「大胆に身を横たへ」ようと思っていたのだ、と。実際、この連載が終わった昭和一二（一九三七）年あたりから、社会時評風の評論が増えてくるのである。彼はまた、昭和一三（一九三八）年から昭和二〇（一九四五）年のアジア・太平洋戦争の敗戦までに中国を六回訪れているのだが、これも「大胆に身を横たへ」る実践であったと言えよう。

もっとも、「大胆に身を横たへ」るという場合の、その「身を横たへ」るとは比喩的な表現であって、それでは具体的にはどういうことなのか、と一歩踏み込んで問うても、実は漠然としていて曖昧なのである。おそらく小林秀雄自身にしても、自らの決意はそういう比喩的な言い方でしか語ることできなかったのではないかと考えられる。しかしながら、たしかに昭和一二（一九三七）年あたりから、それまでの批評とは違って、小林秀雄は言わば社会的な幅が拡がった文章を書くようになる。彼なりの「身を横たへ」る実践であったのだろう。しかしながら、それらの文章には首を傾げざるを得ない言説も少なからず出てくるのである。たとえばその中には、自己の言説を裏切るようなことを言っている場合もある。

すでに「ドストエフスキー論——『罪と罰』について」の章でも引用しながら指摘したが、小林秀雄は「文學界」（昭和一四〈一九三九〉・七）の「編集後記24——「ドストエフスキイの生活」のこと」で、「懐疑のうちだけに真の自由がある、といふ非常に難しい真理を教へてくれた」のはドストエフスキーだったと述べていた。同様なことをサント・ブーヴの「我が毒」についての文章（「「我が毒」について」昭和一四〈一九三九〉・五）でも、小林秀雄は述べている。批評が冷静な観察であるとともに情熱ある創造である、というところに批評家が立っていることは難しい、それは凡そ立場というものに関する「疑惑を不断に燃やしてゐることにほかならないからだ」、と述べた後、小林秀雄はこう語る。「疑惑のなかにこそ真の自由がある。それが批評精神の精髄である。サント・ブウヴはこれを毒と言つた」、と。もちろん、ここでの「疑惑」はさきの「懐疑」とほぼ同じ意味合いである。

しかし、同年の昭和一四（一九三九）年七月に発表された「事変と文学」では、火野葦平の小説『麦と兵隊』に言及しながら、そこに盛られた精神は「僕等日本人に大へん親しい昔ながらの或る精神だ」として、「それは誰の心にも共感を起させる或る活きた民族の気質である」と述べている。つまり、「日本人」とか「民族」、もしくはその種の観念に対しては、小林秀雄は「懐疑」の眼を決して向けようとしないのだ。そして次のような発言となると、おそらく本人は否定するだろうが、もはや小林秀雄は当時の軍部などによって盛んに鼓吹されていた愛国精神の、そのイデオロギーに単に嵌《はま》っているとしか言えないのである。小林秀雄は「神風といふ言葉について」（昭和一四〈一九三九〉・一〇）でこう語っている。

疑はうとすれば、今日ほど疑ひの種の揃つてゐる時はないのだ。（略）疑はしいものは一切疑つてみよ。人間の精神を小馬鹿にした様な赤裸な物の動きが見えるだらう。そして性欲の様に疑へない君のエゴティスム即ち愛国心といふものが見えるだらう。その二つだけが残るであらう。

「疑はしいものは一切疑つてみよ」としながら、「君のエゴティスム即ち愛国心」だけは「懐疑」の対象から外されているのである。もちろん「疑はしいものは」と限定しているのだから、「君のエゴティスム即ち愛国心」は初めからその中に入っていなかったということなのかも知れない。それならば、その「懐疑」精神はあらかじめ例外を除外していることになり、その「懐疑」は不徹底なものでしかないだろう。いずれにせよ、「懐疑」や「疑惑」のうちにだけ「真の自由」があると語っていた小林秀雄が、「愛国心」には懐疑の眼を向けることはしなかったのである。因みに、そういう発言をしたからであろうか、同年月の「デカルト選集」と題された、「東京朝日新聞」の小林秀雄の文章には、デカルトの「懐疑」精神には全く触れられていない。

この頃はまた、「事変」、すなわち当時の言葉で言えば支那事変、今日で言うところの日中戦争について、小林秀雄はその「新しさ」ということを強調していた。端的な例が昭和一五（一九四〇）年八月号の「文學界」に掲載された「事変の新しさ」である。その中で小林秀雄は、「（略）今度の事変には、言はば目鼻の位置の常とは変つてゐる顔の様な新しさがあるのであつて」と述べ、「新しさの程度がまるで飛び離れてゐる」と語っている。

もちろん今日の私たちは、その「事変」の本質は満州事変の延長線上にある、帝国主義的な侵略戦争であって、その戦争政策を主導したのが好戦的な軍部であった、ということを理解している。と言って、この理解は必ずしも後知恵ではないのである。たとえば、日中戦争勃発直後の革命運動家の学生たちを描いた野間宏の小説「暗い絵」（一九四六〈昭和二一〉・四、八、一〇）に登場していた学生たちなら、その「事変」が帝国主義侵略戦争であることを充分に理解していただろう。他方の小林秀雄は、「事変」の新しさを強調するばかりで、ではどういう点が新しいのかについては何も語っていないのである。

また小林秀雄は「事変の新しさ」で、豊臣秀吉の朝鮮出兵に触れながら、「（略）朝鮮の役が当時の日本国民にとつて、全く新しい事態であつた様に、今日の僕等にとつて支那事変が、全く新しい性質の事件である事は疑ひのないところです」ということを述べている。そして、自然科学においても新しい現象の観察には、従来の観察装置では何の役にも立たぬが、しかし自然科学では「従来の知識といふものを土台として、これを頼りにして新しい知識を、その上に積み上げて行く」ことができる。それに対して、

（略）歴史ではさうは参らぬ。従来の知識の上に新しい知識を築からにも、築けぬ場合が来る。土台が崩れて了つて役に立たぬ。（略）つまり危機といふ人間臭い表現で呼ぶに相応《ふさは》しい時期が来るのである。僕等は今これを非常時と呼んでをります。

と語っている。

この時期には他の評論においても、たとえば「批評家と非常時」（昭和一五〈一九四〇〉・八）でも、「批評の材料の混乱が批評家を呑み込む。それが非常時と言ふなら非常時といふものも悪くない」、「非常時が批評家に批評家本来の面目を教へるのだと思ふ」というように、それまでの理論なり学説なりが通用しない新しさが、「事変」以降にはあるので、むしろそれが自分たちを鍛えるのだ、ということを、小林秀雄は語っている。

こうして見てくると、やはり小林秀雄には政治社会についての理解が根本的なところでできていなかったのではないのか、と思われてくる。だから帝国主義侵略戦争でしかないものを、「全く新しい事態」だというふうに捉えてしまうのである。意地の悪い言い方をすれば、わからないから、「新しい事態」だというような浮ついた言辞を吐いていたのである。それは、やはりこれまでも指摘した、小林秀雄のノンポリティカルな姿勢から来るものである。ノンポリティカルというのは非政治的ということだが、要するに、小林秀雄は政治的な事柄についてほとんど何も解っていないのではなかろうかと思われる。私たちは、小林秀雄が文学に関して優れた批評家であったために、その政治的社会的発言にも重きを置いて受け止めようとするところがどうしてもあるわけだが、実は小林秀雄は政治社会的な事柄に対しては鈍感で勘違いをしている場合がけっこう多い、という観点から見ていく必要があるだろう。

たとえばそのことは、武田麟太郎や高見順たちの「人民文庫」が当時提唱していた「散文精神」論についての、小林秀雄の反応からも知ることができるのではないだろうか。今日においてはよく知られていることだが、「人民文庫」は大正時代に「散文芸術論」を語った広津和郎を招いて講演会を開いたのである。そこで広津和郎は「散文精神について」と題する講演を行っている。これは「東京日日新聞」の昭和一一（一九三六）年一〇月に掲載されたが、その中で広津和郎は「散文精神」とは、「（略）現実を都合よく解釈したり、割引したりしない精神、現実をありのまゝに見ながら、而もそれと同時に無暗に絶望したり自棄になつたり、みだりに音を揚げたりしない精神

――善くも悪くも結論を急がずに、ぢつと忍耐しながら対象を分析して行く精神」のことだとして、「要するに「結論を急がない探求精神」」だと述べていた。

むろん、これだけでは何が重要なのか解らないところもあるだろうが、「人民文庫」の同人たちにとっては、「日本浪曼派」の「詩的精神」に対抗する意味での「散文精神」であったのである。ということは、日本主義やファシズムに同調している動きに抗する意味合いがあったのである。それが「散文精神」論の背後にあったのである。しかし、小林秀雄は「鏡花の死其他」（昭和一四〈一九三九〉・一〇）で次のように語っているのである。

近頃、文壇で散文精神といふ事が言はれてゐる。皆、どういふ事だかよく解らぬと言つてゐるが、別に深い仔細はないらしい。解らぬと言へばさつぱり解らぬし、解ると言へば、馬鹿々々しい様な事、といふ種類の言葉の一つの様に思はれる。平たく言へば、なるたけ在りさうな事を、従つて理解しやすい事を書くのが、小説といふものの味噌だ、といふぐらゐの意味だらうと思ふ。

二・二六事件以後、急速に軍国主義化、ファッショ化が進んでいる状況を認識している文学者ならば、「散文精神」論の含意というものにピンと来たはずである。しかし小林秀雄は、このように何ともピンボケの受け止め方しかしていないのである。これではあの、「国民とインテリゲンチャとの間の深い溝」の中に「大胆に身を横たへ、自ら橋となる事」など、到底できないであろう。そして小林秀雄は、彼流の「非常時」認識から、すでに論及した「事変の新しさ」では、桶狭間の戦いのときの織田信長を例に出して、あのナチスの理論家であったカール・シュミットの理論にも通じるような、一種の決断主義を語り始めるのである。

こうして見てくると、たしかに小林秀雄なりの、あるいは小林秀雄にしてはと言うべきか、社会的な実践がこの昭和一〇年代前半において試みられたとは言えようが、しかし小林秀雄の判断や提言は、どう見ても社会的政治的な現実に対しては的を大きく外れた提言に終始したのではないかと思われる。もちろん、この時期にどれだけの人が的を射た認識を持っていたかという問題もあるだろう。そうではあるが、この時期の彼の評論から私たちは、彼の社会的政治的発言の、そのレベルが決して高くないということを、了解して置かなければならないだろう。そしてそのレベルは、戦後も変わることはなかった。

社会時評を試みた後、やがて小林秀雄は古典論の世界に入っていくが、その少し前あたりに――それはまた社会時評の終わりの時期とも重なるが――それまでの自身を省みての発言をし始める。たとえば、「自己について」（昭和一五〈一九四〇〉・一一）では、「自我とか自意識とかいふものが、どう仕様もなく気にかゝつた」として、「自意識の過剰に苦しむといふ事」は、「手ごたへのある抵抗物に出会へない苦痛」なのであって、その苦痛の明らかな原因に気付くか付かないかである、ということを語っている。もちろん、小林秀雄はこの時には気付いていたということであろう。「感想」（昭和一六〈一九四一〉・一）では、自分は「孤独感」を「何か生き物の様に馴致して来た」と述べ、「僕にとつて批評とは、この馴致した孤独感の適宜な応用に他なるまい」と語っている。

社会時評を盛んに書いていた頃は、眼が外に向いていたのだが、昭和一五（一九四〇）年の終わり頃から、眼が自分の内の方に向き始めたということであろう。それは、これまでの自分の批評を振り返ることでもあった。古典論の世界はそういう問題と関わってくる。

二

ここで古典論として扱おうと思っているのは、「無常といふ事」（昭和一七〈一九四二〉・六）である。小林秀雄のこの時期の古典論には、「平家物語」（同年・七）、「徒然草」（同年・八）や「西行」（同年・一一）、「実朝」（昭和一八〈一九四三〉・二）などがある。その中で「無常といふ事」はかつて多くの高校国語教科書に採録されていたこともある。しかし「無常といふ事」は多くの人に誤解されたまま今日に至っているのではないかと想像されるので、「無常といふ事」についてここでしっかりと考えてみたい。

佐藤公一は『小林秀雄の超戦争』（菁柿堂、二〇一七〈平成二九〉・八）で、「無常といふ事」が「なま女房」の話から筆が起こされ、「なま女房」の話で閉じられていることについて、「作品の、見事な、首尾照応である」と述べている。たしかに「首尾」は「照応」しているのだが、内容はどうであろうか。

小林秀雄は、彼が比叡山に行って山王権現のあたりを歩いていると、突然『一言芳談』（「無常といふ事」では『一言芳談抄』となっているが、本章では今日の一般的な呼ばれ方である『一言芳談』という名称を用いることにする）の一節が、「当時の絵巻物の残欠でも見る様な風に心に浮び」、「あやしい思ひがしつゞけた」体験を語ることからこのエッセイを始める。そして、「あの時、自分は何を感じ、何を考へてゐたのだらうか」と自らに問いかける。「あれほど自分を動かした美しさは何処に消えて了つたのか。消えたのではなく現に眼の前にあるのかも知れぬ」と語り、その「美しさ」の正体をめぐる問題に話は行きそうになるが、「だが、僕は決して美学には行き着かない」と言う。「僕は、たゞある充ち足りた時間があつた事を思ひ出してゐるだけ」であって、「あの時は、実に巧みに思ひ出してゐたのではなかつたか」と再び自問する。「何を。鎌倉時代をか。そうかも知れぬ。そんな気もする」と述べる。

ここまでが前半部分であり、この前半の話題は後半部分では歴史論あるいは歴史観についての話に繋がっていき、「現代人には、鎌倉時代の何処かのなま女房ほどにも、無常といふ事がわかつてゐない。常なるものを見失つたからである」という末尾の文でエッセイは閉じられている。「無常といふ事」は、その題名に表わされているようにまさに無常の問題がテーマになっていると一応言うことができる。また、それと関わるかたちで歴史観の問題が扱われていて、むしろこのエッセイの主意はそのあたりの後半部分で語られていると言えるが、しかし、それについて見る前に前半部分の検討から始めたい。

現代人よりは「無常といふ事」がわかっていたと小林秀雄の言う、鎌倉時代の「なま女房」にとって、無常とは本来どういうものだったのだろうか。さらには、この「なま女房」の話が収められている『一言芳談』とはどのような性格の仮名法語なのであり、そこで語られている無常にはどういう内容が込められていたのだろうか。

唐木順三は、『無常』（『唐木順三全集』第七巻〈筑摩書房、一九六七〔昭和四二〕・四〉）で『一言芳談』について触れ、「それら（『一言芳談』――引用者）を読んで感ずることは、そこには厭離穢土とは違ふ、ただの厭世があるといふことである。死が緊張を失つて、だらりとしている。（略）私はそれを死の頽落形態だと思ふ。ここから「勇躍大歓喜」は出て来やうがない。遊行称名の捨聖《すてひじり》とは遠い死聖《しにひじり》といつてよい。そしてこれはやがて世に行はれるにいたつたいはゆる御詠歌の無常讃歌、死の讃歌に通ずるものがあると私は思ふ」と、酷評している。これついて目崎徳衛は「総論――無常と美のパラドックス」（『無常と美』〈春秋社、一九八六〔昭和六一〕・一〉所収）で、無常観の陥りがちな「陥穽」を唐木順三が批判した点は肯定せざるをえないとしながらも、「『一言芳談』には無常詠嘆の美文・名調子はまったく見られない」と述べている。思うに唐木順三の『一言芳談』評は少々酷評すぎるのではなかろうか。唐木順三の批評の当否はともかくとしても、少なくとも『一言芳談』がいわゆる無常美学の美的世界に包摂されてしまうような類《たぐい》のものと違っていることは、たしかであると思われる。

たとえば、『一言芳談』（以下、引用は岩波古典文学大系八三『仮名法語集』〈岩波書店、一九六四〔昭和三九〕・一〉に拠る）の中でももっとも数多く採録されている敬仏房の法語には、「生涯をかろくし、後世をおもふ故、実にいきてあらんこと、今日ばかり、たゞいまばかりと真実におもふべきなり」、「死なば死ねとだに存すれば、一切に大事はなきなり」というような言葉が多く見られる。これらについて田嶋一夫は「「一言芳談」考――その基礎的性格についての覚書――」（『仏教文学研究』第一一〈法蔵館、一九七二〔昭和四七〕・一〉所収）で、「何という人生のつきつめ、真迫感であろうか」と述べている。この「真迫感」が「学問無くとも、一向称念すべき也」という専修念仏の信仰を支えていたのである。また敬仏房の法語には、西田正好が『仏教と文学』（桜楓社、一九六七〈昭和四二〉・二）で述べているように「自力証道の気迫すら示しがちと見られる」ところもあるが、しかし、それもやはり敬仏房の中に〈厭離穢土〉の強烈な意識があるために、自力証道さえ思わせる〈欣求浄土〉の痛切な思いが表白されたものと捉えるべきであろう。

その他、「穢土の事はいづくも心にかなふ道理あるべからず」という明遍の言葉や、「聖法師の、今生に徳をひらく事は、大略、後世のためにはすて物なり」という明禅法印の言葉などにも、〈厭離穢土〉の認識からくる〈欣求浄土〉の願いを感じ取ることができよう。もっとも、それがあまりに強いと、顕性房の法語にあるような、「死をいそぐ心ばへは、後世の第一のたすけにてあるなり」という、言わば過激な往生思想さえ語られてくることにもなる。おそらくこのような法語もあるために、さきに見たような、『一言芳談』には「死の讃歌に通ずるものがある」という唐木順三の批判も出てきたと思われる。しかしながら、「死の讃歌」と見紛うような言葉の中には〈欣求浄土〉の真摯な願いが込められていたわけで、それだけにまた〈厭離穢土〉の無常の思いが強かったと見るべきではなかろうか。このような『一言芳談』の性格について、西田正好は同書で次のようにまとめている。

> 要するに、現世の無常と汚辱に深く悲傷し、かかる否定的世界認識の結果、現世に愛着する煩悩の愚を猛省するとともに、弥陀の衆生済度の大願力にあやかるべく、絶対他力的な一向念仏の日々に徹し、しかもまた、いささかなりとも己れの信心に学僧的な疑義をさしはさもうとしない、純一な信仰的帰依を唱導せんとするところに、『一言芳談』を貫徹する宗教的特色のすべてを読み取ることができる、と約言してさしさわりあるまい。

このように『一言芳談』の特質を見てくると、『一言芳談』の一節が「自分を動かした美しさ」を語る小林秀雄の叙述は、「なま女房」にもあった「現世の無常と汚辱に深く悲傷」する〈厭離穢土〉の「否定的世界認識」とは無縁なところでの美的体験の反芻なのではなかろうかと思われてくる。むろん私たちは、対象がいかに悲痛な思いを持っていようとそういう対象の姿に美を感じることはあるわけだから、小林秀雄が『一言芳談』の一節に「美しさ」を見たこと自体は問題ではないだろう。

しかし、小林秀雄の美的体験を問題にせざるを得ないのは、「現代人には、鎌倉時代のどこかのなま女房ほどにも、無常といふことがわかつてゐない」と述べている小林秀雄にも、「生死無常の有り様を思ふに、この世のことはとてもかくて候ふ。なう後世をたすけ給へ」と語る「なま女房」の、その無常の思いがいったいどれほどわかっていたのだろうかと思われるからだ。浄土門の信者である彼女の、〈厭離穢土〉の無常観から生まれる〈欣求浄土〉の念仏は、「自分を動かした美しさ」というような、言わば鑑賞的な美的体験にはそぐわないのである。

三

贅言するまでもないことだが、本来、無常観は仏教の縁起説に基づく観念であり、縁起説とは世間のいかなるものも相依相関していて何物も実体として独立、固定してはいないという認識である。これがそのまま〈常なるもの〉はないという無常観にもなるのだが、しかし、歴史学者の井上光貞によれば、原始仏教以後においては業感縁起説が発達する。これは十二因縁を三世に配当して、三世にわたる無限の業の輪廻を説く考え方であり、井上光貞は『改訂版　浄土教成立史の研究』（山川出版社、一九七五〈昭和五〇〉・二）で次のように述べている。

したがって有為の現世の生活においては無限の過去の宿命が自己を支配しており、個人の意志はこれをくつがえすことを許さないのである。そのために人は現世を逃れて無為界に到ろうとするが、この涅槃の境地を相望しつゝ振返つて有為の現世を観た時に悲哀の感情を以てながめられた現実が無常なのである。

ただ、平安時代の仏教は生活に余裕のある貴族階級の間に普及したことと、さらに当時の浄土門的仏教も天台の観実相の志向を強く持っていたために、念仏も「阿弥陀仏の相好を思いうかべ、極楽浄土の荘厳を心にうかべるという念仏」であったことから、とくに藤原的浄土教は美的宗教となった。だから、この時代に仏教美術が発達したのだが、しかしながら、鎌倉時代に浄土教が民衆の間に普及すると、「これに反し、民衆の世界ではその同じ説法が、かえつて罪障の深さを自覚させ、地獄は必定というごとき深刻な絶望観をうみだし」、そこでは「美的観想や美的法悦を斥け、口称という単純な仏行により専ら信仰を第一義」とすることになったと、井上光貞は述べている。『一言芳談』はその流れの中から生まれ出た法語集である。

さらに付け加えるなら、「無常といふ事」に引用されている一節は、「比叡の御社」に「かんなぎのまね」をした「なま女房」が「十禅師の御前」で念仏行をしている箇所であって、これは典型的な神仏習合の一例である。義江彰夫の『神仏習合』（岩波新書、一九九六〈平成八〉・七）によれば、仏教渡来以前から日本列島にあった神祇信仰の核をなすケガレ忌避の観念と、仏教の「厭離穢土」の観念とが複合したのが「十世紀末に完成する日本型浄土信仰」であり、たとえば源信の『往生要集』などは、人間を五大罪と捉えることから出てくる「穢土」の観念を、それとは全く次元の異なるものであるケガレ観念によって理解し説明したものであった。以後、日本の仏教は神祇信仰を排除することなく、逆にそれを包摂するかたちで日本に根付くことになる。もちろん鎌倉新仏教は人間の罪についての認識を深めたものではあったが、神祇信仰的なものは日本仏教の底流から消し去られることはなかった。そのことは「なま女房」の信仰にも窺われ、彼女にとって無常なる「この世」とは、神祇信仰的なケガレに満ちたものだったという側面もあったと考えられる。

神仏習合の問題はともかくとしても、このように見てくると、「無常といふ事」における美的体験の話は、やはり『一言芳談』の世界とはかけ離れたものであると思われてくる。それだけでなく、小林秀雄の言う「常なるもの」も、『一言芳談』における「常なるもの」とはかけ離れたものなのである。すでに引用したが、「無常といふ事」の末尾には、「なま女房」と対比されて「現代人」は「常なるものを見失つた」という箇所があった。もちろん、そこには「なま女房」は「常なるものを見失つ」ていないということが含意されているのだが、しかし、「なま女房」にとって「常なるもの」とは、無常なる現世とは反対のもの、すなわち現世の業が断ち切られた極楽浄土のことであり、もしくはそこで悟りを開き成仏した在り方のことを意味していたのであって、『一言芳談』とは、それへの祈念が語られている法語集なのである。それに対して小林秀雄の言う「常なるもの」とは、むろん極楽浄土とは何の関係もない。にもかかわらず、小林秀雄はそれらと関係があるかのように語っているわけで、そういう点において、「無常といふ事」は読者を惑わすエッセイと言える。

それでは、小林秀雄の述べている「常なるもの」とは何なのか。「無常といふ事」の後半部分でその問題は語られている。それは歴史論とも関わってくるのである。

後半部分で小林秀雄は、「歴史の新しい見方とか新しい解釈とかいふ思想からはつきりと逃れる」と、「歴史といふものは、見れば見るほど動かし難い形と映つて来る」ので、そうなると「歴史はいよいよ美しく感じられ」、「解釈を拒絶して動じないものだけが美しい」と語る。川端康成に、「死んでしまつた人間といふものは大したものだ。何故、あゝはつきりとしつかりとして来るんだらう。まさに人間の形をしてゐるよ。してみると、生きてゐる人間とは、人間になりつゝある一種の動物かな」と語った挿話を紹介し、「歴史には死人だけしか現れて来ない。(略)動じない美しい形しか現れぬ」と言う。そして歴史に向かうには「心を虚《むな》しくして思ひ出す事」が大切であることを述べた後、「過去から未来に向つて飴の様に延びた時間といふ蒼《あを》ざめた思想」を、「現代に於ける最大の妄想」だとして、さきに触れた、「無常といふ事がわかつてゐない」現代人は「常なるものを見失つた」という末尾でエッセイは閉じられている。

四

ここで指摘しておきたいのは、小林秀雄は歴史の問題を語るとき、「思ひ出す」という言葉をよく用いることとである。おそらく読者は最初は少し違和感を持つことはあっても、そのうち慣れてきて歴史は「思ひ出す」ものだという考え方もあるかも知れないというふうに思ってくるのではないかと考えられる。しかしながら、この場合、普通には「思ひ出す」という言葉は不適切であろう。「思ひ出す」というのは、自ら体験、経験したこと、見聞したことを「思ひ出す」のである。自ら体験もしない「鎌倉時代」をどうして「思ひ出す」ことができようか。このあたりの曖昧な叙述を見逃すと、そのまま「鎌倉時代」を「思ひ出す」ことが通常にあり得ることのように思われてくるのである。やはり「思ひ出す」という言葉は不適切であり、論を曖昧にするのである、ということをまず指摘しておきたい。

次に、「過去から未来に向つて飴の様に延びた時間といふ蒼ざめた思想」を、「現代に於ける最大の妄想」と小林秀雄が述べていることについては贅言するまでもないであろう。小林秀雄はここでも歴史主義的な発想から、マルクス主義流の進歩史観、発展史観を仮想敵にした批判を、ここでも語っているわけである。この歴史論についてはすでに見たのでここでは論及は省きたい。問題としたいのは、「無常といふ事」における叙述と仏教思想との関わりである。たしかに、「無常といふ事」には仏教思想と繋がるニュアンスで語られていたところもあった。

しかしながら、前半部分の検討で見たように、あくまでもそれはニュアンスであって、本質的な意味で仏教思想とくに無常観と関わりのある思想が語られていたわけではなかった。後半部分でもそれは同じであり、小林秀雄の言う「常なるもの」というのも、「解釈を拒絶して動じない」歴史上の「過去」、あるいは「過去」の「死んでしまつた人間」のことなのである。むろん、小林秀雄はその「死人」を成仏した存在と捉えているわけではない。浄土仏教においては「常なるもの」とはまさに浄土のことであり、そこで成仏した者のことであるが、「無常といふ事」で言われている「常なるもの」にはその意味合いは全くないのである。

ただ、「生きている人間」を「どうも仕方のない代物」で「一種の動物」であるとして、「死んでしまつた人間といふものは大したもの」であり、「まさに人間の形をしてゐる」というふうに語られているところなどに、浄土仏教的ニュアンスが醸し出されているということはあるだろう。浄土仏教では、どんな人間でも生きている間に称名念仏すれば、阿弥陀仏の回向によって死後成仏すると教えているわけで、つまり、小林秀雄も浄土仏教も、死者を生者より一段階高い存在としているわけで、その点において共通するものがあると言えば言える。このエッセイにはそのような紛らわしさがあり、しかも題が「無常といふ事」となっているため、その主題が仏教思想と関係があるかのように思わせるものになっている。しかし、繰り返して言えば、それは本質的に無関係なのである。

とは言え、仏教思想と本質的な関係はないとしても、ともかくも〈無常といふ事〉が語られ、「美しさ」について語られているのだから、仏教思想を日本的に受容した結果出てきた、いわゆる無常美学と何らかの繋がりがあるように思われるかも知れない。しかし、それとも関係はないのであって、むしろ「無常といふ事」における美は無常美学とは対極にあるといえる。なぜなら、いわゆる無常美学は死を通して見た生の、その果敢なく無常なる在り方に美を見ようとするのに対して、「無常といふ事」の美は歴史上の「死人」に「動じない美しさ」を、すなわち「無常」にではなく「常なるもの」に美を見ようとしているからである。「歴史について」で歴史主義的歴史論を語った小林秀雄は、「無常といふ事」ではこのような地点にまで来たのである。「歴史について」には「僕等は未来への希望に準じて過去を蘇らす」という言葉もあり、過去を現在さらには未来との関係で捉えようとする姿勢もあったが、「無常といふ事」では小林秀雄はもはや現在や未来には目を向けようとしないのである。吉本隆明『悲劇の解読』（筑摩書房、一九七九〈昭和五四〉・一二）の中の「小林秀雄」における言葉を用いるなら、これは歴史ではなく「過去史」であると言えようか。さらに言えば、「歴史について」との関係で言うなら、そこで語られていた、遺品を前にして死んだ子供の顔を思い浮かべる母の話を、歴史論全体にまで広げたのが「無常といふ事」であったとも言えようか。そこで最後に検討しなければならないのは、小林秀雄の言わば歴史認識論的な面もある「思ひ出す事」の問題である。

五

「無常といふ事」のとくに後半部分には「思ひ出す」という言葉が繰り返し出てきていて、大切なことは、「記憶するだけではいけない」のであり、歴史を「心を虚しくして思ひ出す事」、「上手に思ひ出す事」だと語られていた。「思ひ出す」という言葉の問題について前述した通りであるが、それはともかく、思い出された「歴史はいよいよ美しく感じられ」る、そういう歴史であったとされている。小林秀雄はまた、これより一年前に「歴史と文学」（昭和一六〈一九四一〉・三、四）の中で「いゝ歴史は必ず亦いゝ文学である」とも語っていた。小林秀雄は〈実際の歴史〉と〈書かれた歴史〉との区別を曖昧にしたまま、こう語っているのであるが、少なくともこのような言い方からわかることは、小林秀雄にとって歴史は文学となりうるものだということである。あるいは文学を広く物語と捉えれば、小林秀雄の言う歴史とは、物語化できるものを指しているのである。

このことについては森本淳生が『小林秀雄の論理　美と戦争』（人文書院、二〇〇二〈平成一四〉・七）で、ヘイドン・ホワイトらの歴史論と関連づけて興味深い論を展開しているが、ここでは、歴史とは思い出されるものであり、思い出された歴史は美しく、物語となり文学となるようなもの――これが小林秀雄の歴史論にあるもう一つの特質であるということを確認しておけばいい。

さて、それでは私たちは、歴史は本当に美しいのだろうかと問い直してみなければならない。美しく思い出されるものだけが歴史なのだろうか、と。単純に考えても、歴史には美しくない出来事が充満しているのであり、その方が多いだろう。それらは、とくに当事者には精神分析的に言えば〈抑圧〉されてしまい、意識面に浮かび上がること、すなわち思い出されることを拒まれる事柄であろう。また、そういう出来事は、当事者にとって物語や文学にうまく回収されるのであろうか。

「歴史について」で、小林秀雄は遺品を前にして死児の顔をありありと思い出す母親の例をあげていた。その子どもの死は事故死か病死か、それとも戦争の中の死か、いずれにしろ不幸な死であろう。天寿をまっとうできなかった夭折には違いないからだ。母親はその不幸で悲惨な出来事を美しく思い出すことができるだろうか。それは思い出したくない出来事ではなかろうか。実は、小林秀雄の語る母親が思い出しているのも、その出来事自体ではなく、生前元気だった頃の愛児の顔なのである。たとえば、「悲しみが深まれば深まるほど、子供の顔は明らかに見えて来る、恐らく生きてゐた時よりも明らかに」（「歴史について」）、「動かし難い子供の面影が、心中に蘇るわけです」（「歴史と文学」）というように。たしかにそれなら美しく思い出すことができるだろう。しかし、歴史を語る場合に不可欠で重要なのは、けっして美しいと言えない、子供の死という出来事そのものなのだ。その出来事自体を思い出さなければ、小林秀雄の言う「歴史の魂に推参」することなどできないのである。

しかし、そういう出来事は当事者に思い出されることが忌避されがちである。別言すれば、当事者はその出来事をうまく〈物語〉の内に収めることができず、識閾下に抑圧するのである。岡真理は『記憶／物語　Memory／Narrative』（岩波書店、二〇〇〇〈平成一二〉・二）で、「戦争という暴力的な〈出来事〉は、物語内部では完結しない」と述べ、暴力や虐殺、戦争などが物語として語られてしまうことの欺瞞に関連してこう述べている。「その不条理さゆえに言葉で名づけ、「経験」として飼い慣らし、過去に放り込むことのできない〈出来事〉の暴力。そうした、言葉で語ることのできない体験、〈出来事〉を、物語として語るという時代の要請を、小説は自らの身に引き受けたのではないだろうか」、と。と言っても岡真理は、小説はその要請によく応えたと言っているのではなく、小説は、〈出来事〉を再現することの不可能性を語ることによって、かろうじて「そこに、言葉では再現することのできない〈現実〉があることを（略）指し示すのではないか」と述べているのである。

ここでの「小説」という言葉は、「文学」という言葉に置き換えることができるが、このような指摘を見るだけで、小林秀雄の、「いい歴史は必ず亦いい文学である」とか、「歴史はいよいよ美しく感じられた」とか、あるいは歴史を「上手に思ひ出す事」だとかといった発言が、歴史の一局面にしか相応しくない言葉であることがわかってくるであろう。小林秀雄の言う歴史とは、物語や文学にほどよく収まる体のものでしかないのだ。それは歴史的出来事のごく一部なのである。「無常といふ事」で小林秀雄は、「僕は決して美学に行き着かない」と語っていた。たしかに美の本質を究明したり、それを概念的な語彙で説明するような美学には行き着いてはいない。しかし、小林秀雄の語る歴史とは、審美主義的歴史観に親和的な歴史なのである。もちろん、そのような見方が成り立つ領域も歴史にはあるわけだが、しかし、小林秀雄のようにそれで全ての歴史を蔽おうとするのは、やはりとてつもない間違いであると言える。

さて、以上のように私は、「無常といふ事」について批判的否定的見解を述べてきた。小林秀雄の歴史論のプラス面については、わずかに戦前昭和のマルクス主義の唯物史観に対する反措定の意味があったということの指摘にとどまった。そのことについても考えていかなければならないが、それは昭和の文学史、思想史の総体を対象化する作業の中で論及すべきであろうと思われる。私からすれば、妙に持ち上げられていると言わざるを得ない小林秀雄の歴史論を批判することが、まず優先事項であると思われたので、ここでは批判に終始することにした。小林秀雄の歴史論は彼の伝統論とも関連し、さらには言わば彼の美的ナショナリズムとも絡みあっているのであって、これらの問題についても批判的に考察していかなければならないであろう。その考察は、古手新手のナショナリズムが台頭しつつある現在、緊要な課題だと思われる。

第九章　戦後の社会時評

一

この章では、小林秀雄の戦後の社会時評あるいは社会時評的な発言について考えていきたいが、その中では少々手厳しいことを述べなければならないと思っている。

関谷一郎はその著書『小林秀雄への試み　〈関係〉の飢えをめぐって』（洋々社、一九九四〈平成六〉・一〇）で、「戦後の小林の批評は昭和十年代後半から地続きであり、そこには本質的な変化、あるいは〈成熟〉と呼ぶべき新たな展開は指摘できない」と述べている。関谷氏の言う通りであると考えられる。小林秀雄の戦後の批評に、「本質的な変化、あるいは〈成熟〉と呼ぶべき新たな展開」が無かったのは、一つには小林秀雄自身が意志して変わろうとしなかったからだと言えるだろう。そのことを表している象徴的な事例を、雑誌「近代文学」との同人との間で戦後すぐに行われた座談会「コメディ・リテレール　小林秀雄を囲んで」に見ることができる。その中での、十五年戦争、別の言い方をすればアジア・太平洋戦争に関する自身の姿勢についての、小林秀雄の有名な発言である。ここで小林秀雄は「事変」「大事変」という言い方をしているが、もちろんそれらはともに十五年戦争の全体を指していると考えていいだろう。次の引用である。

僕は政治的に無智な一国民として事変に処した。黙つて処した。それについて今は何の後悔もしていない。大事変が終つた時には、必ず若しかくかくだったら事変は起らなかったろうという議論が起る。必然というものに対する人間の復讐だ。はかない復讐だ。この大戦争は一部の人達の無智と野心とから起ったか、それさえなければ、起らなかったか。どうも僕にはそんなお目出度い歴史観は持てないよ。僕は歴史の必然というものをもっと恐しいものと考えている。僕は無智だから反省なぞしない。利巧な奴はたんと反省してみるがいいじゃないか。

この発言については、小林秀雄は後にも言及していて、「大阪新聞」に掲載されたエッセイ「感想」（一九五一〈昭和二六〉・一）では、「当時、私は或る座談会で、悧巧な奴はたんと反省するがよい、私は馬鹿だから反省なぞしない、と放言し、人々の嘲笑と非難を買つた。私は、自分の名状し難い心情を語る言葉に窮しただけで、放言なぞする積りはなかつたのである。今日になつても同じ事だ。私の心は依然として乱れてゐる」と語っている。あるいは、同年一〇月号「文藝」に掲載された「政治と文学」でも、「大戦直後、私は、或る座談会で、諸君は悧巧だから、たんと反省なさるがよい、私は馬鹿だから反省などしない、と放言し、嘲笑された事がある」と語っている。最初の発言では「無智」と言われていたが、後では「馬鹿」となっているという違いはあるものの、同じ意味合いと考えていいだろう。

「近代文学」の座談会では小林秀雄は、自分は「無智な一国民として事変に処した。黙って処した」と語っているが、この〈事変に黙って処した〉という表現は、戦中の評論「満州の印象」（昭和一四〈一九三九〉・一、二）などでも用いられていた。すなわち、「この事変に日本国民は黙つて処したのである。これが今度の事変の最大特徴だ」、と。ここでの「事変」は当時の言葉で言えば「支那事変」のこと、すなわち日中戦争である。当時の軍国主義体制による言論思想弾圧状況においては、国民は黙っているしかなかったわけで、そこに眼を向けずに、「黙つて」いたのはあたかも国民の知恵と奥ゆかしさから来るもののように語っているところに、やはり問題があるだろう。むろん、当時の小林秀雄が知識人よりも国民大衆の方に眼を向けていたということもあったと考えられるが、それよりも軍国主義の政治状況について鈍感な姿勢が窺われる。

話を座談会に戻すと、「近代文学」の同人たちは、小林秀雄の発言に気を呑まれたのか、たとえばそれを受けてその直後に発言した本多秋五などは、古典の話や戦中における小林秀雄の自由論に関する話の方に持っていって、しかも意味の通らない話をしている。小林秀雄からも、「君のいう意味ははっきりしないが」と言われているのである。やはり気を呑まれてしまって、動揺していたのではないかと考えられる。本来ならば、「近代文学」の同人たちの政治社会的な姿勢からの発言として、次のように言うべきだった。〈悧巧な奴は、もちろんたんと反省しなければならないでしょう。しかし、「無智」な人、それは政治的な意味においての「無智」ですが、その人たちはそれ以上に自分が政治的に「無智」だったことを反省しなければならないでしょう。小林さん、あなたもそうです。あなたはたんと反省しなければならない〉、というふうにである。

もっとも、「名状し難い心情を語る言葉に窮しただけで、放言するつもりはなかった」という小林秀雄の言葉には嘘はなかっただろう。また、当時の小林秀雄が「名状し難い心情」の中にあったこともわからなくはない。小林秀雄は、その途中までは戦中の状況に沿おうとする姿勢で、もっと言うなら追随しようとする姿勢で「事変に処した」のである。実際にも小林秀雄自身が「文学の伝統性と近代性」（昭和一一〈一九三六〉・一二）で、「僕は大勢に順応して行きたい。妥協して行きたい」と語っていたのである。そういう彼だったので、敗戦が彼を「名状し難い心情」に陥らせたであろうことも想像できなくはない。しかしながら、そうではあるのだが、小林秀雄の、戦争というものに対する向き合い方、さらにはその捉え方そのものを、やはり問題にしなければならないであろう。

さきにも引用した「感想」の中で小林秀雄は、「私達が経験した大悲劇」は「日本国民の非近代性」についての「雄弁な反省などで片付けられるものではない、といふ考へを変へる事が出来ない」として、こう語っている。「事件は過ぎ去つたが、事件の遺した傷は、雄弁によつて治癒する様なものではない」、と。あるいは、「日の経つにつれて、日本人の演じた悲劇の運命的な性格、精神史的な顔が明らかになつて行くであらう」、と。あの戦争を小林秀雄は「運命的」な「悲劇」「大悲劇」と捉えていたのである。

そういう捉え方は、「政治と文学」(一九五一〈昭和二六〉・一〇―同・一二)の中でもされている。D・H・ロレンスの『チャタレイ夫人の恋人』に論及しているところで、これは第一次世界大戦のことに触れてであるが、こう語られている。「襲来したのは戦争といふより寧ろ内的動機を全く欠いた大災害に似てゐる」、と。「大災害」に「内的動機」などあるはずはないのだが、ともかく「戦争」を「大災害」と捉えているのは、D・H・ロレンスではなく、小林秀雄の方である。もちろん戦争は、途轍もない悲劇であったわけであるが、しかしそれは自然災害のような悲劇ではなかったのである。しかし小林秀雄の言う「悲劇」は、あたかもそのような印象を与えるものとなっている。「悲劇の運命的な性格」という言葉などにそれを感じることができるだろう。しかし、あの戦争の「悲劇」は「運命的」なものではない。もっと言えば、そのように捉えてはならないだろう。

一九五一(昭和二六)年一月に発表された、さきに引用した、「大阪新聞」に掲載されたエッセイと同名で、掲載誌の違う「感想」(「財政」)では、小林秀雄は「悲劇」についてこう語っている。すなわち、「悲劇とは人間の内的意志や自由の要請に基いて起こる。悲劇は人間が進んで望んだ事件であつて、人間が外的に強制された事件ではない。（略）凡ての悲劇の傑作が、これを証してゐる。外的必然によつて、内的自由が破れなければ悲劇は起るまい」、と。同年同月に発表された、いずれも長くはないエッセイであるが、それらに共通して「悲劇」の問題が語られているのである。「大阪新聞」で言われていた「悲劇」はあきらかに十五年戦争による悲劇を表していたのだから、ここでもそう考えるのが当然である。そうなると、あの戦争の「悲劇は人間が進んで望んだ事件であつて、人間が強制された事件ではない」ということになってくるのだろうか。

これはとんでもない発言であろう。言うまでもないことだが、敢えて言うと、日本だけに限っても全国の都市における空襲、沖縄戦の惨劇、広島、長崎の原爆、それらは「人間が望んだ事件」なのだろうか。少なくとも、被害者や死者はそれを望んだはずはないのである。もちろん、小林秀雄もそうは思っていないであろう。にもかかわらず、小林秀雄は先のような奇矯な発言をしてしまうのである。何故か。この問題をさらに考えてみたいが、そのためにさきの「近代文学」での座談会に戻りたい。

小林秀雄は、自分は「無智な一国民として事変に処した」こと、それについては「何の後悔もしていない」し、「反省もしていない、と語っていた。しかし、戦中の小林秀雄の発言を見れば、「無智な一国民として事変に処した。黙つて処した」とは、到底言えないことは明らかである。「第八章　社会時評から古典論へ――「無常といふ事」」の章で述べたように、戦中の小林秀雄は当時の状況に追随する発言をしているし、当時の愚劣なナショナリズムを鼓吹するような発言さえもしている。もちろん、さきにも述べたように、その危うさを彼自身も気付いたところがあって、やがてそういう社会的な発言はしなくなり、古典論の世界へと沈潜していったのであるが、そうであるにしても、少なくとも昭和一〇年代半ば過ぎあたりまでの彼の発言には危ういものがあったのである。

だから、「無智な一国民として事変に処した」として、小林秀雄は免責されないのである。そうなのだが、彼は「反省」しないと言うのである。言うまでもないことだと思われるが、「反省なぞしない」と言うことによって、結局はあの戦争を肯定、少なくとも容認していることになるのである。むろん小林秀雄は、一九六四（昭和三九）年に刊行された林房雄『大東亜戦争肯定論』のような低劣で稚拙な戦争肯定論を語っているのではない。またその発言が、政治的な意図からの肯定論でもないことも、もちろんである。おそらく小林秀雄は、戦争がもたらしたものをできる限り小さく見積もろうとしていたと考えられる。たとえば、後に文藝春秋新社から一九六四（昭和三九）年五月に刊行された『考へるヒント』に収録された評論「読者」では、次のように語られていた。すなわち、「戦争は、文学を生む事は出来ないのは無論の事だが、文学を本質的に変化させる力も戦争にはない、何も彼も文学者たる自分の心がするのだ、さうはつきり考へて少しも悪い理由はない」と。

ここで言われている「本質的に」という言葉が、どの程度までのことを想定して用いられているのかは不明であるが、しかし普通に考えて戦争が文学の在り方を「変化させる」のは当然のことであろう。「現代文学の診断」（一九四八〈昭和二三〉・一二）によれば、小林秀雄は戦後文学を「殆ど読んでゐない」そうなので（理由は「文芸の時評とか月評とかいふ商売を止めたからである」）、戦争の影響を受けた文学がそれまでの文学には無いものを表現していることは、読めば解ることであろう。小林秀雄は、当時の現代文学であった戦後文学さえ「殆ど読んでゐない」にもかかわらず、戦争には文学を「本質的に」変える力が無いと敢えて言い切っているのである。

このように見てくると、文学の領域に限ってみても、小林秀雄の戦後は、それ以前の戦中、とくに昭和一〇年代の半ば以降の在り方と変わりはなかったと言える。この章の冒頭で紹介した関谷一郎の言葉にあったように、戦後の小林秀雄には「変化」も「〈成熟〉」も無かったと、一応は言えそうである。もっとも、細谷博が『小林秀雄論 〈孤独〉

から〈無私〉へ』（おうふう、二〇〇二〈平成一四〉・一二）で説得的に論じているように、〈孤独〉から〈無私〉の世界へ辿り着こうとする変化があったとも言える。つまり、長い戦後の時期の間には、小林秀雄なりの〈成熟〉があったのではないかとも考えられなくもない。もちろんその場合、〈成熟〉をどう捉えるかによって判断も変わってくるだろうが、次に戦後の代表的な批評、とくにその中でもそこに見られる社会時評的な発言について考えてみたい。

二

戦後の代表的な批評としてまず挙げられるのは、「モオツァルト」（一九四六〈昭和二一〉・一二）であろう。これは、ロマン派音楽などの音楽よりも、すなわちその世界に言葉や文学が侵入した音楽よりも、それ以前の音楽家であったモーツァルトについて語られた、少し長めの批評である。この批評は、「心の底といふものがあつたとする。そこには何かしら或る和音が鳴つてゐただらう」というモーツァルト、「両親の留守に遊んでゐる子供の様に孤独である」モーツァルト、そしてその音楽は極めて短い主題が疾走するように展開していき、その根底には「かなしさは疾走する」、「『萬葉』の歌人が、その使用法をよく知つてゐた「かなし」といふ言葉の様にかなしい」音楽を作ったモーツァルト、「構想が奔流のように現れる」という天才モーツァルト――そういうモーツァルトの本質、姿を見事に捉えた批評であった。

しかしながら、この批評からも臭みが感じられないだろうか。たとえば、モーツァルトの孤独が両親の留守の子供のように孤独で、それは「たゞ孤独なだけであつた」ということを言うのに、「でつち上げた孤独に伴ふ嘲笑や皮肉の影さへない」ということも合わせて言う、そういう臭みである。それを言う時の小林秀雄の脳裏には、感傷過多のロマン派の芸術家などがあったのであろう。また小林秀雄は、モーツァルトが「世間の愚劣な偶然或は不正な要求に応じ」て、あわただしく仕事をせざるを得なかったこと、にもかかわらずモーツァルトが「さういふ事について一片の不平らしい言葉も遺してはゐない」と述べた後、これは「不平家には難しい（略）真理である」として、「不平家とは、自分自身と決して折合はぬ人種を言ふのである」と述べる。ここまでは納得できなくもないが、しかし、「社会改良家といふ大仰な不平家」というふうに言われると、臭みを感じるとともに唖然とせざるも得ない。どうしてそういうことを言うのであろうか。「不平家」云々は、モーツァルトの素晴らしさを読み手に理解させるために、言わなければならないことではないのである。しかし小林秀雄は、そういう言葉を付け加えるのである。

もしも、小林秀雄の言うことが正しければ、社会を改良しようとしている人は、単に「大仰な不平家」ということになってしまう。とんでもない偏見である。小林秀雄が社会変革を目指している左派を面白く思っていなかったことについては、それはそれとして了解できなくはないが、しかしこの偏見には呆れてしまう。たとえば、神戸の貧民街で救済活動を行い、ノーベル平和賞候補にもなった賀川豊彦はキリスト教社会主義の立場から社会変革を考えていた人物であるが、賀川豊彦は「大仰な不平家」であったろうか。小林秀雄の戦後の批評には、「モオツァルト」のような優れた文章にも、こういう臭みのある言葉が織り込まれていて、その批評の品位を落としていることを言わなければならない。

ランボーについての三つの批評は全集に収められて、それぞれ「ランボオ　Ⅰ」「ランボオ　Ⅱ」「ランボオ　Ⅲ」というふうに整理されたが、熱の込められた優れた論であったものの、若書きのためか少々独りよがりで晦渋でもあった「ランボオ　Ⅰ」や、やや感傷的なところもある「ランボオ　Ⅱ」よりも、ランボーの文学の特質をほぼ十全に論じた、やはり優れた批評であると言える「ランボオ　Ⅲ」においても、次のような一文が挿入されているのである。すなわち、「進歩的と自称する政治思想、人間的と自称する小説形式、歴史や認識の運動の解明者と自称する講壇哲学、さういふものが寄つてたかつて、真正な詩人の追放の為に協力してゐる」、と。ここで、注意したいのは、〈保守的と自称する政治思想〉や〈反人間的と自称する小説形式〉などは、その非難からは外されていることである。つまり、いわゆる進歩派やその周囲のみに対して向けられた厭味なのである。こういう挿入文があるために、言わば批評の丈を低いものにしていると思われるが、どうであろうか。

小林秀雄のこういう批判は、ほとんどの場合、政治的な事柄に関わるときに出てくるのだが、しかし小林秀雄は、政治に関して正論を語っているときもある。たとえば「私の人生観」（一九四九〈昭和二四〉・一〇）での発言である。こう述べている。

社会人である限り非政治的人間などといふものはあり得ないが、反政治的精神といふものは在り得るのだし、なければならぬと思ひます。さういふはつきりした次第であれば、政治は徹底的に組織化され、さつぱりと一つの能率的な技術となつた方がいゝ。政治的イデオロギイといふ様な思想ともつかず、術策ともつかぬ、わけのわからぬ代物を過信する要はない。（略）政治家は、社会の物質的生活の調整を専ら目的とする技術家である、精神生活の深い処などに干渉する技能も権限もない事を悟るべきだ。政治的イデオロギイ即ち人間の世界観であるといふ様な思ひ上がつた妄想からは、独裁専制しか生れますまい。

ここで小林秀雄が言っていることは、まさにその通りの正論であると思われる。たしかに「反政治的精神」というものはあり得るし、またあって当然である。そして、そういう精神を許容しないような政治社会は、とてつもなく息苦しい社会であり、あってはならない社会である。また、政治が「能率的な技術」になった方がいいと言うのも、納得できるものである。むしろ、本来ならばそうあらねばならないだろう。

しかしながら、問題は簡単ではないのである。たとえば、それではどういう所を能率化するか、またどういう手段で能率化するべきか、いや、そもそも「能率的」だとするのは、どういうことを基準とした場合に言えることなのか、さらには「能率的」を優先した場合に、他の事柄が疎かになってしまわないか、それでいいのだろうか、等々の問題が噴出してくるのである。つまり、どういう立場に立ってその能率化を進めていくかという問題が出て来ざるを得ないのである。そこでは、どの技術を優先するかという問題などをめぐって、まさに価値観の相違から紛糾する議論が出てきたりする。価値観の相違から来る紛糾とは、マックス・ウェーバー的に言うなら〈神々の争い〉である。すなわち、それは信念、信条の争いでもある。政治は「精神生活の深い所などに干渉する技能も権限もない」というのは、その通りなのであるが、浅い処の問題を解決しなければならないときでさえも、往々にして〈神々の争い〉が起こるのである。対立する価値観同士が争うのである。

だから、政治が「能率的な技術」になった方がいいのは当然のことなのだが、事はそう簡単には運ばないのである。どうして小林秀雄には、そのことがわからなかったのであろうか。おそらく小林秀雄には、政治的なことを語る人間というと、イデオロギー過多の戦前昭和のプロレタリア文学者たちのイメージがまず頭に思い浮かんで来るので、政治において大切なのはイデオロギーではなく技術だということを言いたくなったのであろう。

ここで、ついでに言っておきたいのだが、小林秀雄は「イデオロギイ」という言葉を多くの場合、左翼思想について語る際に用いていることである。しかしマルクスこそ、その「イデオロギイ」というものを〈虚偽の意識〉として否定したのである。だから、本来なら「イデオロギイ」という言葉は、マルクス主義系の左翼思想を形容する際には相応しくないのである。さらに言うならば、かつて左翼組織内の論争をマスコミは「イデオロギー論争」というふうに報道していたが、それに対して左翼組織は、〈これはイデオロギー論争ではない、我々はイデオロギーを否定している。だから、これは理論闘争なのである〉と、どうして反論しないのだろうかと、私には不思議であった。

それはともかくも、「政治と文学」には小林秀雄における政治意識あるいは政治観の、その偏頗な特徴がよく出ている。もっとも、小林秀雄の理解には透徹しているところもある。「社会の下部構造が、上部構造を支へるといふマルクスの強い思想を全的に否定する事は出来ないでせう。それは確かに多くの真理を含んでいます。たゞ人間生活に関する真理は、これを上手に信じなければ忽ち虚偽になるでせう」という指摘は、その通りであろう。おそらく小林秀雄にとっては、マルクス主義とは〈近代主義＋合理主義＋政治主義〉というものだったのであろうと思われる。また、小林秀雄にとって、マルクス主義とは近代主義の最たるものとしても受け止められていたのではないかとも考えられる。

そして、小林秀雄のその理解は、おそらく半分くらいは当たっているだろう。やがて反近代、反近代合理主義の姿勢を鮮明に出し、また元々政治が嫌いだった小林秀雄が、マルクス思想を受け付けなかったのも理解できる。もっとも、そのマルクス理解はかなり誤解を含んだものではあったと言える。たとえばマルクスを近代主義者として捉えるのは、一面的であろう。むしろマルクスの思想こそ、近代を超えようとする思想として捉えられている場合があり、その捉え方の方が正しいと考えられる。それはマルクス主義者に留まらない。たとえば、廣松渉の『マルクス主義の地平』（勁草書房、一九六九〈昭和四四〉・九）によれば、ハイデガーもマルクス思想をそのように捉えていたようなのである。

「政治と文学」の冒頭部分で、「（略）結局、お話は、私には政治といふものは虫が好かないといふ以上を出ないと思ひます」と、小林秀雄は予め断っていて、そういう小林秀雄の気持ちは理解できなくはない。「虫が好かない」理由の一つとして、文学者や芸術家は自らの思想を「職人の手仕事」のように、まさに手ずから創り上げていき、それぞれの文学者や芸術家の個性に従って、文学、芸術思想の「多様性」が生まれるが、しかし集団の思想を扱う政治の場合にはそうはいかない、ということを述べている。そして小林秀雄は、文学者と芸術家に関して次のようなことを語っている。すなわち、「そして例えば、ゲーテの思想がシェクスピアの思想と衝突するなどといふ光景は誰も見た事はないのだし、私達めいめいが個性の魅力を保持してゐなければ、真の友情は起り得ない事も解り切つた事である」、と。

なるほど、そのように言えそうである。たしかに、事実として「ゲーテの思想がシェクスピアの思想と衝突する」ことは無かったわけだが、しかし「衝突する」場合もあるだろう。文学上の論争一つを取ってみても、ある文学者の思想と別の文学者の思想とは相争うことがあると言える。たとえば、小林秀雄と中野重治との論争はどうだろうか。あるいは、小林秀雄と正宗白鳥との論争は、まさに両者の思想が「衝突」した事例ではないだろうか。

「政治と文学」の末尾で小林秀雄は、「知識人の政治批評は、いよいよ華々しいイデオロギイ論議となつて行くでせう」として、「政治は、私達の衣食住の管理や合理化に関する実務と技術との道に立還るべきだと思いひます」という言葉で結んでいる。政治は「実務と技術」に限定されるべきだという考え方自体は理想として正しく、そうあるべきであるが、しかしそれは原理的に不可能である、ということをすでに述べた。もう一つ言えば、小林秀雄は「実務と技術との道に立還るべきだ」と言っているが、人類史上、そういう政治を実現させた体制や時代というのは、一度も無かったのである。そういう架空の在り方があたかも過去にあったかのように語り、それと対比して二〇世紀の政治を批判して、無かったその理想の在り方に「立還るべきだ」と言っているところに、小林秀雄の如何ともし難いノンポリティカルな思考と感性を、私は感じざるを得ない。

付け加えて言えば、政治は人々の衣食住に関する「実務と技術」に徹して、イデオロギーなどと関わるべきではないというのは、政治的な問題についての小林秀雄の唯一の、また変わらぬ信念だったようで、「政治と文学」の発表よりも三年前の一九四八（昭和二三）年八月号「新潮」に掲載された、湯川秀樹との対談「人間の進歩について」でも語られている。すなわち、「政治は人間精神の深い問題に干渉できる性質の仕事ではない。精神の浅い部分、言葉を代えれば人間の物質的生活の整調だけを専ら目的とすればよい。そうはっきり意識した政治技術専門家が現われることが一番必要なのではないでしょうか」、と。

言うまでもないことだが、そういう「政治技術専門家」のことを官僚というのであって、しかし、これまでの歴史を振り返ってみると、官僚たちは政策の二者択一を迫られるような高度な政治的判断を要する問題においては、如何に無能であったかという問題があることも言っておかなければならない。多くの場合、単に大勢に靡くだけである。その問題はさて措くとしても、やはり小林秀雄は政治思想というものを生涯理解しようとしなかったと言っていいだろう。

戦後の小林秀雄の大きな仕事としては、『ゴッホの手紙』や『近代絵画』、生前では単行本にすることを小林秀雄自身が禁じた、ベルクソンを論じた「感想」の仕事、そして最後となった大きな仕事として『本居宣長』がある。『ゴッホの手紙』以外は、この後でそれぞれ一章を設けて論じることにして、この章では政治社会的な事柄に論及してもいるその他の批評や、小林秀雄の認識に在り方に少々不安が感じられる言説や、さらには後の仕事である『本居宣長』と関連する批評などについて、もう少し見ていきたい。

三

さきに、戦後の小林秀雄の批評は昭和一〇年代後半から「地続き」であったという見解を紹介したが、彼の批評の中で評価できると考えられる部分においても、「地続き」であったと言える。たとえば「中原中也の思ひ出」(一九五〇〈昭和二五〉・八)では、「中原の心の中には、実に深い悲しみがあつて、それは渠自身の手にも余るものであつたと私は思つてゐる」として、「彼の詩学は全く倫理的なものであつた」と述べていて、以前の中原中也観と変わるところはなかった。また、その前年の三好達治との対談「文学と人生」(一九四九〈昭和二四〉・七)では、「批評家がどうこうという問題ではなくて、批評精神という問題だな。(略)だから批評家だけの問題じゃない。小説家も批評家でなければダメさ」、と持論を語っている。

同年一〇月の『芥川龍之介作品集』の「内容見本」で「感想」と題された文章の中で、「僕は芥川氏の自殺には少しも同感も共鳴も出来なかつた。懐疑といふものは、もつと遠くまで行く筈だと信じてゐた」、と述べている。これも、小林秀雄がすでに言ってきたことであり、小林秀雄の中での芥川龍之介の評価は高くはなかったのだが、このことは大正文学における知性の在り方と戦前昭和の文学における知性の在り方との相違を、よく示していると言える。もっとも、そうは言っても、当然のことながら、大正時代に文学的出発をした文学者に対しても、小林秀雄は高い評価をしている場合もある。

たとえば、真船豊や久保田万太郎、永井龍男との座談会「小林秀雄とともに」(一九四九〈昭和二四〉・四)では、新感覚派には驚かなかったが、牧野信一については、「……牧野はそうじゃなかった。新しかった、精神が。」と高い評価を語り、井伏鱒二に関しては、「井伏っていう人も、やっぱり初めからテンペラメントがよく出ていたんだ。(略)僕はああいうものが面白いんだ。……詩なんだな、結局……。」と述べて、やはりその文学を認めている。井伏鱒二の弟子とも言える太宰治についても、「太宰(治)という人も、死んでから初めて読んだのだがすぐ感じるのは、あのスタイル、文章の、ね。あれ、君、太宰っていう人のテンペラメントそのものだね。」と、その文章を認めている。

それにしても、太宰治は昭和一〇年代作家とされているわけで、その戦前の時代に小林秀雄が太宰治を全く読んでいなかったのは、やはり小林秀雄が文芸時評から離れていったためであろうが、それとともに小林秀雄は、すでに同時代の文学には敏感ではなかったということでもあろう。また、正宗白鳥との対談「大作家論」（一九四八〈昭和二三〉・一二）では、戦前の「思想と実生活」論争を振り返っての話が出て、小林秀雄は「僕は今にしてあの時の論戦の意味がよくわかるんですよ。というのは、あの時あなたのおっしゃった実生活というのは、一つの言葉、一つの思想なんですな、あなたに非常に大切な……。」、と述べて論争を総括している。たしかに、そうであると言えるのだが、正宗白鳥が菊池寛の自叙伝がその小説より面白いとして、菊池寛以外の人のは面白くないだろうと語ると、小林秀雄は、「ええ、菊池寛とあなたぐらいなもんでしょう。何せ両方とも文学をばかにした人間が書くんだから。」と応えていることに注目したい。

小林秀雄の、菊池寛と正宗白鳥に対する高い評価は、変わっていないのである。小林秀雄は、両者を「何せ両方とも文学をばかにした人間」と言っているが、「ばかにした」というのは精確に言うと、〈文学を絶対視したり神聖視したりせず、他のことと同価値のものとして考えていた〉ということである。むろんこのことは、小林秀雄自身もそうであったことは、これまで見てきた通りである。また、さきにも見た「私の人生観」で小林秀雄は、歴史を「思ひ出す」ものとして語っているが、これも戦前の論と「地続き」なのである。ここで、繰り返せば、「思ひ出す」や「思ひ出」という言葉は、個人が実際に体験した事柄に対して使われるのが普通であるが、小林秀雄は個人が体験しない、遙か昔の出来事をも「思ひ出す」ものとしているのである。それは、せいぜい〈思い描く〉であろう。このレトリカルとも言える表現のために、論理的には曖昧になっていることにやはり注意しなければならないだろう。

さらには、「私の人生観」（前出）では、「思想と文体とは離す事は出来ない」として、「私が、現代の日本の哲学者達に不満を感じてゐるところは、論理を尽すが言葉を尽してをらぬといふ事である。観念の群れが、合理的に整合しさへすれば、これに言葉といふ記号を付ける事などわけはないと信じてゐる様子である」と述べているが、哲学者の文章に対する批判も、ほぼ同様の批判を戦前でも行っていた。それは「学者と官僚」(昭和一四〈一九三九〉・一一)である。そこで小林秀雄は、文学者には「健全な無遠慮な読者」を持っているために妙な独善に陥らなかったが、そういう読者を持っていなかった哲学者、たとえば西田幾多郎は「孤独」であったとした後、次のように述べている。すなわち、「この他人といふものの抵抗を全く感じ得ない西田氏の孤独が、氏の奇怪なシステム、日本語では書かれて居らず、勿論外国語でも書かれてゐないといふ奇怪なシステムを創り上げて了つた」、と。

さて、こうして見てみると、たしかに小林秀雄の批評は戦前とかなり連続している面があることがわかるが、ここで少々気になるのが、その批評の言わば精度というものが落ち始めているのではないかということである。たとえば、フランス文学者の桑原武夫が提唱した「第二芸術論」について小林秀雄は、さきに見た「私の人生観」で次のように論及している。

最近、文壇で、俳句第二芸術論といふ議論が盛んであつた。俳句といふ古い詩の形式を否定する、その表向きの議論が、どんなに大胆なものであらうと、さして興味あるものではないが、議論の動機は、論者もそれと気附かぬ現代人の気質の深い処から出て来てゐるのではあるまいかと考へると、あゝいふ文壇的空騒ぎの裏側が見えます。現代人の気質は、沈黙を恐れてゐる、現代人の饒舌は、恐らくこの恐れを真の動機としてゐる、と。俳句ぐらゐ寡黙な詩形式はない、と言ふより、芭蕉は、詩人にとつて表現するとは黙する事だ、といふパラドックスを体得した最大の詩人である。

論争は、桑原武夫の「第二芸術論——現代俳句について——」(一九四六〈昭和二一〉・一一)をめぐって起きたのだが、実は俳句だけではなく「短歌俳諧的形式」を問題にした、同年五月に発表された臼井吉見「展望」を合わせて読むと、問題の本質がよりはっきりと見えてくる。臼井吉見は短歌を例にとって、太平洋戦争の宣戦のときの短歌と降服のときの短歌とが、「この二つの場合の詠出が、そつくり同一なのに一驚するにちがひない」として、要するにそれらの短歌は「複雑な現実面の果敢な切り捨てによつて成立し得たもの」だと、その狭い形式が現実の多くの面を捨象してしまうことを批判したのである。桑原武夫の論も、臼井吉見の論と方向はほぼ同じであった。

ただ、桑原武夫は、専門家の俳句十句と一般人の俳句五句をアトランダムに並べて、読者に対して、専門家の句と一般人の句とが区別できるか、また全十五句に優劣をつけてみよ、さらにどの句が名家の誰の句であるかがわかるか、というふうにいささかショッキングなクイズ形式で問い掛けたということもあって、俳人だけでなく一般人にもセンセーションを巻き起こしたのである。それは、小林秀雄が指摘しているように、芭蕉の俳句や俳句の「寡黙な詩形式」そのものを問題にしようとしたものではなかった。そこで語られていたのは、「中世職人組合的《コンパニオナージュ》」団体とも「神秘的団体」とも言える「党派」を作って、宗匠の権威にひたすら従っているような俳人たちの精神の封建性を批判しようとしたのであった。

注意したいのは、それがまた彼ら俳人たちの戦争中の姿勢への批判とも繋がっていたということである。そのことは、「文学報国会ができたとき、俳句部会のみ異状に入会申込が多」かったこと、「銀供出運動に実にあざやかな宣伝句をたちどころに供出し得た大家たち」という臼井吉見の言葉からも、理解できよう。桑原武夫も臼井吉見と同様に、単に俳句の「寡黙な詩形式」を問題にしようとしたのではなかった。小林秀雄は、「文壇的空騒ぎ」というように次元の低いところで受け止めていたから、そういう問題を見落としたのである。おそらく、戦争と関わるような問題提起は、小林秀雄の耳を素通りしたのであろう。

このような少々ピントの外れたことを、小林秀雄は戦後の批評で語り始めている。たとえば、さきにも見た座談「文学と人生」で小林秀雄は、「日本の左翼というものはどういうんだろう。ロシア文学の影響は受けていない。ただ表面的にロシア的というものじゃないのかな。」と語っている。この座談会は一九六三(昭和三八)年に行われたものである。やはりさきに、小林秀雄が戦後文学を「殆ど読んでゐない」と述べたことを見たが、読んでいなかったのなら仕方はないものの、戦後文学の代表的存在で、「近代文学」の同人でもあった埴谷雄高のことを思い浮かべれば、ロシア文学の影響についての小林秀雄の発言が根拠の無いものであることがわかる。

因みに、埴谷雄高は「近代文学」が小林秀雄を招いて行った座談会「コメディ・リテレール　小林秀雄を圍んで」には埴谷雄高も参加して発言している。埴谷雄高は、ロシア文学、その中でも小林秀雄も大いに影響を受けたドストエフスキーの影響から、未完の大作『死霊』を書いた文学者である。もっとも、小林秀雄は戦後文学を読まなかったわけだし、「コメディ・リテレール　小林秀雄を圍んで」の頃は埴谷雄高はまだ無名であったから、すでに著名だった小林秀雄にとっては、埴谷雄高は記憶に残る存在でもなかったということであろうか。しかしながら、その思想の射程距離の長さということでは、小林秀雄は埴谷雄高の比ではないのであるが。

戦後の小林秀雄の批評で注目すべき批評としては、一九五九(昭和三四)年五月号の「文藝春秋」に掲載された「好き嫌ひ」から実質的に始まり、一九六三(昭和三八)年七月の「物」で終わった連載の「考えるヒント」のシリーズがあるだろう。このシリーズではおもに伊藤仁斎や熊沢蕃山、山鹿素行、あるいは荻生徂徠などの江戸の儒学者や、契沖や本居宣長などの国学者たちの、その学問が紹介され論じられているのである。約四年に亘ったシリーズの連載で、各回それぞれ充実した内容であったと言えるのだが、このシリーズで語られたことは、実はほとんど変わらぬまま、「新潮」に一九六五(昭和四〇)年六月号から一九七六(昭和五一)年一二月までの、一一年以上の長きに亘って連載された「本居宣長」（単行本『本居宣長』として新潮社より一九七七〈昭和五二〉年一〇月に刊行）の内容の、その前半部分とかなり重なっているのである。

また、「考えるヒント」のシリーズではないが、「日本文化研究」（一九六〇〈昭和三五〉・七）に発表された、やや長めの評論「本居宣長――「物のあはれ」の説について」も、後の『本居宣長』で論じられたことと変わらぬ内容が述べられているのである。したがって、その内容についてはここでは論及せず、後に『本居宣長』を検討していくときに見ていくことにしたいが、こういう重なりのことを考えても、戦後の小林秀雄の批評というのは、停滞していたのではないかと思われる。成熟があったとすれば、留まったまま凝固するような成熟だったのではないだろうか。むろん、それをも成熟と言うならば、である。本書では以後、『近代絵画』『感想』『本居宣長』といった、戦後の小林秀雄を代表する長編評論について考えていくつもりであるが、そこには戦前の批評とは異なった、小林秀雄の迷走ぶりを見ることになる。

第十章　『近代絵画』――ピカソ論について

一

小林秀雄は、『近代絵画』を「新潮」に連載し始める一九五四（昭和二九）年より三年前の一九五一（昭和二六）年一月から『ゴッホの手紙』を「芸術新潮」に連載している。これは翌一九五二（昭和二七）年二月まで続いていて、単行本は同年六月に新潮社から刊行された。ただ、この『ゴッホの手紙』の初めの部分は、一九四八（昭和二三）年一二月、一九四九（昭和二四）年の二回にわたって「文体」に掲載されたものの再掲であった。『ゴッホの手紙』の中には、まさに小林秀雄の芸術論らしい一節がある。こう書かれている。

絵画は目的ではない、手段に過ぎないと、熱狂の合ひ間に、何者かが彼に囁《さゝや》く。では何の為の手段か。不思議な事だが、それを知る為に、この現実家には、自分に残された唯一の現実の技術、色や線に関する技術しか信用出来なかった。

この一節について、岡田隆彦は「西欧美術への視角――絵画を語らず精神を語る」（「国文学　解釈と教材の研究」

一九七六〈昭和五一〉・一〇）で、「絵画は目的ではない、手段に過ぎない」というのは小林秀雄自身の考えではないが、といって「何者かが彼に囁く」のだから、ゴッホ自身の考えでもないとして、次のように続けている。「そして、「不思議な事だが」という、何でもない挿入句のようでいて明らかに主観的な前節と後節とを媒介することで、いずれも語り手の推測にしかすぎないといえる前後の二つの内容が事実として叙述されることとなるのである」、と。そして岡田氏は、「こうしたトリックのみごとさは、読めばわかることだし、それに小林氏の著述に早くから認められることではあるが（略）」と続けている。

岡田氏の論全体は、その副題目から窺われるように納得できるものであり、また後でもその論には言及するつもりであるが、しかしながら、「不思議な事だが」という言葉についての解釈には首を捻るところがある。「不思議な事だが」というのは、「前節と後節とを媒介する」「トリック」というものではないだろう。絵を描くことは「手段」に過ぎないが、では何の「目的」のためにか。それを考えていくのは、やはり絵を描くことを通してである、と小林秀雄は言っているのである。すなわち、なぜ絵を描くのか、実はそれを知るためにこそ絵を描くのである、という論理である。

これは、あの「宿命の理論」と同構造の論理である。思い起こしてもらいたい。「様々なる意匠」では、芸術家で目的意識を持たぬものはいないが、芸術家にとっても目的とは「生活の把握であるから、目的は生活に帰つて来る」として、「芸術家にとつて目的意識とは、彼の創造の理論に外ならない。創造の理論とは彼の宿命の理論以外何物でもない」、と語られていた。芸術家は〈何故、書く（画く）のか〉を問うために書く（画く）のである。ゴッホにとっても、絵を描くという自己の生活を「把握」するために、絵を描くのだということである。それがゴッホにとっての「宿命」としか言いようのない、画家としての彼の人生であったわけだ。

さらに言うならば、ゴッホにとって絵を描くことは、如何に生くべきかを問うことであったと、おそらく小林秀雄は言いたかったのである。『近代絵画』の「ルノアール」の章の中で、ルノアールという画家は、「彼は感ずるまゝに、思ふまゝに、楽しんで描いた」というような画家であって、セザンヌのように絵が「絶対の探究」というふうに意識されていたわけでもなく、また「ゴッホを悩ました、人生いかに生くべきかといふ問題さへ、彼を見舞つたとは思へない」と述べられている。この論述を繰り込んで先の引用の一節を読み返せば、ゴッホはまさに、「人生いかに生くべきか」を問うために絵を描いたのだ、と小林秀雄は語りたかったと言えよう。先の引用は「トリック」とは無関係である。むしろ小林秀雄は、自身の信ずるところを真っ直ぐに語っているのである。

このことは、音楽を題材として語られている「表現について」（一九五〇〈昭和二五〉・四）においては、次のように端的に述べられている。

生活してゐるだけでは足りぬと信ずる処に表現が現れる。表現とは認識なのであり、自覚なのである。いかに生きてゐるかを自覚しようとする意志的な意識的な作業なのであり、引いては、いかに生くべきかの実験なのであります。

『近代絵画』においても、このような芸術観で論が展開されている。もっとも、そういう重たい問題意識とは無縁だったと考えられるルノアールのような画家についても、一章が設けられて論じられている。ピカソ論について見ていく前に、『近代絵画』で扱われているモネ、セザンヌ、ゴッホ、ゴーガン、ルノアール、ドガについての論述を、次に簡単に見ておきたい。

まず小林秀雄は、フランス象徴派詩人のボードレールのことから話を始めていく。ボードレールは、詩は詩でしか言い表せないものを表現するもので、詩は詩であれば足りると考えた詩人である。また、そのボードレールは、絵画は絵画であれば足りるという明瞭な意識を持った絵画批評家でもあった。絵は、絵の外にある主題の価値を指すのではなく、絵は額縁の中にある色の魅惑の組織自体を指すと考えた。小林秀雄は、レンブラントやドラクロアにも論及しつつ、ボードレールら象徴派の詩人たちが何物に頼らない詩の世界を構築しようとしたのと同様の画家の魂を、ボードレールはマネに見たと、小林秀雄は語る。しかし小林秀雄は、マネについては多くは語らず、モネについての論に移っている。

「モネ」の章は、印象派にとって大きな問題であった光の問題と絡めて述べられている。ここでは、音および聴覚と光および視覚との対比が中心テーマと言っていい。和音は理論的にも感覚的にも和音であり、そして耳も合成音が異なる振動数を持つ音から成り立っていることを聞き分けることができるが、眼は混合した光の波を見分けることはできないのである。眼には分析能力が無いから、画布の上に斑点を描いて色感を合成しようとしても、音の合成のようにはいかないのである。音響学は作曲家に役だったが、色彩に関する学は画家を助けることはできなかった。モネは、彩色上の色の分解の方法を合理化することに失敗したのである。しかしこの試みは、音楽と絵画との相関関係の意識に画家たちを導いたのだと、小林秀雄は指摘する。

続く「セザンヌ」の章が、おそらく『近代絵画』の中で最も成功した章であろう。「モネ」の章で述べられた、音楽と絵画の関わりを踏まえての論が展開されている。セザンヌの絵が音楽的と言われるのは、音楽家の持つ純粋な構成家の精神をセザンヌも画家として持っていたからであって、そこに彼の独創も苦しみもあったとする。セザンヌは、大事なのは自然を見るというより、寧ろ自然から見られることだと考えた。それくらいセザンヌは自然に近づいたということである。「セザンヌとなると、（略）題材とか画題とかいふ言葉は消えて、風景も静物も人間も、一様に単なる視覚の対象として並んで現れて来る」。
モデルも、マネやドガ、ルノアールなどのモデルにはあった、「一見して明らかな人間の生きてゐる徴《しる》しは、セザンヌの人間達から消える」のである。こう語られている。「人間の生は、何んといふ混乱した、不安定な、消えやすい動きの中にあるか。これに捕へられて、人々が見失つてゐる、言はば生存の深い理由に出会ふ事、それが恐らく、セザンヌの肖像画のモチフであつた」、と。つまり、その「モチフ」はモデル自身も意識していない、「本質的な、持続する生命を現す」ことであった。

「ゴッホ」の章の内容は、すでに『ゴッホの手紙』で論じ尽くされた感があるので、ここではセザンヌとの対比で語られているところを見ておこう。「セザンヌは、（略）自分の生きて行く意味が、自ら悉《ことごと》く絵のうちに吸収され、集中されてゐるのを疑つた事は恐らくない。彼は、先駆者の孤独を賭けて、新しい絵の道を拓いた人だが、これは、絵画上の知識や技術の長年の忍耐強い貯への上に行はれたものであり、絵は予言的な性質に満ちてゐながら、古典的な充足のうちに安らつてゐた」。他方、「ゴッホといふ熱狂的な生活者では、生存そのものの動機に強迫されて、画家が駆り出されるとも言へるであらうか」、と語られている。ここに、ゴッホの、セザンヌと際だった違いを見ることができよう。両者はともに、「生存の深い理由」を求め、それを表現しようとした点で共通していたのだが、「古典的な充足のうちに安らつてゐた」セザンヌと、安らうことのできなかったゴッホとの違いが述べられている。

「ゴーガン」の章では、「かういふ分析の仕方は、かなり危険なのであるが」と断りながらも、「敢へて言へば、ゴッホにはヴェルレーヌに似たところがあり、ゴーガンには、ランボオに似たところがある」と述べられている。「危険なのであるが」という断りが語られているが、しかしこういう類似を指摘されると、読み手は解りやすくなるだろう。では、ランボーが詩を捨てたようにゴーギャンは絵を捨てたかというと、そんなことはないと小林秀雄は述べて、こう続けている。「（略）絵は彼に、自分自身を使ひ果す手段の如きものと屢々感じられなかつたであらうか」、と。そして、やはりセザンヌと対比されて語られている。「ゴーガンにとつて、色彩とは感覚であるよりも寧ろ意味であつた。セザンヌが純粋と信じてゐる感覚も一つの意味に過ぎない、文明人の意味に過ぎない」、と。ここから、タヒチへ行くゴーギャンが見えてくる。

「ルノアール」の章では、先にも言及したが、つまりルノアールとは「熟達した絵筆の職人」だった、として捉えられているのである。

「ドガ」の章では、「デッサンに憑かれたドガとは、物の動き、或はその純粋な知覚に憑かれたドガなのである」と述べられ、ドガは「常に色を否定し、デッサンとして自己を主張しようとしてゐる」とされる。そして、「自己が徹底的に批判されてゐなければ、個性とは一種の弱点に過ぎない。ドガはさういふ芸術家の仕事に必至なパラドックスに悩んでいた」、と語られている。

以上が、『近代絵画』のピカソ論までの論述についての、極めて簡単な概略であるが、こうして見てくると、小林秀雄が美学上の問題に論及しつつも、絵そのものよりも、絵を描いた画家たちの方に、その精神の方に眼を向けていることがわかる。むろん、光学理論や点描のことなどにも触れられているわけだが、それよりも画家という人間とその精神に、やはり彼の関心はあったと言える。このことは、小林秀雄がピカソを論じるときも、基本的には変わらない。

二

小林秀雄とピカソについては、美術評論家の東野芳明がその名も「小林秀雄とピカソ」（「国文学　解釈と教材の研究」

一九八〇〈昭和五五〉・二）という評論で核心を突いたことを論じている。東野氏は、視覚が言葉への隷属から解き放たれた時代の画家として、小林秀雄がピカソを選んだことは「意外に正当」であったと述べる。しかし、「目前の一枚の絵が与える感動」をきっかけとして、「その感動から、氏はいっきょに、作者のぎりぎりの人間像を追い求める」ので、そこに小林秀雄の「美術論の抗し難い魅力」があるのだが、反面、「その限界、といってわるければ、二十世紀美術への、意識された不感症、あるいは、黙殺がある」、と述べている。たしかに、ゴッホの「烏のいる麦畑」の複製を前にして、「僕は、たうたうその前にしやがみ込んで了つた」（『ゴッホの手紙』）というような体験こそ、あり得べき芸術体験ならば、東野氏も例に挙げているように、マルセル・デュシャンの作品、たとえば「大ガラス」を前に「しやがみ込」むような体験は望むべくもないわけで、そうなるとマルセル・デュシャンの作品は芸術鑑賞から除外されることになってしまうだろう。

ゴッホの作品との出会いに見られるような芸術作品との出会いは、他にも、小林秀雄の読者にはよく知られていて伝説化されているとも言える、ランボーの「地獄の季節」との出会いや、また大阪の道頓堀を歩いているとき、「突然、このト短調シンフォニイの有名なテエマが頭の中で鳴つた」（「モオツァルト」一九四六〈昭和二一〉・一二）という、モーツァルトの音楽との出会い（再会）がある。これら決定的な出会いにおける、そのときの感動を元にして、小林秀雄の代表的な評論は書かれたのである。このような感動体験について、東野氏は「感動絶対主義」と名付けているが、東野氏自身も「この感動絶対主義の魔術にかかり、感動しない自分を恥じ入って、悩みこんだりしたものだった」と語っている。

東野氏はやがて「感動しない芸術だってあっていいのだ」と思うようになったらしいが、小林秀雄の「感動絶対主義」、さらに東野氏は「感動肥大症」とも言っているが、それに留まるならば、たしかに二〇世紀のかなりの芸術作品は排除されてしまうことになるだろう。ピカソの芸術もそうなってくる。しかし、そこで小林秀雄は、ヴォリンゲルの著書『抽象と感情移入――東洋芸術と西洋芸術――』(草薙正夫訳、岩波書店、一九五三〈昭和二八〉・五)を媒介にすることによって、ピカソの芸術を論述に取り込んだ、ということを東野氏は述べている。

あるいは、さきにも見た岡田隆彦は前掲の論文で、つまるところは東野氏と同様の内容を述べているのだが、岡田氏は小林秀雄に対して言わば親切な解釈をしていると言える。岡田氏は、『近代絵画』で取り上げられている七人のうち六人までが印象主義の画家たちであって、その印象主義が誕生を促したフォーヴィズムや表現主義を飛ばして、『近代絵画』ではいきなりキュビスムのピカソが登場するという「奇異」を指摘した後、こう述べている。「おそらく小林氏は、十分な幅をもってピカソを論じることにより、印象主義からキュビスム以後に至るまでの間隙をうめると同時にキュビスム以後の抽象絵画についてもふれておこうとしたのだろう」、と。

また岡田氏は論文の初めで、さきに言及した小林秀雄のあのゴッホ体験が、「(略)展覧会の名称といい、多くの複製を展示したことといい、『白樺』派の雰囲気が終戦後間もなく蘇っているのがおもしろい」と述べていて、小林秀雄の美術鑑賞と「白樺」派との関係を示唆しているのである。さらに論文の末尾に至って再び、小林秀雄が「『白樺』派的雰囲気や夭折した富永太郎からの刺激を青春期に体験している」と「白樺」派との関係を指摘して、そのことから「小林秀雄の別の可能性を考えてみる」ことを提案している。たしかに考えてみれば、志賀直哉も所属していた「白樺」派のこと、また「白樺」は美術雑誌的な性格も持っていたことなどを踏まえてみれば、小林秀雄の美術体験を考える場合に「白樺」の存在を抜きにすることはできないだろう。

この、小林秀雄の美術体験と「白樺」派との関係については、岡田氏の論は示唆もしくは暗示に留まっているだけなのだが、それをさらに深く展開させたのが、丸川浩「小林秀雄と二十世紀美術――感情移入型の芸術享受をめぐって――」(「山陽女子短期大学紀要四十号」、二〇一九〈平成三一〉・三)である。この論文は、岡田氏の論だけでなく、さきに見た東野芳明の論考も踏まえ発展させたものでもある。丸川氏によれば、あの「感動絶対主義」は「感情移入」型の芸術享受と言うべきであり、「感情移入」美学はテオドール・リップスが大成させたものだが、「白樺」派の同人たちがリップス理論を理解していたか否かに関わらず、たとえば「白樺」派の同人の一人であった武者小路実篤の、その芸術享受の仕方そのものが「感情移入」型のものであったことを、説得的に論じている。

さらに丸川氏は、ピカソの芸術に対しては「感情移入」型の芸術享受の方法ではその真価を捉えることはできないのであって、小林秀雄はヴォリンゲルの理論を介在させて論を展開させているものの、結局ピカソに「天成の画家」を見ることに留まっていると指摘している。そして、「ピカソに、「理論」や「解釈」を超越した「天成の画家」を見るあまり、小林は、ピカソの革新性を享受する方法を遮断してしまっているのではないだろうか」、と述べる。この見解は、東野芳明や岡田隆彦の見解とも共通しているだろう。そして、それは「感情移入」型の芸術享受の限界でもあるわけである。

以上の三氏の判断は概ね妥当なものだと考えられるが、ここではヴォリンゲルの『抽象と感情移入(略)』は『近代絵画』において論にとって本当に援用の役目を果たしているのか、またピカソを論じた箇所は『近代絵画』の中では三分の一の分量を占めるものでありながら、ピカソの芸術に迫ることができたものなのか、などについて考えていきたい。しかしその前にピカソ論では「感動絶対主義」は消えているのかどうかを見ておきたい。

小林秀雄はやはり何らかの強い「感動」の体験が無ければ、芸術に関しては語れなかったのではないかと思われる。『近代絵画』における「ピカソ」の章の場合では、冒頭の、「先日、クルーゾーといふ映画監督が作つた、ピカソの制作に関する映画を見せてもらつた」という一文で始まる、ピカソの絵画制作の映画を見た体験が、それに相当する。「銀幕全体がカンヴァスとなつて現れ、線がひかれ、色が塗られ、非常な速力で、幾枚も絵が出来上がつて行く」という映画である。小林秀雄は、「二時間の間、私は全身が眼になつてゐた」ようで、その後、感想を求められて弱ったらしく、こう語られている。「言葉のない感動が、尾を引いてゐて、口をきくのもいやだつた。何や彼や上の空で喋つたが、何を喋つたか、もう忘れてゐる。今は、もう感動はない」、と。

「ピカソ」の章は、その感動を思い出しながら、何とかピカソの絵とその感動とを繋げようとした論であったと言うことができるかも知れない。だからであろう、『近代絵画』全体の三分の一の分量を占める「ピカソ」は、ピカソの絵そのものを論じた箇所よりも、ピカソの画業の、その周辺を論じている方が圧倒的に多いのである。「1」でさきに述べた映画体験などを語った後、「2」ではピカソの「蒐集癖」について語っている。ピカソの部屋には、とにかく色んな物があるのである。これについて小林秀雄は、「彼には、何物も棄てる理由がないのである。絵をかくといふ目的から見れば、すべての物が等価なのだ」と述べ、この考えは必ずしも新しい考えではなく、セザンヌは「細君もリンゴも等価物と考へてゐただらう」としている。

では、ピカソの新しさはどこにあるのかと言えば、その考えの「徹底的な拡大」にあるということを述べ、そして「蒐集癖」とピカソの自我との繋がりをこう語っている。

自己分析によつて、整頓された自我を壊してみる事である。さうすれば、人間は、言はば充分に壊れた自我が、充分にちらかつた外界に応ずるのを感ずるであらう。（略）画家は、さういふ時にだけ美は到る処にあると言つてもいゝだらう。ピカソが、その気質の強行によつて、やつてみせたところは、多分、そんな風な事だ。

「多分、そんな風な事だ」という言い方には、セザンヌたち他の画家たちを論じた箇所とは異なった、小林秀雄には珍しく自信の無さそうなニュアンスが感じられる。そして、その後の小林秀雄の論述は、ピカソの絵からもピカソという人物からも、しばらく離れるのである。「ピカソ」の章は全15節あるのだが、最初の「1」と「2」の前半でピカソについて語った後、話題はピカソからは離れて話題はヴォリンゲル（ヴォリンガー）の著書『抽象と感情移入――東洋美術と西洋美術――』の説明に移り、話題がピカソに戻るのは、やっと「7」からなのであり、しかも「7」ではむしろゴッホの話の方が多くを占め、「8」「9」はピカソが中心であるが、「10」や「11」ではセザンヌについての論が主となっていたりしている。そして、「12」では「フォルム」の問題が大半を占めている。一応ピカソの絵が正面から取り上げられるのは、ようやく「13」に到ってからであって、つまりほとんど終わりに近づいてからなのである。

こういう論の進行を見ていくと、やはり小林秀雄はピカソの絵を本当には受け付けていなかったのではないかと思われてくる。数学者の岡潔との対談『人間の建設』（一九六五〈昭和四〇〉・一〇）の中で小林秀雄は、ピカソの絵について、「純真な線と色で喜ばすような絵もあります。しかし絵のなかから幸福が出てきて私を包んでくれるというようなものではない」と述べ、「ピカソには、スペインの、ぼくらにはわからない、何と言うか、凶暴な、血なまぐさいような血筋がありますね」として、やはり小林秀雄にはそれがわからなかったということを語っている。そして、「それがわからないのは、要するにピカソの絵がわからないことだなと思いました」、と。また同年一一月に『小林秀雄』（『日本の文学3』中央公論社、一九六五〈昭和四〇〉・一一）の巻の月報に掲載された、大岡昇平との対談「文學の四十年」では次のように語っている。

セザンヌは好きだからな。だけれども、ピカソはほんとうは好きじゃないんだよ。ただ問題性があって別なところでは好きなんだ。ピカソにはスペイン気質というか、旺盛な生活力があるんだが、それがつかめないからぼくのピカソ論というのは不具なものですよ。やはり好きにならないと、見方が意地悪くなるもんですよ。

あれは意地悪な論文ですよ。

この発言に続けて大岡昇平が「ピカソはあんたが気質的にうけつけないところがあるんじゃないの」と言うと、それを受けて小林秀雄は「だめだね、僕には」と応えている。

やはり、小林秀雄はピカソを受け付けていないところがあったのである。少なくとも小林秀雄自身はそう思っていたのである。したがってまた、『近代絵画』のピカソ論に対しても本人の評価は高くないわけである。「ピカソ」の章における論述の言わば蛇行ぶりを思うと、小林秀雄自身の低い評価も、〈宜なるかな〉という思いがしてくる。おそらく、「ピカソ」の章の論述が、ピカソの絵をまっすぐ目指すのではなく、ピカソという人物の周辺について、その論述の多くが費やされているのは、ピカソの絵が「やはり好きにならない」からであったのであろう。そうなると、クルーゾー監督の映画による感動も、「ピカソ」の章でうまく解き明かすことはできなかった、ということになるだろう。「ピカソ」の章の分量が大きくなったのも、実は書き泥《なず》んで論述が右往左往したからではないだろうか。次に、その論述について具体的に見ていきたい。

三

小林秀雄は「3」において、キューービスムの立ち上げであった、ピカソの「アヴィニョンの娘たち」が一九〇七年に描かれたことに触れた後、キューービスムの運動がセザンヌから発しているという考えは定説になっていると述べて、ピカソがそのセザンヌから啓示を受けるとともに、彼の革新的技法にはアフリカ黒人の彫刻からの影響もあるということを指摘する。そして小林秀雄は、二〇世紀の絵画にはこれまでに無かった、「莫大な言葉が集中」する事態が生まれたこと、それはすなわち「莫大な理論や解釈が喚起」されたということであり、その「絵画の革新運動」の時期と重なる一九〇八年に、美学上の「画期的な著述が現れた」として、ヴォリンゲルの『抽象と感情移入――東洋美術と西洋美術――』の説明に入るのである。「3」および「4」「5」のほとんどをその説明に充てている。

ここで、まず注意しておきたいのは、なるほどキュビスムの試みは、それまでの具象的な絵画とは異なって抽象的な絵画の試みだろうが、小林秀雄はピカソのキュビスムを解明するためには、『抽象と感情移入（略）』の理論の援用が必要である、というようなことなどの言及は一切しないで、それが自明であるかのようにして説明の叙述に入っていることである。ピカソの絵を論じるためには、どうして『抽象と感情移入（略）』の理論の説明が必要なのかということは、『近代絵画』の終わりに至ってもはっきりとは解らないのである。なるほど、「アヴィニョンの娘たち」の、人間が抽象化された絵を思い浮かべるならば、ヴォリンゲルの理論が援用されることは自然なように思われるかも知れない。

しかしながら、キュビスムの時代でもってピカソの画業を代表させることはできないであろう。たとえばJ・バージャーは、その著書『ピカソ／その成功と失敗』（奥村三舟訳、雄渾社、一九六六〈昭和四一〉・九）で、「ピカソのキュビスム時代は、かれの生涯の、大きな例外である」と述べている。例外である理由についてはその著書では述べられていないが、それに関して高階秀爾も『ピカソ　剽窃の論理』（美術評論社、一九八三〈昭和五三〉・一〇）で、戦後にいたるまで、そのほとんどあらゆる時期に、「（略）過去の諸作品と密接な関係を示すピカソが、キュビスムの探求に没頭した何年かのあいだだけは、はっきりと過去と絶縁しているのである」と述べ、その時期の特異性を語っている。

また高階氏は同書で、「（略）形態の変貌をつねに追求してやまないピカソが、キュビスムの時代だけは自らその形態を破壊して、全体の画面構成の中に吸収させてしまっている」ことや、社会現象に敏感に反応するピカソが、キュビスム時代には何の反応もしていないこと、その間にあった第一次大戦もキュビスム時代の画業に「何の痕跡も残していない」として、次のように語っている。「（略）一九〇七年から約十年間にわたって続けられた彼のキュビスム探求が、いかにその他の時期の作品と際立って異なった特徴を示しているかを雄弁に証拠立てるものであろう」、と。

これらの指摘を見れば、小林秀雄がピカソのキュビスム時代を説明するためにヴォリンゲルの『抽象と感情移入（略）』の理論を大きなスペースで援用していることに対して、少し首を傾げるものを感じないだろうか。もっとも小林秀雄は、特異な時期とされているピカソのキュビスム時代だけに的を絞っているのではない。「青の時代」のものにも論及している。しかし、「青の時代」もキュビスム時代も、ピカソの画業の中では早い時期に属するものであって、それらの時代のものでピカソの画業を論じるのは偏りがあるだろう。その問題については後でも述べることにして、次に『抽象と感情移入（略）』について、その理論を簡単に見ておこう。なお、引用は前掲の『抽象と感情移入――東洋芸術を西洋芸術――』による。

ヴォリンゲルによれば、近代美学が語るところを受け入れている近現代の人間は、芸術においては感情移入の衝動を当たり前のように思っているが、感情移入の要求は芸術意欲が生命の有機的な真実に傾く場合のみ、すなわち自然主義に傾く場合に限ってのみ見られることなのである。「感情移入衝動」は、「人間と外界の現象との間の幸福な汎神論的な親和関係を条件としている」、という限定された条件においてのみ見られるのであり、それ以外では別の衝動が見られるのである。その衝動が「抽象衝動」である。それは、「渾沌不測にして変化極りなき外界現象に悩まされ」た人々は、「無限な安静の要求をもつに至った」ものである。その衝動は、「外界の個物をその恣意性と外見的な偶然性とから抽出して、これを抽象的形式にあてはめることによって永遠化し、それによって現象の流れのうちに静止点を見出すことであった」として、ヴォリンゲルは抽象化がもたらした幸福について述べている。

そこで吾々は次の如き命題を確立する――単純な線や純粋に幾何学的な合法則性におけるそれの発展的形成は、現象界の不明瞭な混沌たる状態によって不安を感じている人間に対して、最大の幸福可能性を提供したに相違ないと。というのは、ここでは生命の依存性が僅かの残滓をも止めないまでに払拭されているからである。

このヴォリンゲルの理論を見れば、「感情移入衝動」はルネッサンス期などのごく限られた時期に適用できる芸術原理であって、それ以外の、外界との親和関係の内に安らうことのない時期の人間にとっては、なるほど「抽象衝動」の方がむしろ一般的であったことがわかる。この場合、むろん外界というのは自然界だけのことではない。現代で言えばおそらく産業社会が外界の代表的なものであろうが、それはともかく、では小林秀雄はキュビスム時代のピカソの「抽象衝動」もやはり外界に対する不安から来たものだというふうに述べているかというと、実はとくに何も語っていないのである。ヴォリンゲル理論を援用しながらも、なぜその理論なのかの説明は加えていない。キュビスム時代におけるピカソの抽象絵画の説明として、言わば漠然とヴォリンゲルの理論を説明しているだけなのである。このあたりことは不可解としか言いようがないだろう。

また、さきほど述べたこととも関連するが、ピカソの画業を説明するにあたって、抽象もしくはヴォリンゲルの言葉を用いれば「抽象衝動」という観点から説明しようとすることには無理があるのではないかと考えられる。たとえば、岡本太郎は宗左近との共著書『ピカソ〔ピカソ講義〕』（朝日出版社、一九八〇〈昭和五五〉・一一）で、ピカソは「非常に抽象的な表現をとっている場合でも、まぎれもなく何か〝もの〟であり、具象的な要素がある」として、さらに「ピカソという人はただの抽象にはなれない人なんだ。なまなましく、ものでなきゃならない」とも語っている。抽象を画いている場合でも、そこには何らかの具象性があるというわけであるが、むろん、これは見る人によって判断は異なるだろうから、いずれが正しいとは言えないが、しかし、そういう見方もあることへの言及があって然るべきだが、小林秀雄のピカソ論はそういう問題に見向きもしないのである。

もっとも、いわゆる「青の時代」のピカソについては、小林秀雄はやはり論及していて、しかも小林秀雄らしい興味深い論述になっていると思われる。たとえば、「青の時代」のピカソの絵は、「文学的とか感傷的とか言はれている」が、しかし、「例へば「自画像」（一九〇一年）を見て、感傷的といふ形容詞を思ひつく事は難しいであらう」と述べている。そして、当時のピカソの仕事ぶりを書いているサバルテスの記述には、そのときのピカソには、「所謂浪漫派の愛した孤独めいたものは何ものもない」としている。小林秀雄はこう語っている、「恐らく、ピカソの仕事場は、ドストエフスキイの「地下室」の様にたゞ貧しく、裸で、沈黙してゐる。冥府の色から現れる「貧しき人々」も亦たゞ在るが儘にさうなのであつて、これに社会的な或は道徳的な意味を附与する事は出来ない」、と。あるいは、「青の時代」の「病児を抱く母」や「狂人」などの絵に言及して、「（略）ピカソが面接してゐるものは、彼自身も亦決して別人とは言ひ得ない生の奇怪さそのものではなかつたか」と語っている。

こうして見てくると、小林秀雄にとってのピカソとは、あるいは多少なりとも小林秀雄の心に言わば引っ掛かってくるピカソの絵とは、あくまで「青の時代」のものかキュビスム時代のものであったということがわかってくる。これらはピカソの画業の初期と言っていい時代である。ピカソは、それ以後も長期間にわたって創造活動を続けているのである。『近代絵画』におけるピカソ論は、それらの活動をほとんど無視しているのである。『近代絵画』の約三分の一の分量をピカソに充てながら、これはどういうことであろうか。ともかくも、さきに見たように、大岡昇平に小林秀雄が自身のピカソ論を「不具なもの」だと言ったのも、なるほど納得ができるだろう。

このように小林秀雄は、ピカソの画業を論じてもそれは極めて限定的な時期のものしか対象にしていないわけで、次々と新局面を切り拓いていった、その展開の軌跡については一切論及しないのは、ピカソの画業に対して公正さを欠いているとも言えるだろう。もっとも、最終の節「15」に至って、「互いに断絶したモチフを持つ作品が次々に生れるが、「変更は改善かも知れない、改悪かも知れない」とさへ自ら言ふのである。」というふうに、ピカソの画業の続出する新局面について言及はしていて、「これを文字通り受け取つて置くより他に、どういう受け取り方があらう」というコメントも付されている。しかし、これでは何も言っていないのと変わりはないであろう。ただ、やはり大作で問題作でもある「ゲルニカ」は、小林秀雄も無視することはできなかったのであろう、言及している。いま引用しつつ見た箇所にすぐ続けてのところである。

例へば「ゲルニカ」(一九三七年)といふ絵が現れる。暴力に抗する人道主義的思想の爆発、現代への最も烈しい諷刺、といふ風な解釈が集中し、絵は、忽ちピカソの最高傑作となる、という風な事が起るが、言はばこれは名士ピカソに関する事柄であつて、ピカソの内的な作業が変つたわけではあるまい。たまたま爆撃されたバスクの町に、ピカソの眼は向つたに相違ないが、絵の真のモチフは、やはり「何哩も遠くの方からやつて来た」であらう。小林秀雄は、小品「水兵服の人形を抱いたマイア」も「何処からともなくやつて来るのを、彼自身どう仕様もない」として、「この愛すべき小品が、恐るべき大作に劣る理由など何処にもないのだし、この絵に、無邪気な少女が秘めた不安を読みとるものは、「ゲルニカ」に、奇怪な静寂を読むかも知れないのである」、と続けている。

「ゲルニカ」の評判は「名士ピカソに関する事柄」だと小林秀雄は言っているのだが、これは歪んだ解釈であろう。詩人でもあり彫刻家でもある飯田善國は『ピカソ』(岩波書店、一九八三〈昭和五八〉・三)で、ピカソが「ゲルニカ」で訴えたかったのは「近代戦の匿された残虐性そのものであったと言えるだろう」として、さらに「「ゲルニカ」

が多くの人々を捉えて離さないのは、この作品の多義性にもよるが、本当の理由は、この作品に書き込まれた「死と苦痛の記号」の疑いようのない明快さの為なのである」と述べている。

しかし、小林秀雄は「ゲルニカ」を描くことで「ピカソの内的な作業が変つたわけではあるまい」と語るのである。もちろんそうであろう、それはピカソが他の絵を描くときも同様であろう。そうであるのだから、「ゲルニカ」を論じるのに、何もそこに眼を向ける必要は無いのである。にもかかわらず、わざわざそこに眼を向けるのは、政治的社会的な文脈で「ゲルニカ」が語られることが、単純に言って小林秀雄には面白くないからであろう。神山睦美も『小林秀雄の昭和』（思想社、二〇一〇〈平成二二〉・一〇）で、遠慮した言い方であるが、「（略）ピカソをはじめとする、いわば政治的なるものの本質から身を引き剝がすことのできない画家たちについては、必ずしも十全な穿鑿にいたっているとはいいがたいのである」、と述べている。こういうところにも、小林秀雄の本質的にノンポリティカルな資質を見ることができるのではないだろうか。もっとも、ピカソも決して政治的な人間ではなかったようで、飯田善國は同書で、「ピカソも非政治的な人間であった」と述べている。そういうピカソさえゲルニカの惨劇に怒りを持ったのだ。

物事が政治社会的な文脈に置かれると、小林秀雄は背を向けて途端にトンチンカンで独りよがりなことを語り出すのである。このことはしっかりと確認しておくべきだと思われる。小林秀雄は、文学を語らせたらまさに一級の批評を展開するのに、政治社会的な事柄やそれに関わる文化上の問題等についてのとくに批判的言辞を語るときには、丈の低い批判しか語らないのである。それは『近代絵画』の「ピカソ」の章でもそうである。たとえば、「当代の歴史主義が発見した人間などは、人間の影に過ぎない。歴史的客観主義は、自身の持つてゐる自惚れ鏡に気附いてゐない」、と小林秀雄は言っている。ここで言われている「歴史的客観主義」というのは、唯物史観もしくは唯物史観的な歴史観のことを指すのであろうが、これは論証抜きのほとんど厭味のような発言ではないだろうか。「生命とは自我の事だ。人間とは自我の事だ。これは独断であらうか。歴史的人間といふ人間の解決の方が独断ではないのか」とも語られている。「歴史的人間」という考え方で人間を捉えきったとするのが「独断」ならば、「人間とは自我の事だ」として押し切るのも「独断」なのである。「歴史的人間」というのも、やはり小林秀雄は唯物史観的な見方から捉えられた人間のことを想定して言っているのであろうが、ここで何もそれを言う必要はないのに、である。少なくともピカソを論じるにあたっては。小林秀雄はそういうことを言う余裕があるのならば、「ゲルニカ」の分析を試みるべきである。

「ピカソ」の章には他の箇所にも幾つかこういう事例があるが、ここではもう指摘しないことにする。そのことよりも、『近代絵画』はボードレールについての論述から始まる興味深い長編評論であったはずなのに、終わりの「ピカソ」の章に至って、ほとんど無惨なものになっているとしか思えない。この著書全体の三分の一の分量を使いながら、一体どれほどピカソの画業の本質に迫ることができたのだろうか。ピカソの周辺のことや、そのピカソについてもわずかに「青の時代」とキュビスムの時代だけに終わっていて、また長々とヴォリンゲルの『抽象と感情移入（略）』の説明がなされたりと、「ピカソ」は必ずしも成功した評論とは言えないのではないだろうか。

そのことを考えると、実は『近代絵画』の前の『ゴッホの手紙』も、その後半はゴッホの手紙の引用でほとんどが占められていた。もちろん、小林秀雄としてはそのゴッホの手紙を読者に読んでもらいたいという思いがあったわけだが、しかし、それは長編評論としてはやはり不適切な作りである。小林秀雄だからこそ、それが許されたということもあるだろう。小林秀雄が次に書いた長編評論は『感想』であり、これはベルクソン論であったが、未完に終わっている。その次は『本居宣長』であり、これは何とか終わりに至っているが、しかしながら、雑誌連載ではとくに後半は繰り返しも多くて、『古事記伝』の世界に入りきったとは言えないのである。戦後の長編評論には何か問題があるのではないか。それらの長編評論は、どれも不首尾に終わっていると言える。

第十一章　未完の『感想』

一

『感想』は、一九五八（昭和三三）年五月から一九六三（昭和三八）年六月までの五年間に亘って「新潮」に連載された長編評論である。しかし『感想』は未刊に終わり、小林秀雄はこれを単行本にすることを禁じた。それだけではなく、全集類に収録することも厳禁した。しかし新潮社によれば、著作権継承者の容認のもと、第五次の『小林秀雄全集』に別巻Iとして収録された。もちろんこの収録には、『感想』に込められた著者小林秀雄の「遺志」を世に「告知」するという意図があったわけである。やはりここで、幾つか疑問が出て来るだろう。まず小林秀雄は、何故この評論を未刊に終わらせたのか、また未刊であるとは言え、これだけの分量の長編評論なのに、一冊の本として上梓しなかったのは何故か、それればかりでなく将来とも単行本化を禁じたのは何故か、などの疑問である。

ここですぐに思い浮かぶのは、この『感想』は失敗作だった、と小林秀雄が思っていたから、ということである。おそらく、それに間違いはないであろう。小林秀雄自身も、数学者の岡潔との対談「人間の建設」（「新潮」、一九六五〈昭和四〇〉・一〇）の中で、岡潔が「ベルグソンの本はお書きになりましたか」と問い掛けたのに応えて、「書きましたが、失敗しました。力尽きて、やめてしまった。無学を乗りきることが出来なかったからです」と語っているのである。このように小林秀雄は、「無学を乗りきりことが出来なかった」と語っているのだが、「失敗」は「無学」の問題であろうか。もちろん「無学」の言葉には謙遜のニュアンスも感じられなくはない。ただし、「失敗」の理由は「無学」云々の問題ではないのではないか。それとは別の面から考えるべきではないだろうか。

このことに関しては熊野純彦も、「〈螢〉のゆくえ――小林秀雄のベルクソン論によせて――」（「文學界」、二〇〇二〈平成一四〉・九）で、その「無学」の内容が「自然科学的知識の欠落をさすものと考え、これを「感想」中断の原因とみるむきもあるが、ただちに同意しがたい」と述べ、「すくなくともより内的な要因がさぐられるべきところであろう」と述べている。たしかに熊野氏の指摘の通りだと考えられる。もっとも、熊野氏はその「内的要因」については言及を控えているが、ここではその「内的要因」とは何かについて考えてみたい。まず、『感想』の冒頭部分から見ていこう。次の引用である。

終戦の翌々年、母が死んだ。母の死は、非常に私の心にこたへた。それに比べると、戦争といふ大事件は、言はば、私の肉体を右往左往させただけで、私の精神を少しも動かさなかつた様に思ふ。日支事変の頃、従軍記者としての私の心はかなり動揺してゐたが、戦争が進むにつれて、私の心は頑固に戦争から眼を転じて了つた。私は「西行」や「實朝」を書いてゐた。

ここで少し話題が逸れるが、平井敬之の発言について触れておきたい。平井啓之は「小林秀雄〝ベルグソン論〟について」（「文学」、一九八七〈昭和六二〉・一二）で、この冒頭の数行は小林秀雄にとって「戦争が彼の精神を少しも動かさなかったことの断言のために書かれているとしかみえない」と述べ、「私は、自分の悲しみだけを大事にして戦後のジャーナリズムの中心問題に何の関心も持たなかった」という、小林秀雄の「自負とも倨傲とも居直りとも取れる言葉」だと述べている。たしかに、そのように言うことができるが、引用の言葉は日中戦争から太平洋戦争へと続く時代の小林秀雄のあり方を正直に語っているとも言える。「日支事変の頃」だけでなく、そのしばらく後も、小林秀雄は妙に高ぶったような、危うい発言をしていたのであり、やはりその時期は「動揺」していたのかと知ることができる。

そのことに関連することは後に述べたいが、先の引用に続けて小林秀雄は、母親の死の数日後の「妙な経験」について語っている。それは、小林秀雄の読者にとっては有名な話であり、以下のような話である。――小林秀雄が仏に上げる蠟燭を買いに家を出たとき、「今まで見た事もない様な大ぶりな」螢に出会う。そのとき小林秀雄は、「おつかさんは、今螢になつてゐる、と私はふと思つた」ようなのである。と言っても、「おつかさんが螢になつたとさへ考へはしなかつた」ので、「正直に書けば、門を出ると、おつかさんといふ螢が飛んでゐた、と書く事になる」、という経験だったようなのである。その後、歩いていると普段は吠えない犬が吠え、しかも小林秀雄の踝が突然その犬の口に這入る体験もする。しかしそれで怪我をすることもなかったようで、さらに歩いていると踏切番と男の子二人とが大声で言い合いをしているのに出くわす。「踏切番は笑ひながら手を振つてゐた」のだが、「子供は口々に、本当だ、本当だ、火の玉が飛んで行つたんだ、と言つてゐた」のである。そして、小林秀雄は、「私は、何んだ、さうだつたのか、と思つた。私は何の驚きも感じなかつた」ということである――。

小林秀雄はこれを「私の童話」だと語っているが、「童話が日常生活に直結してゐるのは、人生の常態ではないか」と語る。さらに続けて、それから二ヵ月後にも忘れ難い経験をしたようなのである。――小林秀雄が泥酔して水道橋のプラットホームから転落したのだが、左手にコンクリートの塊りがあり、右手には鉄材の堆積がある、「その間の石炭殻と雑草とに蔽はれた一間ほどの隙間に、狙ひでもつけた様に、うまく落ちてゐた」のである。持っていた一升瓶は微塵になり、小林秀雄も胸を強打したようだが、命には別状なかっただけでなく、「かすり傷一つなかつた」のである。こう語られている、「私は、黒い石炭殻の上で、外灯で光つてゐる硝子《ガラス》を見てゐて、母親が助けてくれた事がはつきりした」、と。このことについて小林秀雄はこうも語っている、「私は、その時、母親が助けてくれた、と考へたのでもなければ、そんな気がしたのでもない。たゞその事がはつきりしたのである」、と——。

その事件後、小林秀雄は発熱して一週間ほど寝込んだようだが、医者の勧めで伊豆の温泉宿に行き、五十日ほど暮らし、その間にベルクソンの最後の著作『道徳と宗教の二源泉』をゆっくり読んだということである。それについて、「以前に読んだ時とは、全く違つた風に読んだ。私の経験の反響の中で、それは心を貫く一種の楽想の様に鳴つた」、と。「私の経験の反響の中」という場合の「経験」とは、その直近では転落の経験であり、それに繋がっての、あの「蛍」を見た経験のことであろう。

もっとも、そういう経験が無くても、小林秀雄の世代にとっては、別言すれば大正時代に青春を送ったと言える世代にとっては、ベルクソン哲学は馴染み深いものであり、小林秀雄の思想にもベルクソン哲学からの大きな影響を見ることができる。だから、それらの経験が無くとも、小林秀雄がベルクソンの哲学について論じることに不思議はないだろう。そうではあるのだが、しかし、不可思議とも言える二つの経験をした後に読んだ『道徳と宗教の二源泉』に触発されて、長編評論となる『感想』は筆を起こされたのであるから、これらの経験と『道徳と宗教の二源泉』との関連を考えるべきであろう。いったい小林秀雄は、『道徳と宗教の二源泉』の中のどういう論述箇所から触発を受けたのであろうか。

大岡昇平は「昭和十年前後」（「群像」、一九六一〈昭和三六〉・五、「常識的文学論」第五回）で、「（略）『物質と記憶』

は小林の昭和三年頃の談話に一番出て来た本であり、彼の文学理論の基礎をなしている」、と述べている。また大岡昇平は「小林秀雄の世代」（「新潮」、一九六二〈昭和三七〉・七）では、「自由はベルクソン『意識の直接与件』の中心課題であり、小林が一貫して追究して来た問題である」と述べている。大岡昇平がこのように著作名を具体的に挙げている『意識の直接与件』や、とりわけ『物質と記憶』については、小林秀雄は昔の読書を反芻するかのように、『感想』の中で分厚い叙述を行っている。しかしながら、ベルクソンの最後の著述であり、小林秀雄が改めて読んだときには「心を貫く一種の楽想の様になつた」と語られた『道徳と宗教の二源泉』については、実はまったく触れられてもいない。論述はその手前で終わっていると言える。

これはどう考えるべきであろうか。そのためには、不思議な経験とベルクソンの『道徳と宗教の二源泉』との関連から考えてみなければならない。山崎行太郎は『小林秀雄とベルクソン「感想」を読む』（彩流社、一九九一〈平成三〉・一）で、『感想』は「スリリングな評論」であり、小林秀雄が「はじめて公開した原理論の書であるといってよい」と述べている。どちらの判断も全く首肯できないが、この評論に「小林秀雄の強味も弱味も、ともに含まれている」と述べていることには頷けるところもある。ここではその「弱味」について論及することになる。

二

藤田寛は『小林秀雄論』（せせらぎ出版、二〇〇三〈平成一五〉・六）で『感想』冒頭で語られている経験に触れながら、「（略）この二つの経験をベルクソンの思想の解明を通して立証しようとしたのが、『感想』のモチーフでなかったか？」と述べているが、もちろんそうである。そして、亡き母親をめぐる不可思議な二つの経験とベルクソンの『道徳と宗教の二源泉』との関連を考えるならば、まず眼を向けなければならないのは、ベルクソンが同書で神秘主義について語った箇所であろう。ベルクソンはその中で、「ギリシャ神秘主義」と「東洋神秘主義」、そして「キリスト教神秘主義」のそれぞれについて述べている。以下、『道徳と宗教の二源泉』からの引用は、平山高次訳による改訳岩波文庫版（一九七七〈昭和五二〉・三）による。

「ギリシャ神秘主義」について述べられている箇所では、神秘主義の帰着点は「生命の顕示する創造的努力との接触の獲得」であり、「そうした努力は、神そのものではないにしても、神のものである」として、「偉大な神秘家とは、種にその物質性によって指定されている限界を飛び越え、このようにして、神的活動を続け、それを発展させるような個性のことであろう」、と述べている。ここで言われている「種」とは、人類のことを指していると考えられる。そしてベルクソンは、神秘主義は決して主知主義的なあり方と対極にあるのではなく、主知主義とも両立できるとしている。たとえば新プラトン学派の祖であるプロティノスは、「神の光に照らされていたので、魂が神の前にいるように感じ」た人物であるが、しかし「行動は観想の衰えである」と述べていて、「これによって見れば、彼は相変わらず、ギリシャ主知主義に忠実であ」ったことである。だからプロティノスは、「ギリシャ主知主義に神秘性を強く滲み込ませた」役割を果たした哲学者として、ベルクソンには捉えられている。

「東洋神秘主義」の箇所では、インドの仏教について述べられていて、仏教が死後において業（カルマ）の滅却である涅槃（ニルヴァーナ）に到達に到達するのは、「一連の段階を経た後でであり、神秘的訓練の全体を通してである」、とベルクソンは語っている。そして、仏教において言葉で表し得るものは、すべて哲学として扱われるが、「しかし、いちばん肝心なのは、言葉も理性も越えた決定的啓示である」として、その「決定的啓示」は、「実際に体験した者から伝えられる見神《ヴィジオン》によって、得られる」と述べ、仏教の中にある神秘主義について語っている。しかし、仏教の中にある厭世主義に触れながら、「インドの神秘主義の徹底化を妨げたのは、この厭世主義だった。なぜならば、完全な神秘主義は行動だからである」と述べ、仏教の神秘主義が中途半端であることを述べている。

「キリスト教神秘主義」についてベルクソンは、その中の「偉大なキリスト教神秘家たちの神秘主義」こそ、「完全な神秘主義」であると述べる。彼ら「偉大なキリスト教神秘家」には、「しっかり安定した例外的な知的健康がある」のだが、しかしながら、彼らの語る「自分の見神、恍惚、狂喜」などの「異常なもの」については、なるほど「病的なものとの区別は困難である」と言える。ベルクソンによれば、それについては「偉大な神秘家たち自身の意見もこのようなものだった」のであり、「彼らはその弟子たちを全く幻覚的になりがちだった見神に対して警戒させた最初の人々だった」のである。やはり「キリスト教神秘主義」においても、神秘主義は無知蒙昧なあり方から生まれて来るのではなく、その逆に「知的健康」のもとに育まれたものだとしている。

さらに、ベルクソンは「キリスト教神秘主義」に関して、神秘家たちの間には一致する表現が見られることに注目しなければならないとして、「その著者たちは一般に互いに知り合っていなかったのに、決定的状態の叙述のなかには、同じ表現、同じ比喩、同じ比較が見いだされる」と述べている。つまり、そのことは彼らの「見神」が真実であることを物語っているわけである。ベルクソンはこう述べている。「すなわち、ただ我々が言いたいのは、キリスト教神秘家たちの外面的類似は共通の伝承と教育から由来し得るにしても、彼らの奥深い一致は直観の同一性のしるしであり、この同一性は、彼らが交わっていると信じている「存在」(神)の現存によって、最も簡単に説明されるという点である」、と。

このようにベルクソンは、神秘家たちの言説が真実であることを、幾つもの事例から推して〈論証〉できるとしているわけである。このようなベルクソンのある意味で帰納法的とも言える論法のあり方について、小林秀雄は『感想』の中で、『道徳と宗教の二源泉』ではなく『物質と記憶』に関してであるが、次のように述べている。

真理は経験的な性質を持つからと言つて、実証的に真理に直通する道があるとは限らない。幾つもの蓋然性を積み重ねて、真理の確定に達しなければならぬ事もある。あげられた多数の事実は、その一つ一つでは真理には直通しない。路は中途で跡切れるが、これらが織りなす、多数の交叉点を極めて行けば、跡切れた路が収斂《しゅうれん》する一点を確定する事が出来る、「物質と記憶」で、とられてゐるのはさういふ方法であり、多数の事実の極めて複雑な分析を一挙に保持しながら、一方、こゝから導かれる極めて単純な事実への緊張した直観が要求されてゐる。（二十）

『道徳と宗教の二源泉』においてもベルクソンは、神秘家たちの多数の事実から一致する「存在（神）の現存」を導き出したと言えようか。むろん、その導き出しにどれだけの信憑性があるのかという問題はあるわけだが、それはともかくとして、小林秀雄があの不可思議な経験の後、伊豆の温泉宿で『道徳と宗教の二源泉』を読んで、その本が「心を貫く一種の楽想の様に鳴つた」という、その中心部分は『道徳と宗教の二源泉』の第三章「動的宗教」の終わり部分の、神秘主義を扱ったところだったと言っていいと思われる。

ところで、もともと小林秀雄には、神秘的な事柄あるいは超常現象というものをそのまま受け容れようとするところがあったと言える。晩年になるが、たとえば小林秀雄は講演録「信ずることと知ること」（「日本への回帰」、一九七五〈昭和五〇〉・三）で、当時日本で話題になっていたユリ・ゲラーの念力の実験に触れて、今日出海の父親が心霊学の研究家だったことを述べた後、「私はあゝいふ問題には学生の頃から親しかつたと言つてもいゝ。念力というふやうな超自然的現象を頭から否定する考へは、私にはありませんでした」と語っている。そして、ユリ・ゲラーの実験を扱っている新聞や雑誌に触れて、「事実を事実として受けとる素直な心が、何と少ないか、そちらの方が、むしろ私を驚かす」と続けている。

日本では大正から昭和にかけての時期が心霊ブームの時期でもあったが、小林秀雄はその当時、ベルクソンの念力に関する文章を読んで心を動かされた事があったようである。その文章とは「生きてゐる人の幻と心霊研究」（白水社版『ベルクソン全集』第五巻収録の文章の邦題は「「生きている人のまぼろし」と「心霊研究」」）である。ここでベルクソンはある婦人の話として語られている話題を紹介している。それは、第一次大戦のとき、夫が遠い戦場で戦死したのだが、丁度その時刻に夫が塹壕で斃れたところを、その婦人は夢に見たという話である。婦人は夫を取り巻いている数人の兵士の顔までも見たのだが、後で調べてみると、やはりその時刻に夫は同僚の数人の兵士に取りかこまれて死んだことがわかったのである。

この話は夏目漱石の小説「琴のそら音」の中で紹介されているエピソードと同じような話である。もっとも、「琴のそら音」のエピソードの場合は、出征中の夫がある朝、懐中の小さな鏡を見ると、そこに病気で寝れた細君の姿が映っていたことがあって、後に調べてみると細君が死んだ日時と夫が鏡で見た日時が一致していたという話である。ベルクソンが紹介している話とは夫と妻とが逆転しているわけだが、話の本質は同じであろう。もちろんベルクソンは、その婦人が話したことをそのまま真実として受けとめたのである。小林秀雄は言うまでもなく、婦人の話を受け容れたベルクソンを支持している。

講演録「信ずることと知ること」からも、小林秀雄がベルクソン思想のとりわけどの部分に共感していたかということを知ることができよう。それは神秘的なことや神秘主義を否定しないベルクソン思想のあり方に共感を寄せていたと言える。そう考えると、亡き母親をめぐる不可思議な話の後で読んだ『道徳と宗教の二源泉』のとくにどの箇所が「心を貫く一種の楽想の様に鳴つた」かについては、これまで述べてきたように、やはり第三章「動的宗教」における、神秘主義を語った箇所だったと言えよう。

「信ずることと知ること」では、私たちが生活の上で行っている広大な経験の領域を、近代科学が計量化できる合理的経験だけに絞ったこと、それによって科学は非常な発達を遂げたが、その反面、計量計算には不向きな人間精神の微妙な動きをも狭めて理解するようなことになったことなどを、小林秀雄は指摘した後、ベルクソンの『物質と記憶』のテーマに言及しながら、「もしも、脳髄と人間の精神が並行してゐないなら、僕の脳髄が解体したつて、僕の精神はそのまゝでゐるかも知れない」と述べている。この発言は、言うまでもなく、小林秀雄の亡き母親をめぐる不思議な経験の話に直結しているのである。母親の精神は、母親の死後も「そのまゝ」であったことを示しているわけである。

「信ずることと知ること」では、〈例によって又しても〉と言っていいと思われるが、お化けの話が昔の通常人の人生観、信仰であったことから「世相の歴史性」を窺おうとする試みは、「現代の歴史家には気に入らない」として、「その気負つた意識に強く影響した唯物史観は、この史観も亦現代の信仰を出ないといふ、わかり切つた真実を蔽ひ隠して了つてゐる」、と述べている。ベルクソンの『道徳と宗教の二源泉』の問題からベルクソン哲学の全体を論じようと試みられた『感想』執筆のモチーフの一つには、やはり「唯物史観」、さらには唯物論（と言っても、唯物論全般というよりもマルクス思想の唯物論である）に対する批判があったことを、ここでも確認しておきたい。

もちろん『感想』には、以上述べてきた事柄だけではなく、小林秀雄が若いときに親しんだベルクソン哲学を振り返ることによって、自らの思考の歩みをも検証しておこうとするモチーフもあったと考えられる。『感想』の分厚い論述から推測して『感想』の終着点は、小林秀雄がベルクソンを論じてみようとする契機となった、ベルクソン最後の著書『道徳と宗教の二源泉』を論じることに行きつくはずであったと言える。しかし、そうはならずに、中途で投げ出され、且つ小林秀雄はその長編評論を全集などに収録することまでも禁じたのである。もちろん、先述したように、収録を禁じたのは小林秀雄自身が『感想』を失敗だと思っていたからで、その理由は了解できるのだが、ここで問題にしたいのは、何故中途で執筆を断念したのかということである。その断念が失敗作と認める大きな要因でもあるのだから、本論ではその断念の問題について考えてみたい。

三

先にも引用した大岡昇平の「昭和十年前後」（前出）には、連載中の『感想』について平野謙がベルクソンの「祖述」と言っていることに対して、大岡昇平は「これはどうも不用意の言葉のように思われる。平野謙はその「感想」を読んでいないとはっきりと言っているし、彼がベルクソンを読んでいないのは、十中八九たしかである」と述べている。また「小林秀雄の世代」（前出）では大岡昇平は、『感想』連載の「二回から『物質と記憶』の巧みな説明が始まった時、少くとも私は、『善の研究』以来の美しい哲学的文体の出現に驚いたのである。中味がベルクソンの祖述であるかないかは恐らく問題ではないほど、小林は自分の思想として語っている」と語っている。

この「祖述」に関する問題については、森脇善明が『小林秀雄とベルクソン』（JCA出版、一九八二〈昭和五七〉・五）の中で、『ゴッホの手紙』の後半は、「（略）小林氏自身、ひたすらゴッホの文面をそのまま書き綴ることで、〈小林―ゴッホ〉の見事な渾然化を現出していた。ベルクソンにおいても、そうしたゴッホの場合に見られた入神化が、小林氏に起こったのであろうか」と述べている。たしかに、「入神化」と言えるほど、小林秀雄の論述は自らの思想をベルクソン思想に融合しているかのように進行している。

このことから言えるのは、それまでも小林秀雄は自らの思想を語るとき、多くの場合、ベルクソンに依拠することが大きかったのではないかということである。とりわけ、マルクス主義の唯物論や唯物史観と対抗するような場合には、直接にベルクソンから引用したり、あるいはその思想を援用したりすることはなくとも、反唯物論、反唯物史観の立場から批評を展開するときの、その拠り所の大きな一つとしてベルクソン思想があったと考えられる。端的に言って、小林秀雄はかなりの面においてベルクソン思想に賛同したはずである。だから『感想』は、ベルクソン思想に対して批評らしい言葉もなく、ましてや批判めいた言葉は一切なく、ほとんど「祖述」のように進行していったのである。

では、それらは主にどういう問題をめぐってであろうか。以下、できるだけその内容について簡略に追っていきたい。『感想』は、ベルクソン思想における〈直観〉や〈持続〉などの鍵概念についての丁寧な解説を含みながら、ベルクソンの主な著書の、必ずしも発行順に沿ってではなく、むしろ論述の必要から判断されてであろうと考えられる順序で、それらの著作に論及しながら展開されている。『物資と記憶』についての叙述は、他の著書に比べて特筆するほどの大きな分量であったりする。

ベルクソンの最初の大きな著書は、「意識の直接与件論」（邦題では『時間と自由』〈平井啓之訳、白水社、一九七五［昭和五〇］・九〉、以下、『時間と自由』からの引用は、同書による）である。この著書で扱われている大きな問題の一つに自由をめぐっての議論がある。しかしながら、小林秀雄は、ベルクソンによれば「自由は問題ではなく、事実なのである」（三）って、すなわち「自由は、意識の直接与件である」（三）とする。もっと言えば、自由は内観によって自覚することができるものなのである。たしかに、人間の行為が無意志的なものでないならば、どんな行為においても当人の判断や選別などの意志が含まれているわけで、その意味ではたしかに「自由は問題ではなく、事実」である。

また、ベルクソンほど「芸術を重んじた哲学者はゐまい」（五）とされ、「彼の哲学は、芸術とその方位を同じくすると言へる」（五）と語られる。このことは芸術も哲学も共に、日常生活の必要から「行為の実用性に深く根ざした私達の物の考え方の習慣を逆転させたい」（七）とするからである。普通の日常生活においては、生活の必要や行動の利便のために、普段は認識の幅が狭められているが、芸術も哲学も、その私たちの認識の幅を拡げようとするものなのである。そのことと関連するのが直観と分析との相違の問題である。直観は「共感によって一足飛びに物の中に入り込み、物と一致する」（七）が、分析は「物の周囲を廻つて、物を観察する視点を求め、これによつて物を表現する符号を工夫するやり方である」（七）と述べられている。因みに、この直観と分析の相違の問題は、後に『本居宣長』においても繰り返し展開されている。

私たちの認識の幅を狭くするものとしては、言葉の問題もある。言葉が物事の認識に有効であることは言うまでもないが、その反面、言葉は物事の個性を覆い隠してしまう働きもするという問題である。すなわち、「言葉の帳《とば》りは、殆ど信じ難いほど厚い」（六）のであって、「言語は、すべて個性でなく属を表示してゐる」（六）のである。その「帳《とば》り」をこじ開けて認識の幅を拡げようとするのが芸術であり哲学なのである、というのがベルクソンの考えだ、と小林秀雄は捉えている。これは妥当な理解であろう。小林秀雄はこれらの理論を「ラヴェソンの生涯と業績」（岩波文庫『哲学的直観――思想と動くものII』所収の邦訳名）や「知的な努力」（『ベルクソン全集』第五巻〈前掲〉所収）などに拠りながら展開する。この問題はベルクソン哲学を理解するうえで重要だと判断したのであろうか、小林秀雄は繰り返して述べている。たとえば、「類に向ふ強い傾向を持つ言葉の帳《とば》りを破つて、個性ある事物を直かに見る事、日常行動の補助手段としての知覚から離れて、純粋に知覚を行使する事は容易ではない」（十三）、と。

その後、「感想」は、ベルクソンの著作の中で一番知られている『創造的進化』については比較的短く三つの章のみを宛てて論及した後、次に『笑い』についての論を述べている。ここでも、小林秀雄の論述はベルクソンの論に忠実に展開されていて、笑われるのは強張《こわば》りやそれから来るぎこちなさに対してであると語られている。「つまり、喜劇は、社会生活に対する強張りと呼んで差支へないもので始まるのである」（十）、というふうに。あるいは、喜劇の観客の笑いについては、「（略）この喜びは、精神の真の喜びからは、甚だ遠いもので、筋肉の緊張の解けるのに似た、意識の弛緩《しくわん》の運動だ」（十一）、と。

ベルクソンはこのように、笑いに対しては、言わば高い生産性というものをあまり認めようとはしていない。笑いはどういうときに起きるかという問題については、様々な説がある。たとえば、滑稽な事柄に示される他者の欠陥を眼にしたときに笑いが起こるという嘲笑説、それと関連する説で、他者の欠陥を見ることは自らの優越を感じることであり、それが笑いをもたらすとする優越説、あるいは笑いは物事の考え方の二つのマトリックスの交差から生まれるのであり、たとえば厳粛な式典で式辞を述べている人物が嚔《くしやみ》をすると可笑しいものであるが、これは、厳粛のマトリックスと生理現象のマトリックスが交差することから生まれる笑いである。実は、この二つのマトリックスの交差というのは、科学的発見の場合と同じであって、となると、笑いには創造性があるという考え方ができる。そういう考え方をする代表的な論者がアーサー・ケストラーでいる。

他にも笑いについては色々な説があるが、それらの説を見たならば、笑いについてのベルクソンの説は、とくに笑いの可能性、創造性を見る論としては狭量なのではないか、少なくとも幅が狭いのではないかと言わざるを得ないが、小林秀雄はそれに関してとくに批評的な言説を述べていないのである。この辺りのことも、『感想』が「祖述」に終わっていると判断される理由であろう。

この後、小林秀雄はいよいよ『感想』の中心部分をなす『物質と記憶』についての論述が展開していく。そこにおいても小林秀雄は、『物質と記憶』の論を批判するでもなく突き放すわけでもなく、ほぼ忠実にと言っていいほどに述べている。それはまさに、「祖述」という批判的言辞も止むなしとせざるを得ないような論述なのである。もちろん、先に見たように大岡昇平は、「祖述」云々は問題でないほど、「小林は自分の思想として語っている」と述べているのだが、そうであるならば小林秀雄は、ベルクソンの著作の中でもとくに『物質と記憶』に自己の思想とかなり重なるものを認めていたということであろう。この『感想』は、全五六章のうち第一七章から第四八章までが、ただしベルクソンの「夢」について述べられた第二七章から第二九章までの三章を除いた二九章の分量と第五五章と未完の最終章となる第五六章の二章を加えた総計三一章が、『物質と記憶』に充てられているのである。

小林秀雄は第三〇章の冒頭で、「ベルグソンの分析を辿り始めたら、行くところまで辿ってみなければならない。要約不可能な彼の思想が、分析の仕方そのもののうちに現れて来るからである」、と述べている。しかし私には、ベルクソンの思想のその全体については「要約不可能」とは思われない。たしかに『物質と記憶』に関してはそういうことが言えなくはないかも知れない。たとえば、哲学が専門の金森修は『ベルクソン　人は過去の奴隷なのだろうか』（ＮＨＫ出版、二〇〇三〈平成一五〉・九）の中で『物資と記憶』について、「（略）一度として、「よくわかった！」という感じをもてたことがない」と述べている。『物質と記憶』にはそういうところがあるにせよ、「意識の直接与件論」や『創造的進化』については、小林秀雄も要約的に述べてきたのだから、ベルクソンの思想の全体が「要約不可能」ということはないであろう。

どうもこの第三〇章辺りから、小林秀雄の論述は迷路に入り込んでしまったのではないかと思われる。アインシュタインの相対性理論の批判を試みたベルクソンの『持続と同時性』に論及した関係から、第四九章から第五四章までは主に量子力学の「不確定性原理」などについての論述となっているのだが、そしてまた第五五章では『物質と記憶』に戻る叙述となっていて、やはりその論述は迷走していると言わざるを得ない。この『持続と同時性』への言及から『感想』の中断の理由を、物理学の問題を叙述にうまく取り込めなかったからだという判断も出てくるわけである。

たしかに、そうした一面もあったであろうが、しかしそのことよりもむしろ、そもそも『感想』の執筆動機となった『道徳と宗教の二源泉』における、神秘主義の論と他の論とを含んだその全体について、小林秀雄は『物質と記憶』で語られていた論などの延長上に位置付けようとして、『感想』の論述を始めたのだが、その目論見には無理があることが『感想』を続けて行く中で、はっきりしてきたからではないだろうか。

次に、その問題について仮説を提出してみたい。

四

ベルクソン思想が小林秀雄にとって親密に感じられたことについては、ここで整理しておきたい。それについては、たとえばジャック・シュヴァリエとの対談の本である、『ベルクソンとの対話』（仲沢紀雄訳、みすず書房、一九九七〈平成九〉・一〇新装版）の中での、ベルクソン自身の発言を見てみよう。ベルクソンは、「つまり、あるものを絶対的に認識するとは、それ自体において、内部から、単一なものとして認識することであり、相対的に認識するとは、外部から、他のものとの関連において、複合されたものとして認識することだ」と述べている。このことは、その初期以来からの小林秀雄の確信であり、最晩年の『本居宣長』でも展開されている考え方である。あるいは、「（略）唯物論は一つの形而上学であり、わたしはいかなる形而上学も求めていなかったからだ」というベルクソンの発言も、小林秀雄の唯物論批判と同じである。また、「（略）概念においてわれわれが理解し測定するものは、現実ではなくて、現実の象徴なのだという考えを常に念頭においておく必要がある」というベルクソンの発言も、概念操作をしただけで現実を把握したと思っていた戦前のプロレタリア文学者を批判したときの小林秀雄の、言わばその論の構えに重なると言えよう。

魂の死後存続については先にも見たが、ベルクソンは『ベルクソンとの対話』でこう語っている、「一八九六年来、『物質と記憶』の結論として、魂の死後存続の信念に達していた」、と。あるいは、「魂は肉体に結びついていないから、肉体の死後なお生きている」、と。そして自分の方法については、「わたしの方法は、経験に支えられて、できるだけ遠くまで精神的現実の道を歩むことだが、経験を越えてはならない」と述べている。このあたりの、決して経験から遊離せずに、しかも精神を遠くまで伸ばして行こうとするところも、小林秀雄と志を等しくしている。さらには、「わたしの大きな発見は、科学的、機械論的教育を受けたために見損なっていた、あるいは知らなかったとさえ言っていい内的発見だった」とベルクソンは語っているが、小林秀雄も近代主義的な科学信仰を批判して、「内的発見」すなわち人間の内面の重要性を語ってきたと言えよう。さらに、ベルクソンが「無私と自我忘却の道徳性」ということを語っているところも、とくに人生の後半から〈無私〉ということを強調し始めた小林秀雄と重なるであろう。

しかしながら、『ベルクソンとの対話』において、ベルクソンが次のようなことを語り始めると、小林秀雄とはかけ離れていくのではないだろうか。ベルクソンは語る、「人類愛、他民族に対する愛……他国民、つまり自国民のように実質的条件によって結ばれていない国民を愛するには、宗教的精神が必要です」（傍点・原文）、と。しかし小林秀雄の中には「人類愛」という発想は無い。だが、それはベルクソンには厳存しているのである。『道徳と宗教の二源泉』はそういう発想で書かれた書物であって、淡野安太郎が『ベルグソン』（勁草書房、一九五八〈昭和三三〉・五）で「（略）この第四の主著の内容はベルグソンの社会学説であるとも称せられているのである」と述べているように、『道徳と宗教の二源泉』は宗教論であるとともに社会論の書物なのである。

そのことに眼を向けると、先に見たように、小林秀雄は伊豆の温泉宿で『道徳と宗教の二源泉』を読んで、その後、「それは心を貫く一種の楽想の様に鳴つた」と語っているのだが、その中の神秘主義を認める論述に共感したのはともかく、他の箇所の論述についてはどう受けとめたのであろうかが、気になるところである。しかしながら、『感想』における、二つの不思議な出来事を回想した箇所において、そのことについて小林秀雄は一切言及していない。実は『道徳と宗教の二源泉』の全体は、それまで文芸批評などで小林秀雄が語ってきたような事柄とはそぐわない内容で構成されているのである。

よく知られているように、ベルクソンは同書の中で、二つの社会類型について述べている。一つは「閉じた社会」であり、もう一つは「開いた社会」であるが、その社会のあり方に即応して道徳も「閉じた道徳」と「開いた道徳」があると言う。前者は「ただ自己保存しか目ざさない社会の表象であ」り、これは「抑圧の道徳」とも言われ、「純粋に静的なもの」であるとされる。それはまた、「知性以下のもの」とされている。それに対して後者は「憧憬の道徳」と言われていて、「進歩」と「前進」とが「熱情そのものと混一する」とされている。これは「純粋に動的なもの」とされ、「知性以上のもの」とされている。もちろん、ベルクソンが推奨するのは「開いた道徳」の方であり、人類は「開いた道徳」の方に向かっているわけである。

まず、このような論述を見るだけで、それが小林秀雄の思想と嚙み合うことはないだろうと推測される。宗教の発生の問題に関するベルクソンの論述においても、同様のことが言える。ベルクソンによれば、人間は知性を持つことによって、死が不可避であることを認識するようになったのだが、それがまた人間に不安を与えるわけである。すなわち、「人間は、知性的であるからこそ、未来を考えるわけであるが、もし純粋知性が自分に与える未来の表象だけで満足したならば、未来には予見できないものが存在していることを見いだすので、未来に不安を感じただろう」。そういうときに宗教は要請されると言う。

つまり、宗教の「その最初の起源は、恐れではなく、恐れに対する保証である」。「（略）宗教は恐怖であるというよりも、むしろ恐怖に対する反作用であり、宗教は直ちに神々の信仰であるわけではない」のである。あるいは、「（略）宗教は知性による死の不可避性の表象に対する防御的反応である」（傍点・原文）。ベルクソンはそう強調して次のように述べている、「（略）もう一度いうが、宗教は恐怖であるというよりも、むしろ恐怖に対する反作用であり、宗教は直ちに神々の信仰であるわけではない」、と。

宗教についてのこのような捉え方は、『道徳と宗教の二源泉』がまさに「社会学」的な著作であることを思わせる。つまり、神々や宗教の存在の理由は、人々とその社会によって要請される事由から説明されるのである。ベルクソンはこう述べている、「ひとが神々を手に入れたのは、大概は神々を利用するためであったから、一般に神々には種々な機能が賦与され、多くの場合機能の観念が支配的だったことは、当然である」、と。神話についてもほぼ同様なことが言える。引用が続くが、ベルクソンは次のように述べている。すなわち、「神話の方はどうかといえば、それは神々の人格をただ物語風に展開しているだけであって、神々の創作は、もっと単純な別の創作の、つまり、宗教の起源に存在している――と我々は信じる――「半人格的な力」、あるいは「効験ある現存」の創作の拡大化にすぎない」、と。

むろん、小林秀雄がこうした論述のあり方にたとえ違和感を覚えたとしても、神秘主義について述べられた箇所に共感したのだから、なお小林秀雄は自己の批評文章にこれらの叙述内容を包摂しようとしてすることはできたはずである。しかしながら、次のようなことを述べるに到ったベルクソンは、小林秀雄の批評の筆力を持ってしても自己の批評文に包摂することができなかったのではないだろうか。それについて、次に見ていきたい。

ベルクソンは、「開いた社会とは、原則的には、全人類を包含するような社会のことである」と述べる。「全人類」と言われていることに注意したい。そしてベルクソンは、「（略）新しい道徳的憧れが責務というその自然的形式を閉じた社会から借用することによってはじめて具体化するのと同様に、動的宗教も想話機能の提供する心象と象徴によってはじめて普及する」と述べている。ここで言われている「想話機能」というのは、死の不可避性や未来の不安などによって人々が意気消沈してしまわないように、それらから人々を防御するために案出される物語などを産む機能のことであり、「動的宗教」も、おもに「静的宗教」が用いている「想話機能」を活用するわけである。「開いた社会」と「動的宗教」に関連してベルクソンは、こう述べているのである。「実際、デモクラシーは、あらゆる政治構想のうちで、自然から最もかけ離れたものであり、「閉じた社会」の諸条件を少なくとも超越する唯一の構想である」、と。さらに、「（略）自由と平等の間のしばしば指摘された矛盾は、同胞愛によって止揚されるものであり、同胞愛こそ必須のものであることがわかるだろう。そこからして、デモクラシーは福音書的本質のものであって、愛を動因としている、と言うことができよう」、と。

もしも小林秀雄が、ベルクソン論を中断せずに続けていたとしたら、当然、ベルクソンの最後の主著である『道徳と宗教の二源泉』に論及せざるを得なかったであろう。となれば、「デモクラシー」の問題や「自由と平等」の間の矛盾を「同胞愛」によって「止揚」しようとするこれらの言説に触れざるを得なかったであろう。しかしながら小林秀雄に、「自由と平等」の矛盾を「同胞愛」によって何とか「止揚」しようと熱を込めて語るベルクソンを、果たして論じることができたであろうか、と疑問に思われる。実は、そういう問題は、本質的にノンポリティカルだと言っていい小林秀雄にとっては、苦手な領域の事柄だったと言える。ベルクソンもどちらかと言えば、その資質は政治的社会的な事柄には迂遠な方であろう。そうではあるものの、ベルクソンは『道徳と宗教の二源泉』ではここまで踏み込んで、政治や社会の理想を語っているのである。小林秀雄は、神秘主義や死後生のことを語るベルクソンに対しては、共感しつつ論じることができたのであるが、政治的社会的事柄を語るベルクソンを論じることはできたであろうか。

ベルクソンはまた、「宗教が人間に人類を愛するように勧めるのは」、神を通してであること、同様に哲学者たちが、人間のすぐれた尊厳性を我々に明らかにするために、「我々を人類に注目させるのは、ただ理性を通して」である、ということを述べた後、次のように語っている。すなわち、「このいずれの場合においても、我々は、家族と国家を経て、段階的に人類に達するのではない。我々は一足跳びで人類よりもはるかに遠くまで行き、人類を目的としたのではなく、人類に、それを超えることによって、到達したのでなければならぬ」、と。このように、家族や国家の延長線上に人類を考えるのではなく、神あるいは理性を通して一挙に人類をも超えるところを目指すことによって、ようやく人類に達することができるというような発想を、小林秀雄は受け付けないであろう。

日中戦争下の昭和一四（一九三九）年一〇月五日の「東京朝日新聞」に原題は「社会時評」として掲載された評論「神風といふ言葉について」の末尾で小林秀雄は、次のように述べていた。「疑はしいものは一切疑つてみよ。人間の精神を小馬鹿にした様な赤裸の物の動きが見えるだらう。そして性欲の様に疑へない君のエゴティスム即ち愛国心といふものが見えるだらう」、と。本章の冒頭で見たように、日中戦争の頃、小林秀雄の「心はかなり動揺してゐた」ようであるが、妙に昂揚した声高な調子を感じさせるこの文章には、たしかにその「動揺」が感じられなくはないが、しかしそこで語られていることは本音であると言える。人は「動揺」したときには、本音を漏らすものである。「エゴティスム即ち愛国心」を重視するような小林秀雄には、「人類を愛する」ということを語るベルクソンを論じることができたであろうか。大いに疑わしいと言わざるを得ない。

ここで、『感想』中断の理由を敢えて推測してみることにする。伊豆の温泉宿で『道徳と宗教の二源泉』を読み返したとき、その書には神秘主義の箇所だけでなく、今指摘したような叙述があることももちろんわかっていたはずである。しかし、その論述と『物質と記憶』などについての論述とをうまく接合できるのではないかという目論見が、小林秀雄のなかにあったのだが、連載を続けて行くうちに、いよいよそれが不可能であることが明瞭になったので連載を未完のまま中断し、また記述の部分を単行本化することも断念したのではないだろうか。

第十二章　『本居宣長』——その言語論と歴史論から見えてくるもの

一

『本居宣長』（新潮社、一九七七〈昭和五二〉・一〇）の中で最も優れた論述は、「物のあはれを知る」説に関する箇所であると言えよう。小林秀雄によれば、いわゆる「物のあはれ」論は、文学論の次元に収まるものではなく、広く人間の基本的経験のありようを扱ったものであり、しかもそれは、感情論、主情論というよりも、認識論の色彩が強い。小林秀雄は、本居宣長の「物のあはれ」の説をこのように解釈する。そして、こう述べている。

明らかに、彼は、知ると感ずるとが同じであるやうな、全的認識が説きたいのである。（略）両者の分化は、認識の発達を語つてゐるかも知れないが、発達した認識を尺度として、両者のけぢめをわきまへぬ子供の認識を笑ふ事は出来まい。（略）心といふもの丶有りやうは、人々が「わが心」と気軽に考へてゐる心より深いのであり、それが、事にふれて感《ウゴ》く、事に直接に、親密に感《ウゴ》く、その充実した、生きた情《ココロ》の働きに、不具も欠陥もある筈がない。それはそのま丶分裂を知らず、観点を設けぬ、全的な認識力である筈だ。問題は、たゞこの無私で自足した基本的な経験を、損はず保持して行く事が難しいといふところにある。難かしいが、出来る事だ。（略）それが、宣長が考へてゐた、「物のあはれを知る」といふ「道」なのである。（第十四章）

これは、『紫文要領　巻上』における、宣長の「物のあはれ」の定義を注解した一節である。小林秀雄の宣長解釈の基本的なものは、ここにほとんど言い尽くされているのだが、その補足として、「物のあはれ」の世界に現れる「物」がどんな様子をしているのか、それについての小林秀雄の説明を次に「第二十四章」から引いておこう。

そして極く普通の意味で、見たり、感じたりしてゐる、私達の直接経験の世界に現れて来る物は、皆私達の喜怒哀楽の情に染められてゐて、其処には、無色の物が這入つて来る余地などないであらう。それは、悲しいとか楽しいとか、まるで人間の表情をしてゐるやうな物にしか出会へぬ世界だ、と言つても過言ではあるまい。それが、生きた経験、凡そ経験といふものゝ一番基本的で、尋常な姿だと言つてよからう。合法則的な客観的事実の世界が、この曖昧な、主観的な生活経験の世界に、鋭く対立するやうになつた事を、私達は、教養の上でよく承知してゐるが、この基本的経験の「ありやう」が変へられるやうになつたわけではない。

これらの引用を読むと、小林秀雄が提示する「物のあはれを知る」説には、現象学的な認識に通じるものがあるという印象を受ける。その点についてはすでに山口昌男が「小林秀雄『本居宣長』を読む」（「中央公論」、一九七八〈昭和五三〉・二）で指摘していて、たしかに両者にはともに、理論的認識の対象である客観的世界よりも情動性に彩られた生活世界の方が根源的であるという観点があり、その観点から合理主義や科学主義の狭小性を批判するという点で、相通じるものがあると言えよう。

しかし、そのような批判では重なりながらも、やはり現象学と小林秀雄とでは、その批判の目指す方向、さらには批判の方法において異なっていると考えられる。何よりも小林秀雄には、合理主義や科学主義が生じ来たった所以を解明することによって、それらを言わば止揚しようとする志向はない。合理的なもの、分析的な知性を峻拒すれば足りるといったふうである。『本居宣長』ではとりわけそうである。その頑《かたくな》とも言える姿勢が小林秀雄をどのようなところへ導いて行くのか、それについて考えてみたい。

『本居宣長』は、一九六五（昭和四〇）年六月から一九七六（昭和五一）年一二月までの「新潮」に連載された。定本では、その連載が大幅に削除されている。ここでは、それらを視野に収めながら、今述べた問題を言語論と歴史論の視角から見ていきたい。

「物のあはれを知る」世界が認識の初源の場であるならば、そこで発せられる言葉をめぐる考察は、必然的に言語起源論の性格を強く持つだろう。『排蘆小舟』や『石上私淑言』の歌論から、小林秀雄は次のような認識を抽出する。次は「第二十三章」からの引用である。

言語表現といふものを逆上つて行けば、「歌」と「たゞの詞」との対立はおろか、そのけぢめさへ現れぬ以前に、音声をとゝのへるところから、「ほころび出」る純粋な「あや」としての言語を摑むことが出来るだらう。この心の経験が、即ち「うたふ」といふ言葉の発明なら、歌とは言語の粋ではないか、といふのが宣長の考えなのである。

誰の情も、訓練され、馴致されなければ、その人のはつきりした所有物にはならない。わが物として、その「かたち」を「つく／＼と見る」事が出来る対象とはならない。私達が理解してゐる「意識」といふ言葉と、宣長が使つた意味合での「物」といふ言葉とを使つて、かう言つてみてもよささうだ、歌とは、意識が出会ふ最初の物だ、と。

言葉は、情動の自然な発露としての歌から生まれ出たものである。情動の基盤は身体にあるのだから、最初の言葉である歌は、私たちの身体が「我知らず取る或る全的な態度なり体制なり」（同右）に胚胎していたと言える。しかしその歌は、「おぼえずしらず、声をさゝげて、あらかなしや、なふ〳〵と、長くよばゝ」（『石上私淑言　巻一』）る歌声に、ヘルダーが『ヘルダー言語起源論』（木村直司訳、大修館書店、一九七二〈昭和四七〉・一二）で述べている「内省意識」の契機が含まれていることになる。声を発することによって、人は自己の情動をはっきりとした「かたち」として対自化するのである。したがって言語表現は自己認識と一体化しているわけだが、それは同時に客観、たとえば物を対＝象として措定することでもある。つまり、自己認識と対象認識とが言語表現の媒介によって成り立っているので、そこには、本居宣長の言う、「まづ大かた人は、言《コトバ》と事《ワザ》と心《ココロ》と、そのさま大抵相かなひて」（『うひ山ぶみ』）という三位一体の構造がある。そして、こういう言語表現を通して、人は世界を開示させていくのである。

小林秀雄が宣長の述作に見たのは、このような言わば〈言語としての人間〉の姿であったと言えよう。さきに小林秀雄の言語論は言語起源論の性格を持つと述べたが、むろん小林秀雄は、ルソーやヘルダーのように言語の起源自体を問題にしているのではない。もっとも、たしかに情動に根付く言葉＝歌にその起源を見ようとするところなどは、彼らの言語起源論と重なる部分があり、とくに文字論においてルソーのそれと類似していると言える。しかし、小林秀雄の言語論の主眼は、言語起源の場に立ち返ることによって、それも思考実験的に立ち返ることによって、「直接経験」を深めようとするところにあったのである。次は少し長い引用になるが、これは定本収録の際に削除された箇所である。しかしそこには、今述べた小林秀雄の志向性がむしろ鮮明に語られているのである。

宣長は、勿論、言語の起源といふやうな空漠たる問題につき、仮説など立てやうとしたのではない。彼はたゞ、事物との直かな接触に、私達の生活の端緒を見てい丶のなら、其処に、言語の誕生といふ事件が、重なり合つて見えて来るのは必至だといふ事、それを何の無理もない、誰にとつても全く自然な考へだとしたまでなのである。事物との親身な交はりの保証人としての言語、事物の直かな味はひを確かめようとすると生れ来る言語、さういふものが考へられてゐる。（略）私達が、言葉の根本的な働きを、しつかりと身に付けて了ふのは、未だ内外、主客のはつきりしたけぢめも弁へぬ、弁へる必要もない幼年期を通じて行はれる、疑ひやうのない事物との出会とその身体ぐるみの応接といふ長い訓練による。さういふ場合、私をしつかりと取巻いてゐる手応へのある諸事物は、言はば、引延された自分の肉体のやうに、私に親しいものと言へるだらう。（第四十四回）

まことに親和的な世界ではあるだろう。しかし、ここで気に掛かるのは、小林秀雄の言う「直接経験」の世界が、結局は、言わば系統発生的には言語起源の場のことであり、個体発生的には「幼年期」のことであって、しかもそういう世界のみが「事物の直かな味はひ」を保証すると、どうも小林秀雄は考えていることである。さきに引用した第十四章の一節で小林秀雄は、「全的な認識」を持つものの例として「子供の認識」を挙げていた。それは、「分裂を知らず、観点を設けぬ」というふうに説明されていたが、これを言語経験の場に移せば、新しいものに接する時の子供の言葉ということになろう。なるほど、それは固定した先入見に捕らわれない白紙の状態であるから、「観点を設けぬ」と言うことができよう。しかし、その直接的な世界は豊かな世界なのだろうか。

二

これまで引用してきたようなことを、小林秀雄は『本居宣長』で繰り返し語っているのだが、私は「直接経験」の記述に出会う度に、ヘーゲルの『精神現象学』の言葉を思い出した。ヘーゲルは述べている、「直接的なもの」すなわち「感覚的確信はその具体的内容からみてそのままで最も豊かな認識であり、いや無限に豊かな認識であるように思われる」、「だが、この確信は、実際には最も抽象的で最も貧しい真理である」（樫山欽四郎訳、河出書房新社、一九七三〈昭和四八〉・一二）、と。要するに、その「直接的なもの」には（否定的）媒介が欠けているためにあまりに一般的すぎて無内容だとヘーゲルは言っているのである。小林秀雄の提示する親和的な世界もそのような趣きがある。

おそらくそのことは、『本居宣長』の文体が概して抽象的であること（引用からも感じ取ることができるのではないだろうか）と関係している。宣長研究家でもある野崎守英も、「出口のない『円球』小林秀雄『本居宣長』」（「文芸展望」、一九七六〈昭和五三〉・七）で『本居宣長』の文体の抽象性を指摘しているが、野崎氏はその理由を、宣長という「対象に、自己との対立性、自己とは違う者としての他者性、を認定しないその読み」にあるとしている。言い方は異なるが、それも（否定的な）媒介の欠如ということであろう。

そのことと関連するが、「直接経験」の世界に「自足」し、その経験を「損はずに保持する」ことは、柔軟さを失うまいとしながらも、柔軟なうちに硬直してしまうという逆説的な事態に陥ることにもなると思われる。少なくともその危険性があるだろう。『本居宣長』全体にそういった印象があるのだが、おそらくそれは、小林秀雄が言語の初源の場における「直接経験」のみを「物に直かに行く道」として、その場から離れることがすなわち「物と物との関係を目指す」ことになり、それは抽象化に繋がるというふうに、考えていることに原因があるだろう。小林秀雄は次のように語っている。

「さかしだちて物を説く」人は、（略）物を避け、ひたすら物と物との関係を目指す。個々の物は、目に見えぬ論理の糸によつて、互に結ばれ、全体的秩序のうちに、組み込まれるから、先づ物は、物たる事を止めて、推論の為の支点と化する必要がある。なるほど物の名はあるが、実名ではない。（第三十九章）

しかし、物を説く為の、物についての勝手な処理といふ知性の巧みが行はれる、ずつと以前から、物に直かに行く道を、誰も歩いてゐるのは疑ひないところだ。（同）

これらの引用は、『古事記伝　三之巻』における神の命名を問題にした部分の注解の箇所だが、ここに小林秀雄の姿勢がよく現れ出ていると思われる。「物に直かに行く道」における命名にも弁別作用という関係性の契機があることくらい、小林秀雄は承知のはずである。しかし、そこに眼を向けず、「直接経験」と「知性」、「直かに行く道」と「関係を目指す」道、というふうに二元的に対立させてしまうのだ。おそらく、敢えてそうしている、というところもあるであろうが、その硬直した姿勢が小林秀雄の言語論からダイナミズムを失わせている。たとえば、身体の所作に言語の母胎を見る点で、小林秀雄と共通する言語論を展開しているメルロ＝ポンティと対比させてみれば、そのことがよくわかる。

因みに、郡司勝義は『小林秀雄の思ひ出』（文藝春秋、一九九三〈平成五〉・一二）で、「小林秀雄は『シーニュ』のうち、初めの二つの言語論を実に丹念によく読んでいた」と述べている。しかしながら、郡司氏は同書で、「だが、あれだけ丹念にメルロ＝ポンティの著作を読みふけりながら、氏の文中にその名が記されることは、つひになかった」と語っている。何故そうなのかはわからないが、小林秀雄は理論を吸収してもそれが露骨に現れないように、自分の文体に溶かし込んで用いようと思ったからかも知れない。ここでは、メルロ＝ポンティの著作の内、『シーニュ』の中の二つの言語論（邦訳では「間接的言語と沈黙の声」および「言語の現象学」）ではなく、『知覚の現象学』で語られている言語論について見ていきたい。その方が小林秀雄の言語論の特徴をより対比的に浮かび上がらせることができると思われるからである。

メルロ＝ポンティによれば、知覚は、いわゆる〈知と図〉の形態化（関係化）、構造化によって、対象世界を人間的に有意味化し、私たちにとっての〈世界〉というものを現出させる働きを持つ。この身体の知覚作用が、私たちの〈世界〉経験の原現象であるのだが、注意すべきは、あくまでもそれは〈世界〉を有意味的に分節化させる能動的な形態化作用、構成化作用であるということだ。そして、この作用に基づいて、私たちの身体的所作はさらなる〈世界〉の構造化を行っていく。発話（声）行為もこの一過程であって、「音声的所作は、語る主体にたいしてもそれを聞いている主体にたいしても、経験の或る一つの構造化、実存の或る一つの転調を実現するのであって、それはまさしく、私の身体の行動が私にとっても、私の周囲の事物に或る一つの意味を授与するのと相等しい」（竹内芳郎・小林貞孝訳『知覚の現象学Ⅰ』みすず書房、一九六七〈昭和四二〉・一一、「語る言葉」「語られた言葉」という語も同書による）。

このように言葉による表現行為は、身体による〈世界〉の動的形態化に連続しているのだが、問題はこの運動が停止した時である。言語の領域でその事態を言えば、それは「語られた言葉」の体系の中に埋没し固定してしまう状態であり、言葉は事物の味わいを無くして単なる符号と化し、言葉によって表現された事物も表情を失うであろう。しかし、ここで大切なことは、その固定化が行われる以前の状態を復元させようとするのではなく、新たな形態化の道を歩む方向に進み出ることである。言い換えれば、新しい意味を生み出していく「語る言葉」によって、静止した「語られた言葉」の体系を再統合化、再構造化していくことである。そうした過程を経ることによって、〈世界〉は重層化し、豊かにふくらんでいくはずである。

事物が新しい面貌を生き生きと示し、言葉が新しい味わいを湛えるのも、その再形態化、再関係化の過程においてである。「語る言葉」も「語られた言葉」にやがてなっていくのが必至ならば、そうした運動を重ねていくことこそ、私たちの経験を豊かにしていく道であろう。すなわち、「波のように、寄せてきて自分を捉えるかと見れば、やがてまた自分自身を超えた彼方へと自分を投げ出してゆく、そうした作用」(『知覚の現象学』I)を繰り返すのである。『知覚の現象学』における言語論では、いま簡略にまとめたようなことが大筋において述べられているのだが、『本居宣長』の言語論にはそのようなダイナミズムが無いのである。「あゝはれ」という言葉が発せられた初源の場に遡行し、そこにおける「直接体験」に「自足」し、その体験を「損はず保持して行く」というのでは、やはり〈世界〉は広がっていかないであろう。おそらく、遡源するその体験では、「語る言葉」が「語られた言葉」になるように、やがては硬化してしまうだろう。その時、小林秀雄はさらに遡源運動を繰り返すことを提唱するのであろうか。それは、同一に地平における同一の経験の繰り返しでしかないのではないだろうか。

実は、小林秀雄自身がその繰り返しを『本居宣長』で行っているのではないかと考えられるのである。『本居宣長』は、前述したように単行本にされる際に、雑誌連載中の『本居宣長』では、「物のあはれを知る」説に幾度も立ち返るという構成になっていて、しかも本質的な意味での新たな論の展開というものは無いのである。むろん、より優れた叙述も見受けられるが、その内容はほとんど再論である。その叙述の進行ぶりは、今述べた遡源運動を行っているように見えるのである。それはやはり硬化に終わっている。

次に、文字論について見てみよう。小林秀雄によると、話し言葉には身振り手振りや肉声のニュアンスなどが発話行為の中に含まれるから、話し手の微妙な心身の動きと直結しているという「徳」がある。他方、文字には、その生きた意味合いを「固定した智識」にしてしまう傾向がある。こう述べられている。

動く話し方の方を引離して、これを無視すれば、後には、動かぬ内容が残り、定義を待つ事になつただらう。文字の出現により、言語の機能の上で、思ふにまかせぬ表現の様《サマ》から、意のまゝになる内容の伝達への、大きな転回が可能になつたわけだが、宣長は、これを、人びとの心を奪ふやうな大事とは、考へてゐなかつた。太古の人々は、そのやうな事に未だ思ひ及ばなかつたのではなく、そのやうな余計な事を思ひ付く必要を感じてゐなかつた、といふ考へだつたからである。（第四十八章）

『くず花　上つ巻』の冒頭部分における「言伝へ《コトツタヘ》」と「文字伝へ」についての宣長の論を、このように小林秀雄は註解しているのである。ここでも二元的対立パターンを見ることができよう。あらためて言うまでもなく、文字言語は話し言葉の貧弱な翻訳ではない。一見すると文字言語は、固定しか導入しないようであるが、反面それは、具象的な現前を持つ対話状況からの解放でもあって、それによって話し言葉が指向する現実とは別のレベルの世界を開示する可能性を持っているのである。文字言語にはそういう創造性がある。あるいは、『根源の彼方に　グラマトロジーについて』上・下（足立和浩訳、現代思潮社、一九七二〈昭和四七〉）のジャック・デリダならば、文字言語こそ音声言語から生じるロゴス中心主義を解放するものである、と言うであろう。

ともあれ、文字であれ話し言葉であれ、それらは多層的な構造を持つ人間経験の各レベルに対応したものである。「言語表現の本質を成すものは、習ひ覚へた智識に依存せず、その人の持つて生れた心身の働きに、深く関はつてゐるものだ」（第四十八章）という小林秀雄の言葉は、たしかにその通りであろうが、その「持つて生れた心身の働き」という基層部分に対応する話し言葉のみを取り上げることになれば、やはりそれは人間経験を狭めることになろう。

三

小林秀雄の歴史論については、すでに見てきたのでここで詳述する必要はないであろう。それは大きく言えば、すでに指摘したことだが、ディルタイの解釈学もその内に含まれると考えられる歴史論の流れに通じるものである。

とくに文献の読みに関しての小林秀雄の方法は、ディルタイの解釈学に重なるものがある。それは、言語を重視し、言語やその他の史料を歴史上の人物の生の表出と捉え、読み手はその中に感情移入して、その生を追体験することによって、歴史上の人物や出来事を了解しようとするものである。むろん小林秀雄の場合は、ディルタイのように生の範疇とか連関といった観点はなく、たとえばその人物の真意あるいは心意を「直知」するだけで足りるという方法を取る。「直知」はまた、内知――人物の内面に入り込む――と言ってもいいだろう。つまりは、その方法によってのみ、歴史上の人物の生きた姿を捉えることができるとするのである。『本居宣長』でも、こういった主張が一般論の形で繰り返し語られている。

もっとも、それはそれなりに興味深いところもあり、その方法が有効性を発揮する場合もあるだろう。たとえば、「物のあはれを知る」説の解釈がそれであり、吉川幸次郎は「文弱の価値――『物のあはれをしる』補考」(『日本思想体系40 本居宣長』〈岩波書店、一九七八〔昭和五三〕・一〉所収)で、「それが認識論であるという判断を含めて、従来の研究への画期であろうと予想する」と述べている。さらに付け加えるならば、小林秀雄の独創は、宣長の歌論から言語論(認識論でもある)を引き出したところにあるだろう。小林秀雄の歴史論が一種の解釈学と言い得るならば、「物のあはれを知る」をめぐっての言語論は、本居宣長という「著者自身が自分で了解していた以上に、よく著者を了解することである」(ディルタイ)、という解釈学の最終目的を果たしていると言えるかも知れない。私はそういう判断から、言語論では宣長を無視した形で論を進めたのである。

しかしながら、小林秀雄の方法は、自己と同質なものには深く入り込むことができるが、反面、その共鳴できる部分だけで対象全体を覆い尽くしてしまう危険もある。このことは、小林秀雄の批評についてしばしば指摘されてきたことでもあるが、『本居宣長』においても同様のことが言えるのである。言語論で見たように、「直接経験」以外のものは峻拒するといふその姿勢、歴史論に置き換えれば「直知」以外は排除するといふその姿勢が、危険性を増幅させているると考えられる。それが結果となって露呈してくるのが『古事記伝』を扱った後半部分である。ここでは、その姿勢の一端と、宣長の古道論についての小林秀雄の位置づけをひとまず見ておこう。

彼の回想文のなだらかに流れるやうな文体は、彼の学問が「歌まなび」から「道のまなび」に極めて自然に成長した姿であり、おのづから道の正しさを指すやうになる、彼の学問の内的必然性の律動を伝へるであらう。（略）「物のあはれ」を論ずる筋の通つた実証家と、「神ながらの道」を説く混乱した独断家が、宣長のうちに対立してゐたわけではない。（第十九章）

続けて、現代の学問にある、「実証性、進歩性、合理性に関する通念はまことに頑固なものであり」（同）、そのために宣長の仕事のうちで折り合いのつかない美点と弱点との混在を認めて「性急」に理解したがる、と小林秀雄は述べている。ここで、言われているのは、柔軟な感性を持った優れた文芸批評家であったはずの本居宣長が、『古事記』の研究では頑迷でファナティックな古道論者になることの、不可思議な現象についてである。小林秀雄はこうも述べている。すなわち、「宣長の思想の一貫性を保証してゐたものは、彼の生きた個性の持続性にあつたに相違ないといふ事、これは、宣長の著作の在りのまゝの姿から、私が、直接感受してゐるところだ」（第二章）、と。

こうなると、それはもう論証というものではなくなってしまうだろう。自分が「直接感受してゐる」のだから、と言うのであるから。また、「宣長の思想の一貫性」を叙述することが、『本居宣長』の主要なモチーフであったと、この引用の手前の箇所で小林秀雄は述べているが、ではその「一貫性」とはどのようなものだったと小林秀雄は言うのだろうか。それはまた、宣長の『古事記』体験を小林秀雄はどう捉えたかということでもある。

物のたしかな感知といふ事で、自分に一番痛切な体験をさせたのは、『古事記』といふ書物であつた、と端的に語つてゐるのだ。更に言へば、この「古への伝説《ツタヘコト》」に関する「古語物《コトドヒモノ》」が提供してゐる、言葉で作られた「物」の感知が、自分にはどんな豊かな体験であつたか、これを明らめようとすると、学問の道は、もうその外には無い、といふ一と筋に、おのづから繋がつて了つた。それが皆んなに解つて欲しかつたのである。（第三十四章）

ここで小林秀雄は、「物のあはれを知る」説と全く同質的な連続性において宣長の『古事記』体験を位置づけようとしているわけだが、これは、宣長『直毘霊』における「物にゆく道」という言葉にポイントを置いた解釈であろう。あるいは、いわゆる「真心」の説を小林秀雄流に捉えた解釈と言ってもいいだろう。「物にゆく道」についてはいろいろと議論があるようで、たとえば西郷信綱は、「知覚的・経験的現前における物そのものの把握という主題を紛れもなく志向するもの」（「文学」〈一九六七［昭和四三］・八〉）と捉え、また相良亨はそれに反論する形で、それは「道路の意味」以上のものはない、と述べている。小林秀雄は「物」そのものを感知する「道」というふうに捉えるのである。

だが、その解釈には無理はないだろうか。そういう解釈が出てくるのも、「物のあはれを知る」説と宣長の『古事記』解釈とをストレートに結びつけようとするからであるが、その一筋で宣長の『古事記』体験を覆いきれるであろうか。そういう疑問があるが、しかし小林秀雄はそのような方向でのみ宣長の「道のまなび」を取り上げるのである。そして本居宣長のように小林秀雄も、「それが皆んなに解って欲しかった」ということであろうか。

こころみに、すでに触れた『古事記伝　三之巻』における神の命名の問題を扱った箇所を見てみよう。しかし、命名の問題そのものについては多くを語る必要はあるまい。「神に直かに触れてゐ」た上古の人々は、「（略）その直観の内容を、ひたすら内部から明らめようとする努力で、誰の心も一ぱいだつたであらう。この努力こそ、神の名を得ようとする行為そのものに他ならなかつた」（第三十九章）というように、記述した言語（認識論）が神の命名の問題で再説されているだけだからだ。ここでは次の一節を見ておけばいいだろう。

　要するに、淤母陀琉《オモダル》、阿夜訶志古泥《アヤカシコネ》神の出現といふ出来事に、古代人の神の経験の性質が、一番解り易く語られてゐると宣長は考へた、と見てよいのだが、その神名の解によれば、この経験の核心をなすものは、――「其ノ可畏《カシコ》きに触《フレ》て、直《タダチ》に歎《ナゲ》く言」にあつたとするのだ。これは、明らかに、「古の道」と「雅《ミヤビ》の趣」とは重なり合ふ、或は「自然ノ神道」は「自然ノ歌詠」に直結してゐるといふ、言ひざまであらう。彼は、「物のあはれを知る心」は、「物のかしこきを知る心」を離れる事が出来ない、と言つてゐるのである。（第三十九章）

　ここには、『本居宣長』の後半の主題が要約的に語られているのだが、しかし本居宣長が『古事記』に見たのは、「物のたしかな感知」とそれを生きてきた上古人の「産巣日神と御霊によりて持て生れつるまゝの心」（『くずばな　上つ巻』）だけだったのだろうか。

『古事記伝』、とくに「神代巻」を繙くとき、たとえば「七七附巻」として載せられた服部中庸の「三大考」に眼を奪われる。これは、天、知、月の生成の様を「神代巻」の叙述にそって図解したものだが、その図解に対して「これによりてもいにしへのつたへごとは、いよゝます〳〵たふとかりけり」という絶讃の言葉を与えた宣長を考えると、『古事記』は宣長にとっても一つの宇宙論であったことが知られる。

むろん、『古事記伝』の本文そのものにもそのことが感じられるが、その他にも、世の中の変遷の「理リ」が、「神代巻」に記されているという、「神代五之巻」の「人は人事《ヒトノウヘ》を以て神代を議《ハカ》るを」云々で始まる注解などを見ると、『古事記』はまた、社会論、歴史論としても本居宣長に意識されていたと言えよう。事実、その「吉事凶悪《ヨゴトマガゴト》」の言わば交替法則に基づいて、社会論や政治論を、宣長は展開しているのである。やはり『玉くしげ』で論じられた「顕露事《アラハニゴト》」と「幽事《カミゴト》」の説も、「神代十二巻」の記述に基づいている。そして宣長は、それらの説が、現在までの歴史にことごとく付合していると主張しているのである。要するに『古事記』は、本居宣長にとって宇宙論や社会論を包摂する文字通りの神書だったのであり、野崎守英の『道——近世日本の思想——』（東京大学出版会、一九八一〈昭和五六〉・二）の言葉を借りれば、「世界の全意味を開示する」書物であったと言えよう。

四

宣長研究者から見れば、私は常識に属することを述べてきたのだが、小林秀雄はこういった側面にはほとんど触れないのである。わずかに、書き下ろされた最終章で、「吉事凶悪」の法則が上古人の想像力の産物である、と宣長は捉えていたというような叙述があるだけである。本居宣長についての小林秀雄の「直知」は、本居宣長の『古事記』体験を一面的なものにしたのではないだろうか。

このことに関連して思い起こされるのは、『本居宣長』の中で『古事記伝』に論及されている部分が極めて少ないことである。小林秀雄が『古事記伝』について論述しているのは、単行本化されるにあたって削除された部分（定本の約三分の一）を含めて考えても——ただし『古事記』の「序」を扱った箇所を除く——、既述した神名の部分（第三十八章、第三十九章）を入れてもわずかに五回である。しかも断片的な叙述になっていることが多いのである。「物のたしかな感知」、「真心」というテーマに関わっているのが、上古人の時空観念について述べている第四十八章、伊邪那岐、伊邪那美の話を中心とした最終章で、あとの二つは、その主題とは直接関係せず、宣長の訓《よ》みの卓抜さを指摘した箇所（第三十章、第四十五章）である。頁数で言えば、五回全てを入れて、三〇頁足らずである。むろん、量で判断することには慎重でなければならないが、しかしながら、「物あはれを知る」説についての分厚い叙述を思うと、やはりバランスを失していると言わざるを得ない。しかも、『古事記伝』は宣長の学問の集大成なのである。

さらに付け加えて言うと、『本居宣長』の後半部分は、宣長の古学の方法、その精神といったものについて、白石、秋成、真淵、市川匡等との対比がその主要な部分を占め、神話解釈における、エウヘメリスム的な解釈や合理的知解への批判にほとんど終始している。

つまり、小林秀雄は『古事記伝』の中に入りきっていないのであって、そのこと自体が、『古事記伝』における小林秀雄の宣長像を狭小なものにし、且つ歪めてもいると言わざるを得ないのである。また、削除された部分を見ると、第三十四回、第三十五回の荻生徂徠論を除けば、第四十二回から第四十六回まで（定本では第三十六章と第三十七章の間にあたる）、第五十九回から第六十二回まで（定本では第四十六章と第四十七章の間にあたる）などは、「物のあはれを知る」説の再論であって、さきに述べたように、古道論に入っても、論述は「物のあはれを知る」説の繰り返しに戻っているのである。

こう見てくると、小林秀雄の本居宣長とは、つまりは『石上私淑言』や『紫文要領』の宣長であって、その宣長にのみ共感できたのではないかと思われるのである。実は、それは多くの宣長研究者においても珍しくないことである。ただ、小林秀雄はその前期の宣長像を後期までそのまま延長させたところに、新味があったと言えば言える。しかし、その連続性を説得的に論じることができなかったと考えられる。ただ、ベルクソン論のような中断して終わることなく、ともかくも前期と後期とを繋げたのである。しかしながら、その同質的な連続性の上にイメージされている「道のまなび」の宣長とは、つまるところ小林秀雄自身に他ならないと言える。そのように、すなわち本居宣長が小林秀雄その人になっているような、最も端的な例が、上田秋成との論争を扱った箇所である。

上田秋成は、自国の古伝説を信ずるのは当然のこととしても、それを唯一真実なものとして他国に説き及ぼし、「此の小嶋こそ万邦に先立て開闢《ヒラケ》たれ、大世界を臨照まします日月は、こゝに現しましし本也、因て万邦を悉く吾国の恩光を被らぬはなし」と強説するのはどうかと思う、他国にも「太古の霊奇なる伝説」はあるのだし、いずれが正しいかは決められるものではない、と述べたのである。

それに対して本居宣長は、そのような物言いこそ「例の漢意」であって、その「なまさかしら」を去って「純一の古学の眼」で見れば、答えは「明白」である、上田氏の論法は、たとえば十枚の色紙があってその中に一枚だけ定家の真筆がある時、これらをすべて贋物であるとするのと同じで、「たゞ贋物に欺かれざる事を、かしこげにいひなせる物也」、と答えている。

以上が、『呵刈葭　下』の第二条で語られている論争の骨子だが、小林秀雄はこう語る。

彼等（当時の学者等――引用者）が固執する態度からすると、大事なのは、真ではなく、むしろその証拠だと言つてよい。真が在るかないかは、証拠次第である。証拠が不充分な偽を真とするくらゐなら、何も信じないでゐる方が、学者として「かしこき事」と思ひ込んでゐる。

そんな馬鹿な事があるか。生活の上で、真を求めて前進する人々は、真を得んとして誤る危険を、決してそのやうに恐れるものではない。それが、誰もが熟知してゐる努力といふものゝ姿である。（第四十九章）

小林秀雄は、「証拠」に基づく知的判断を頼む「彼等」、当時の学者たちと、「生活の上で、真を求めて前進する人々」とを対立させ、秋成を前者の、宣長を後者の代表のように語っている。たしかに宣長には、「さかしら」と「生れつるまゝの心」という対立軸があったのだが、小林秀雄的な、知識人対生活者という対立軸はあっただろうか。少なくとも、『呵刈葭　下』における宣長にはそのような対立軸は無い。あるのは神と「凡人」との二項である。なお、松本滋『本居宣長の思想と心理――アイデンティティー』（東京大学出版会、一九八一〈昭和五六〉・九）によれば、「凡人」という言葉は「神」の反対概念として用いられている。『呵刈葭　下』においてもそうであると思われる。本居宣長が『呵刈葭　下』で「信」ということを持ち出してきたのも、この対立軸に沿ってである。つまり、上田秋成の相対的な神話観を認めることは、神々を上から鳥瞰することになるわけで、それは宣長にとって「凡人の小智」（『呵刈葭　下』第二条）を越え出る事を意味したのである。知識人との対立などという問題は、宣長の意識には無かったはずである。

次は、「証拠」の問題についてである。小林秀雄は「証拠」に拘るのは当時の学者や秋成であり、本居宣長はそうでないと語っているが、しかし宣長も証拠を決して軽視しなかったのである。論争においても証拠を相手に突き付けるという論法を取る場合もあった。なぜか小林秀雄は引用していないが、そういう論法による叙述は、この第二条にもあるのである。さらに端的な例としては、『くづ花　上つ巻』の文である。こう述べられている。

まづ御国の伝へは、人のさかしらを以て考へ作れる物にあらず、真実の古伝なる故に、和漢古今の事を以て、引当《ヒキアテ》て考ふるに、符を合せたるが如くにて、いさゝかも違へる事なければ、世中の万の事は、善悪の神有て、その御所為なること、いさゝかも疑ひなし（略）

また、「神代の遺跡今なほ国々に存」することの具体例を挙げ、「皆その古事の実なりける明証也」（同）ということを、宣長は語っているのである。くり返せば、「明証也」、と。

ここには、小林秀雄とは異質な実証家としての本居宣長がいるのである。その異質な部分を削り落としたとき、そこにあるのは宣長ではなく小林秀雄自身になるばかりでなく、両者の間にある時間（歴史）までも欠落してきて、小林秀雄の現在的な関心がそのまま宣長に移入されてしまうのである。「余が信ぜざるは、異国の書なるが故にはあらず、その妄作にて、世中の事に合はざるが故也」（同右）と語った宣長が批判したのは、朱子学を代表とする、言わば思弁的合理主義に対してであるが、その批判を小林秀雄は近代合理主義への批判に置き換えているのである。

小林秀雄の「直知」的了解の方法は、その硬直した姿勢によって、『本居宣長』では後半部分において負の面を拡大してしまったと言える。

宣長の述作から、私は宣長の思想の形体、或は構造を抽き出さうとは思はない。実際に存在したのは、自分はこのやうに考へるといふ、宣長の肉声だけである。（第二章）

初出の雑誌では、「宣長の考への形体或は構造、そんなものは、在りはしなかつた」（第二回）という強い言い方がされていて、むしろ小林秀雄の本心は初出の表現の方にあったと考えられるが、「肉声」だけを追っていった結果は、見てきた通りである。宣長の著作から「中古主義」と「上古主義」という思想の「構造」を抽出し、また「文献学」と「古道説」という「形体」を抽き出し、前者の「構造」には「混在」を、後者の結びつきには「没批評」性を見出すやり方を、小林秀雄は否定しようとしたのである。しかし宣長にも論理や「形体」としての思想はやはりあったのである。おそらく、さきの引用の言葉を書いたとき、小林秀雄の念頭には村岡典嗣の『本居宣長』（岩波書店、昭和三〈一九二八〉・三）があったものと考えられる。

村岡典嗣の著書のことはともかく、やはり本居宣長には論理や形体としての思想は確実にあったと言える。多くの場合、そういう思想は、生活実感に基づいたものでもそこには或る抽象がある以上、他者には実感できない異質なものとしてあるだろう。だから、それを捉えようとすれば、対象化し関係づけるという操作が必要になる。しかしながら、そういう操作は決して「直知」と矛盾しないはずである。両者は相補的であるし、循環的であるだろう。「直知」以外を一切否定するならば、そのやり方は、言語論のところで見たように、経験を狭める偏頗なものになるだろう。それが『本居宣長』の後半部分であった。

合理主義というよりも近代合理主義に対する小林秀雄の批判は、鋭くもあったが、反面、狭小で偏頗でもあった。

その頑固な姿勢が、『本居宣長』を言わば丈の低い述作に終わらせたのではないだろうか。昭和の代表的な批評家、批評の第一人者であった小林秀雄の最晩年の大作は、残念ながら、無惨な結果に終わっていると言わざるを得ない。なぜ、そうなのか。むろん、その責は小林秀雄自身にあるわけだが、それとともに小林秀雄と同時代の文学、思想の全体にもあるだろう。小林秀雄が仮想敵としていた側も決して褒められた状態ではなかったと思われるのである。

さて私は、小林秀雄の批評の相対化を試みようとして、彼の最後の大きな本である『本居宣長』まで論じてきたのであるが、相対化に少しでも寄与できたであろうか。小林秀雄の批評の相対化ということを言うのは、二一世紀になっても今なお小林秀雄を絶対化して礼賛するような、しかも間違った判断に基づく言説がけっこう数多く見られるからである。

例をあげれば、二〇〇七（平成一九）年三月号の「文學界」が「小林秀雄　没後四半世紀」という特集を組み、その中で作家の橋本治と脳科学者の茂木健一郎との対談を掲載したが、彼らの対談は思想史の常識さえ弁えない知識のもとでの小林秀雄礼賛であった。茂木健一郎は「「漢意」というのは、小林秀雄にとっては「西洋近代」ということですね」と正鵠を射た発言をしながらも、続けて、宣長が漢意を「排斥しよう」としたのと「同じような意味で、西洋近代の知性をイヤだなあと思う感覚って、まだないみたいですね、日本の知識人の中には。」と語り、その発言に橋本治も「ないんでしょうね、きっと」と同意しているのだが、もちろん、そんなことはないのであって、林房雄など戦前昭和に日本回帰した知識人たちを思い起こすだけで、彼らの判断が全く間違っていることがわかるだろう。

そのような認識不足のもとに小林秀雄論が組み立てられ、小林秀雄が手放しに礼賛されているとしたら、現在も陸続として小林秀雄論が上梓されていることも、素直に喜べなくなるだろう。橋本治と茂木健一郎との対談は、あまりに程度の低い例であろうが、すべてではないにしても、やはり少なからぬ小林秀雄論が礼賛で終わっているのである。

もっとも、小林秀雄が優れた批評家であったことは言うまでもない。小林秀雄は、近代合理主義に代表される近代の支配的思想に抗する立場でその批評営為を積み重ねてきた批評家、思想家であった。と言っても、彼は反近代の思想家ではないし、ましてや超近代の思想家ではない。近代の支配的潮流に抗した、やはりもう一つの近代の思想の流れに棹さす思想を語った文学者であった。したがって小林秀雄は、支配的思想の弱点にもよく通じていたから、その弱点に気付くことさえなかった、たとえば戦前昭和で言えばマルクス主義文学者たちよりも、はるかに優れた仕事を残すことができたのである。

しかしながら、戦後の仕事はそうでなかった。これまでの論でも述べたが、戦後の長編評論、『ゴッホの手紙』、『近代絵画』、『感想』、そして『本居宣長』は、どれも成功作とは言えないだろう。『ゴッホの手紙』で言えば、その後半は引用で埋め尽くされ（おそらく駆け出しの批評家なら没になったであろう）、『近代絵画』では最も長いピカソの章ではピカソの絵が十分に論じられているとは言い難いし、『感想』は「祖述」だと言われてもやむを得ないほどに、ほとんどベルクソン哲学の解説に終始し、かつ未完に終わっている。辛うじて『本居宣長』は一冊の著書に纏まったのであるが、雑誌連載での後半部分は繰り返しの多い、言わば蛇行した文章が連続し、その長い連載のあとに繰り返し部分を大幅に削除して何とか上梓に至ったのである。それも、宣長にとって最大の主著である『古事記伝』の世界に入りきっていないのである。

そのような戦後の小林秀雄を考えると、無惨なというのは言い過ぎにしても、小林秀雄は真の大成には遠かった批評家だったのではないか、という思いが湧いてくる。もう少し言うならば、その才能はもっと大きく大成する可能性を持ちながらも、そうはならなかった批評家だったように思われてくる。どうしてなのだろうか。荻原真は『小林秀雄とは誰か　断ち切られた時間と他者』（洋々社、一九九九〈平成八〉・六）で、「とにかく大切なことは、小林秀雄をけっして孤立させず、むしろ時代の大きな知的枠組みのなかでとらえることである」と述べているが、たしかにそうであろう。戦後の小林秀雄が必ずしも高いとは言えない次元に止まったのは、彼自身に問題があっただけでなく、周囲にも問題があったからであろう。それを考えるためには、小林秀雄を「大きな知的枠組みのなか」で捉えていかなければならないだろう。本書は戦前期においては多少はその試みを行ったが、戦後期にはついては試みるところまで行かなかった。戦後の思想史という大きな枠組みの中で小林秀雄を論じることが、今後の小林秀雄論の大きな課題の一つであろう。

あとがき

小林秀雄に関わる思い出話を書きたい。

たしか高校二年の秋だった。校内模試の現代国語（現代文）で小林秀雄の文章が出たのである。「無常といふ事」か他の古典論だったような気がするが、記憶は曖昧である。ただ、歴史の問題にも言及している文章だったことは確かである。私は、現代国語はとくに準備をしなくてもそこそこの点が取れた科目だったので、今回もそうだろうと思って試験に臨んだのだが、配られた試験用紙には何とも奇妙な文章があった。私は首を捻りながらも、記述式の問題にすべて答えたのである。結果は惨憺たるもので、その現代国語の答案はほとんど点が無かったのである。〈採点がおかしい！〉と、出題したと思われる国語の先生のところに行って抗議をしたのだが、先生は丁寧に説明してくださりながら、私の抗議をことごとく論破なさったのである。もちろん、私が間違っていたので、当時、唯物史観を単純に信奉していた私は、歴史についての小林秀雄の論を、無理やりに唯物史観的に解釈した答案を書いたのである。×（バツ）になったはずである。ともかくも、この体験で小林秀雄の名前は、私の脳裏に深く刻み込まれた。

それから三年半が経ち、私は大学の三年になっていた。当時の私の読書は、社会科学関係の本を中心にして、文学や哲学、思想関係の本にも眼を向けるというものだったが、やはり気になっていたのであろう、新潮文庫で小林秀雄を読んだのである。大学一年のとき、私はドストエフスキーにはまっていて、生まれて初めて買った文学全集も米川正夫訳のドストエフスキー全集だったということもあって、小林秀雄の文庫本でまず手にしたのが『ドストエフスキイの生活』だった。それが面白く読めたので、続けて同じく文庫本の『Xへの手紙・私小説論』を読み始めたのだが、難解でとくにその中の「様々なる意匠」はよく解らなかった。そこで、本多秋五氏の『転向文学論』に収められている「小林秀雄論」を読み、そこで語られている本多氏の解釈を助けにして、何となくわかったような気にはなった。しかし、真に解ったかというと怪しいものであった。大学三年の春だったと覚えている。

その後も私は、文学や哲学関係の本を読み進めていたが、一年後の大学四年の春のことである。当時私は家庭教師のアルバイトに、京都から電車を二つ乗り継いで片道約一時間半以上かけて大阪の大東市に行っていた。その家は私の下宿から遠方だったが、待遇が抜群に良かったのである。京阪電車の特急は読書に適した座席だったので、電車の中で本を読むことにしていた。その日は『Xへの手紙・私小説論』を持って電車に乗った。それを再度読もうとしたのは、以前のときに十分に解ったとは思えなかったからであろう。電車の中で「様々なる意匠」を読み始めてから、その前と違って私は驚いたのである。「今自分が考えていることと同じようなことを、数十年も前に考えていたヤツがいる!」、と。再度読んだときは、そう思ったのである。若いときは自惚れるものである。しかし、愕然としたことは本当であった。感動したと言える。私は、乗り継ぎの駅である大阪京橋の片町線（現・JR学研都市線）の駅のプラットホームで、ベンチに座ってもう一度「様々なる意匠」を読み返した。そのため電車を一本見逃すことになり、家庭教師先の家には遅刻してしまった。

そして、そのすぐ後から私は、当時の学生にとっては高価であった新潮社版の全一二巻の『小林秀雄全集』を、第一巻から一巻ずつ買って読み始めたのである。小林秀雄のプロレタリア文学批判などは、実によく解った、むしろ痛いほど解ったと言っていいだろう。「何て偉い人だろう！」と感心しながら読み進めていったのであるが、「歴史と文学」と題された第七巻あたりから、「えっ?」と違和感を少し持ち始め、戦後の評論も含まれている第八巻に至って「ちょっとおかしいのではないだろうか?」と思うようになった。そして、最終の第一二巻に至る頃には、「戦前昭和であれだけ優れたことを言った人が、戦後になってどうしてこんな下らないことを言うのだろう?」という疑問を持つようになった。

当時の私は、日本の近代文学のことはあまりよく知らなかったので、小林秀雄が文学界でどのような位置にあるかもよくは知らなかった。日本文学を専攻している知人に聞くと、小林秀雄が随分と高く評価されている人だということはわかった。そうならば、「どうして優れた人の筈の小林秀雄が、あんな下らないことを言い出したのかを、解き明かしてみたい」と思った。その後、大学卒業後には一般企業に就職するなどの多少の曲折を経て、小林秀雄について実に明快で優れた論文の執筆者でもある磯貝英夫先生のところで、私は日本近代文学の勉強をすることになった。今は亡き磯貝先生についても、小林秀雄に関連する忘れられない思い出があるが、それはここでは割愛したい。ただ、小林秀雄に対しての私の批判的姿勢について、磯貝先生が理解してくださったことで勇気付けられたことは言っておきたい。そして私の日本近代文学の研究は、小林秀雄研究からスタートした。大学院時代の私の、最初から三つ目までの論文は、すべて小林秀雄についての論であった。

以上が思い出話である。本書では、とくに戦後の小林秀雄に対して手厳しいこと述べたが、小林秀雄の文学との出会いが無かったら、私は日本近代文学研究の道には進まなかったであろう。別の道を歩んだはずである。だから小林秀雄は、私の人生にとって実に大きな存在である。また、私は小林秀雄にたくさんのことを教えてもらったと思っている。本書でも言及した木田元氏の著書の題目『なにもかも小林秀雄に教わった』を見て、「私も少なからずそうだ！」と思った。その意味で小林秀雄には学恩もある。だから、その批評の魅力についても論及すべきであり、たとえば樫原修氏の『小林秀雄　批評という方法』（洋々社、二〇〇二〈平成一四〉・一〇）は、小林秀雄の文章の魅力を説得的に論じていて、私もそのような観点からも論じたかったが、それは本書では果たせなかった。今後、そういう論も書いてみたいと思っている。そうではあるのだが、本書中にも述べたように、小林秀雄を持ち上げるだけの（と言っていい）研究は終わりにするべきであろう。

なお、本書は以前書いた論文を元に加筆訂正した文章と新たに書き下ろした文章とで構成している。既出論文の中にはほとんど四〇年前近くのものも四本ある。今度読み返して、論の内容自体には変更の必要を認めなかったので、若干の訂正は表現上の事柄だけである。とくに第一二章はほとんど初出のままである。左に既出論文と本書の章との照応を掲げておく。

第一章　「小林秀雄と大正期の思想――和辻哲郎、西田幾多郎との連続性――」（『国文学攷』第一〇八号、二〇〇三〈平成一五〉・一二）

第二章　「小林秀雄「宿命の理論」」（「国文学攷」第九五号、一九八二〈昭和五七〉・九）、及び「『悪の華』一面」考」（「国文学攷」第九九号、一九八三〈昭和五八〉・九）

第三章　「様々なる意匠」と三木清」（「近代文学試論」第二一号、一九八三〈昭和五八〉・一二）

第四章　「横光利一と小林秀雄――自意識から日本主義へ――」（「横光利一研究」第一八号、二〇二〇〈令和二〉・三）

第五章　「一九三〇年代の文学と思想――横光利一と小林秀雄、そして中野重治――」（「近代文学研究」第一九号、二〇〇二〈平成一四〉・五）、正宗白鳥、戸坂潤との論争部分は書き下ろし

第六章　書き下ろし
第七章　「小林秀雄と京都学派――昭和十年代の歴史論の帰趨――」（『国文学攷』第一〇八・一〇九合併号、一九八六〈昭和六一〉・三）
第八章　「果たして無常だろうか?・」（『〈新しい作品論〉へ、〈新しい教材論〉へ評論編3』右文書院、二〇〇三〈平成一五〉・二）、及び「歴史と文学」（『国文学　解釈と鑑賞』第五七巻六号、一九九二〈平成四〉・六）
第九章　書き下ろし
第十章　書き下ろし
第十一章　書き下ろし
第十二章　「小林秀雄『本居宣長』試論――言語論と歴史論をめぐって――」（『文教国文学』第一六号、一九八五〈昭和六〇〉・一）

本書を出版するにあたって、文芸評論家で筑波大学名誉教授の黒古一夫氏に出版社の紹介をしていただき、また励ましもいただいた。感謝申し上げたい。また、アーツアンドクラフツの小島雄氏にはたいへんお世話になった。お礼申し上げたい。

本書は、私の勤務校であるノートルダム清心女子大学の学内出版助成を受けている。原田豊己学長をはじめ関係各位に感謝申し上げる。

二〇二〇年一一月

綾目広治

綾目広治（あやめ・ひろはる）
1953年広島市生まれ。京都大学経済学部卒業、一般企業勤務の後、広島大学大学院文学研究科博士後期課程中退。現在、ノートルダム清心女子大学教授。「千年紀文学」の会会員。
著書に、『脱＝文学研究　ポストモダニズム批評に抗して』（日本図書センター、1999年）、『倫理的で政治的な批評へ　日本近代文学の批判的研究』（皓星社、2004年）、『批判と抵抗　日本文学と国家・資本主義・戦争』（御茶の水書房、2006年）、『理論と逸脱　文学研究と政治経済・笑い・世界』（御茶の水書房、2008年）、『小川洋子　見えない世界を見つめて』（勉誠出版、2009年）、『反骨と変革　日本近代文学と女性・老い・格差』（御茶の水書房、2012年）、『松本清張　戦後社会・世界・天皇制』（御茶の水書房、2014年）、『教師像—文学に見る』（新読書社、2015年）、『柔軟と屹立　日本近代文学と弱者・母性・労働』（御茶の水書房、2016年）、『惨劇のファンタジー　西川徹郎　十七文字の世界藝術』（茜屋書店、2019年）、『述志と叛意　日本近現代文学から見る現代社会』（御茶の水書房、2019年）。
編著に『東南アジアの戦線　モダン都市文化97』（ゆまに書房、2014年）。共編著に『経済・労働・格差　文学に見る』（冬至書房、2008年）、共著に『柴田錬三郎の世界』（日本文教出版、2017年）など。

小林秀雄《こばやしひでお》
思想史のなかの批評

2021年2月20日　第1版第1刷発行

著　者◆綾目広治《あやめひろはる》
発行人◆小島　雄
発行所◆有限会社アーツアンドクラフツ
東京都千代田区神田神保町2-7-17
〒101-0051
TEL. 03-6272-5207　FAX. 03-6272-5208
http://www.webarts.co.jp/
印刷　シナノ書籍印刷株式会社

落丁・乱丁本はお取り替えいたします。
ISBN978-4-908028-57-1　C0095